中國語言文字研究輯刊

二五編

許學仁 主編

第 12 冊

《大正藏》異文大典
（第五冊）

王閏吉、康健、魏啟君 主編

花木蘭文化事業有限公司

國家圖書館出版品預行編目資料

《大正藏》異文大典（第五冊）／王閏吉、康健、魏啟君　主
編 -- 初版 -- 新北市：花木蘭文化事業有限公司，2023〔民
112〕

目 2+198 面；21×29.7 公分

（中國語言文字研究輯刊　二五編；第 12 冊）

ISBN 978-626-344-433-1（精裝）

1.CST：大藏經　2.CST：漢語字典

802.08　　　　　　　　　　　　　　　　　112010453

ISBN-978-626-344-433-1

9 786263 444331

中國語言文字研究輯刊
二五編　第十二冊　　　　　　　ISBN：978-626-344-433-1

《大正藏》異文大典（第五冊）

編　　　者　王閏吉、康健、魏啟君
主　　　編　許學仁
總 編 輯　杜潔祥
副總編輯　楊嘉樂
編輯主任　許郁翎
編　　　輯　張雅淋、潘玟靜　美術編輯　陳逸婷
出　　　版　花木蘭文化事業有限公司
發 行 人　高小娟
聯絡地址　235 新北市中和區中安街七二號十三樓
　　　　　　電話：02-2923-1455／傳真：02-2923-1452
網　　　址　http://www.huamulan.tw 信箱 service@huamulans.com
印　　　刷　普羅文化出版廣告事業
初　　　版　2023 年 9 月
定　　　價　二五編 22 冊（精裝）新台幣 70,000 元　　版權所有・請勿翻印

《大正藏》異文大典
（第五冊）

王閏吉、康健、魏啟君　主編

目次

H

哈

哈：[宋][元][宮]、怡[明]2103 雙玄披。

略：[甲]1736 今當。

吸：[三][宮]1463 作聲粥。

噏：[三]1 吐納大。

蛤

給：[明]2110 燕入。

蛇：[聖]1462 等亦如。

咳

哈：[三][宮]1478 笑說不。

孩：[甲]1821。

欬：[宮]2112 唾疑滯，[三]26 嗽。

頦：[三]988 痛咽。

謦：[甲]1718 咳事了。

咏：[甲]1997 唾之音。

还

還：[甲]2039 見都。

孩

兒：[乙]1821 二童子。

孩：[甲]1717 得病是，[聖]1547，[聖]1723 七年，[宋][宮]2122 小兒而，[宋][元][宮]、小[聖]1425 兒手捉。

故：[甲]1736 捧以迴。

孺：[原]2339 子但有。

孫：[甲]2035 孺念佛，[明]896 之病而，[三]152 童有高。

猶：[三]192 幼孤遭。

骸

肢：[三]375 諸。

骹：[原]1896 澄練性。

屍：[三][宮]1451 骨由彼。

胎：[三][宮]2040。

體：[宮]374 置於塚，[甲]1775 目最為，[三][宮]2059 壞福田，[三][宮]2060，[三][宮]2108 於萬乘，[三][宮]2121，[三][明]1591 戰越惡，[三]211 棄惡為，[三]968。

骻：[宮]2060 用清心。

還

便：[明]2076 來得麼，[三][宮]1435 作是念。

償：[三]125 者我身，[原]、償[甲]2006 宿。

出：[三][宮]、還來[聖]1428 爾時世。

麁：[三]、－[宮]2103 成。

沓：[三]2110 如歸長。

達：[三][宮]2102 寧皆失，[宋]202 心自念。

逮：[宮][聖]224 法，[宮]810 入徑路，[宮]1549 者，[明]149 覺願世，[明]269 無爲，[三]119 得佛迹，[三]193 法菩薩，[三]193 建立阿，[三][宮][聖][另]342 致識別，[三][宮][聖]224 其功德，[三][宮][聖]224 是功德，[三][宮][聖]225 得，[三][宮][聖]1549 阿羅漢，[三][宮][聖]下同224 何法佛，[三][宮][知]598 於本，[三][宮]224 近阿耨，[三][宮]225 得是經，[三][宮]225 得之慈，[三][宮]263 及彼，[三][宮]263 聞弘教，[三][宮]263 聞諸信，[三][宮]263 致若干，[三][宮]285 無所歸，[三][宮]338 成是寂，[三][宮]585 聞斯典，[三][宮]622 了生一，[三][宮]649 如是，[三][宮]810 得一心，[三][宮]1546 得阿羅，[三][宮]1549 阿羅漢，[三][宮]1549 若，[三][宮]1549 使還，[三][宮]1549 眼便有，[三][宮]1592 彼不現，[三][宮]2030 如來智，[三]125 佛力是，[三]125 上跡，[三]152，[三]152 本，[三]152 本淨乎，[三]152 本無獼，[三]152 本無又，[三]152 神本無，[三]186 得安隱，[三]186 神足將，[三]186 聞無上，[三]186 致

本宿，[三]193 定意意，[三]194 安隱處，[三]199 得人種，[三]200 欲來歸，[三]282 漚和拘，[三]292 好樂諸，[三]624 倍好，[三]1336 是座者，[三]1549 微妙義，[三]1549 中間眼，[聖]224 是菩薩，[聖]224 天梵波，[宋][明]225 餘道會，[元][明][聖]224 若前世，[元][明]221 諸法無，[元][明]624 得聞諸，[元][明]2122 泥洹從。

遞：[三][宮]744 相交編。

而：[宮]2112 證僞耶，[三][宮][聖]512 去。

反：[甲][乙]2288 爲因故。

返：[甲][乙][丙]2089 無益豈，[三][宮]1435 到舍衞，[三]184 亦不疲，[聖]211 數箭亦。

復：[三][宮]741 生世間，[三]100 得活者。

覆：[宮]1545 無記無。

甘：[三]118 詣佛所。

感：[甲]1828 來生。

觀：[乙]2261 諸識自。

歸：[甲]2053 如此。

過：[宮]1435 以具作，[甲]2250 生欲，[元][明]2121 此時不。

懷：[明]1435 悔休。

寰：[宋][元][宮]、環[明]2122 若有一。

環：[明][甲]1177 六趣受，[明]2016 往復種，[三][宮][聖]1562 後後漸，[三][宮]397 餓鬼中，[三][宮]1562 無斷故，[三][宮]2053 桑藹藹，[三][乙]1092 諸欲海，[三]220 遊歷村，

[三]607 繞。

迴：[甲]904 旋頂後，[三][宮]1425，[三][宮]1425 復漂還，[三][宮]2121 顧罵言，[三][宮]2122，[乙]2396 平。

建：[甲][乙]2391 爲。

界：[甲]2324 經生。

進：[元][別][聖]397 戒第九。

盡：[甲]2223 遍法界。

蓮：[中]440 華勝佛。

量：[原]2271 有法也。

羅：[宮]813 住空中。

迷：[甲]1924 熏。

難：[明]2123。

遷：[宮]2059 邑高既，[甲]1700，[甲]1782 故念念，[甲]2036 有，[甲]2196 宮，[甲]2362 同其人，[宋][元]144 到墮舍，[原]1764 名。

取：[三][宮]1421 即。

去：[甲]1782 贊曰顯。

却：[乙]2263 結前心。

迊：[原]、返[甲]1744 歸菩薩。

若：[甲]2195 破乘一。

是：[甲]2281 知上綱，[甲]2195 順初釋，[甲]2266 退生非，[聖]1435 僧復不，[乙]1821 果後依，[元]603 世間彼。

受：[宋][元]、復[明]125 入沸屎。

屬：[三][宮]1431 我者尼。

説：[另]1509 無。

送：[甲][乙]2404 故先，[乙][丙]2092 晋陽縊。

速：[宮]1458 來此處，[甲]2266

動非是。

遂：[宮]1451 令賣，[宮]2112 竊佛家，[甲]1813 大得供，[甲][乙]2263 違，[甲]1512 成上非，[甲]1842 爲不定，[甲]2204 於生死，[甲]2263 結難陀，[三][宮]2121 願更作，[三][宮]2122 倍於前，[三][宮]2122 失所在，[三][宮]2123 泥洹從，[三]205 宣，[三]2145 悟，[元][明]1421 歸所。

通：[甲][乙]1821 三界繫，[三][宮]2060 眞問何。

退：[宮]1552 時，[甲]1782 無，[甲]2196 三修不，[甲]2261 三大，[三]、遷[宮]425 坐一面，[三][宮]397 失暴風，[三][宮]721 復却手，[三][聖]157 而去至，[三]191，[乙]2249 自害者。

外：[原]1833 還不可。

往：[三][宮]2122 精舍於。

爲：[三][宮]743 濟衆數。

蓮：[三][甲]2125 復幾勞。

行：[宮]839 立一百。

續：[三][宮]664 發菩提。

遙：[三][宮]2060 狀奏聞。

業：[明]100 取賣爲。

疑：[三]、退[知]418 終不生。

已：[三]202 至空澤。

以：[宋]310 即此時。

亦：[三]80 貧苦。

應：[三][宮]1458 可撿看。

遊：[宋]196。

遇：[甲]2195 向本國，[元]228 三十三。

遠：[宮]882 復聚集，[宮]2122 歸取之，[宮]310 復諮問，[宮]618，[宮]1503 譏剌若，[宮]2122 合我等，[甲][乙]1724 發，[甲]1579 者以無，[甲]1795 將却，[甲]1919 從數起，[甲]1973 記，[甲]2036 須，[甲]2119 獻紫，[甲]2129 也下音，[甲]2261 其子長，[甲]2262 尋此性，[甲]2362 捨觀相，[明][甲]1988，[明]375 復釋，[明]414 入涅槃，[明]1435 歸起塔，[明]1435 主是中，[明]1442 報，[明]1545 活支節，[三][宮]805 願知其，[三]201 歸甚懷，[聖]99 其本土，[宋][元]1425 者，[宋][元]1428 於邪道，[乙]1796 於舊地，[乙]1821，[元]2016 墮情中，[元][明]1549 是未來，[元][明]2145 都即住，[元]1428，[元]1442 故居無，[元]2122 墮三惡。

運：[宮]501 時，[甲]1816 是法執。

者：[宮]221 正。

治：[三]1 在本國。

致：[甲]2271 以宗法。

置：[甲][乙]2288 本性中。

衆：[宋][宮]1509 生心欲。

逐：[甲][乙]1929 根緣豈，[三][宮]1462 出入但。

轉：[聖][石]1509 大勇心。

罪：[三][宮]、逮[宮]1549 是故彼。

海

渤：[三]2154 耳而世。

池：[三]294 神城郭，[三]2122 彌離。

燬：[明]643 既見佛。

慈：[甲]1771。

此：[宮]2123 惡船破。

岱：[三][宮]2102 區區之。

島：[原]905 大地從。

道：[明]2103 貧道忝。

毒：[宮]278 深廣無。

法：[宮][聖]305 奮迅智，[宮]278 一一微，[宮]895 故求，[甲]1734 印諸會，[明]293，[三]310，[三]682，[三]1543 海比丘，[宋][元][宮]485 印三昧。

復：[甲]2219 成後。

蓋：[甲]864 普覆金。

海：[原]2339 分二生。

河：[甲]1733 不求十，[明][宮]309 以無央，[三][宮]824 於諸衆，[聖]664。

患：[三]194 今當捐。

悔：[甲]1709 阿，[三][宮]2053 辭榮巢，[聖]613 生死境。

惠：[乙]2263 海信趣。

誨：[甲]1782 示五，[甲]2266 憧如來，[甲]2837，[明]293 而我云，[明]293 隨順解，[三][宮]638 不，[原]2271 爲師。

江：[三]152 中斯所，[三]155 飲親之。

界：[丙]2163 三十七，[宮]1611 諸業煩，[甲]2397 是，[甲][乙]2391 會悉在，[甲]923 雷音如，[聖]、界[甲]

1733 故四是，[原]2431 會安彼。

　　空：[甲]2089 澄。

　　苦：[甲][乙]2192 凡法聖。

　　洛：[三][宮]2122。

　　每：[元]400 意菩薩。

　　門：[三][宮]278 窮盡其。

　　契：[乙]2397 經云。

　　人：[三]99 七夢七。

　　濕：[三][聖]397 具智慧。

　　娑：[三][聖]200 將諸商。

　　侔：[明]1453 諸洲咸。

　　險：[元][明]2060 之舟輿。

　　淵：[宮]606 專心油。

　　樂：[明]299 聲笙簧。

　　栴：[甲]2130 陀梨祝。

　　舟：[三][宮]656 慎莫懷。

　　渚：[元][明]660。

亥

　　卯：[甲]2395 夜恒星。

挐

　　拏：[宋][元]、抵[明]1336 死鬼鬪。

害

　　虫：[另]1721 義彰是。

　　斷：[三]2063 命因此。

　　惡：[元][明]425 眼加視。

　　妨：[甲]2250 論意不。

　　割：[宮]384 心受業，[明]1450，[三][聖]172 如此身，[三]186 身肉，[聖]1 如來遺，[石]1509 者無恭，[知]

741 其死萬。

　　宮：[元][明][宮][聖]1562 被損壞。

　　故：[三]201 習而不。

　　壞：[宮]278，[明]1450 外道外。

　　患：[三][宮]616 不能，[三][宮]743 王無慼。

　　禍：[三][宮]2121 首尾奴。

　　嫉：[元][明]1339 衣食不。

　　客：[明]1301 可憎惡。

　　空：[甲]2814 事故四，[三][宮]721 便如是。

　　苦：[宮]1509 無業亦，[甲]1847 諸法，[甲]2196 所有諸，[明][宮]1509 不過一，[三][宮]606 不比獄，[三][宮]1509 安之以，[三][宮]2122 智者所，[聖]99。

　　碼：[宮]、雷[聖]1421 佛其人，[三][宮]1421 佛山下。

　　惱：[三][宮][聖]397。

　　內：[三][宮]、肉[知]1587 煩惱識。

　　虐：[三]99 汝爾時，[三]152 懷賊心。

　　取：[三][宮]1462 食我等。

　　容：[甲]2249 本論所。

　　肉：[宮]2123 食之即，[三][宮]2122 眾生此，[乙]2157 經一卷，[原]、言[甲]2339 煩惱識。

　　若：[丙]2381 二師及。

　　殺：[甲][乙]2396 實命又，[三][宮]1425 心能使，[三][宮]1435，[三][宮]1545 一，[三][宮]1581 眾生無，

[三][宮]2121 眾多賊，[三][宮]2122 其父，[三]211 子皆由。

善：[甲]2266 即是善，[元]1579。

傷：[乙]1238 人諸鬼。

舍：[另]1721 即不出。

實：[三][宮]1590。

室：[三][宮]2122 人皆遠。

違：[乙]1736 故有第。

喜：[三][宮]721 不樂作。

向：[三][宮]606 如水羅。

行：[宮]263 品。

虛：[三][宮]616。

言：[宮]1539 此行相，[三][宮]1646 云何可，[三][聖]100 口意亦，[三]1562 母心，[聖]200，[聖]613 滋。

彥：[乙]1100 麼嚩多。

災：[甲]1828 患五有。

之：[三][宮]329 於是。

周：[三][宮][聖]1646，[三][宮]282，[宋][宮]624 者與人。

著：[宋][元][宮]1521。

宗：[原]1251 命傳授。

駭

駁：[甲]2036 曰然則。

駮：[甲]2130 足。

佽：[三][宮]2103 常談無。

該：[甲]1795 之義。

骸：[宮]2122 臭煙蓬，[三][宮]2103 致養期。

侅：[三]152 焉妃曰。

界：[甲]2270 反疋也。

驚：[聖]383 怖來至。

駴：[甲]2017 水火橫。

蚶

甜：[明]665，[三][甲]1139 陀鹽反。

酣

甘：[宋][宮]2103 酒。

娛：[三][宮]2103 調促意。

鼾

悍：[宋][宮]1435 眠應起。

吁：[另]1435 眠。

含

登：[另]1721 二喜一。

簡：[甲]2195 體既。

哈：[甲][丙]973 字即是，[甲][乙]2391 摩，[甲]1796 虛，[三][宮][甲][乙][丙][丁]866，[聖][甲]953 共人語。

鋡：[明]2145，[三][宮]294 牟尼佛，[三][宮][聖]1470 二，[三][宮]425 牟尼其，[三]4 牟尼佛，[三]26 慕，[三]125 牟尼佛，[三]1161 牟尼如，[三]2145 及中阿，[三]2145 經，[三]2153 經一部，[聖]125 經卷，[聖]125 經卷第，[聖]26 大仙人，[聖]26 梵志品，[聖]26 經卷第，[聖]125 經卷第，[聖]125 經清信，[聖]125 經三供，[聖]125 若阿羅，[石]1509 中說有，[宋][元]：金含 6 一中阿，[宋][元]196，[宋][元]643 牟尼佛。

頷：[元][明]848 鶴二莎。

合：[丙]1184 蓮，[宮][聖]425 眾患消，[宮]848 鶴七嚧，[宮]866 二合，[宮]1451 識永人，[宮]2103 生之類，[甲]、含[甲]1782 眾德世，[甲]1857 一，[甲]2128 反下拉，[甲]2263 諸類云，[甲][丙]1184 蓮相當，[甲][乙]1796 而未敷，[甲]1705 多義也，[甲]1709 眾德置，[甲]1735 明智加，[甲]1735 諸具通，[甲]1736 前法故，[甲]1736 容一切，[甲]1736 餘三則，[甲]1816 說故即，[甲]1828 釋，[甲]1830 三種攝，[甲]1912 漸次亦，[甲]1918 須彌山，[甲]2068，[甲]2195 聲聞授，[甲]2217 一種幻，[甲]2255 以一，[甲]2270 也能別，[甲]2271 生顯，[甲]2335，[明]2016 一味故，[明]1056 反二，[明]1507 受於三，[明]2016 中真諦，[明]2145 筆受時，[明]2149 竺佛念，[三][宮]2122，[三][宮]221 在六波，[三][宮]848 眾色增，[三][宮]2102 靈辭存，[三][宮]2102 仁抱義，[三][宮]2102 神姿權，[三]1 受四者，[三]1336 摩比牟，[三]2059 奇製無，[三]2145，[三]2145 日照，[三]2145 注序第，[聖][另]1442 忍發舉，[聖]1436 消藥，[聖]2157 誦經百，[聖]2157 有訖今，[宋][宮]2103 定慧之，[宋][元][宮]2108 靈，[宋]2103 長性得，[乙]1796 但名，[乙]2263 二說不，[乙]2391 二薩埵，[乙]2393 而未敷，[乙]2396 名，[乙]2397 而未敷，[乙]2408 蓮，[元][明]2016，[元][明]1459 無犯，[元][明]2016 攝染淨，[元][明]2103 穎之秀，[元]2016 如，[元]2016 諸種遇，[原]、今[甲]2339，[原]1778 地前後，[原]1756 為名故，[原]1851 多法故，[原]2231 現故云，[原]2271 是異喻，[原]2339 愚法同。

吽：[甲][乙]2390 欠是報。

洹：[三][宮]2043 果想於。

會：[乙]2250。

今：[乙]2157 疑是藏。

金：[宋][宮]、舍[明]310 光潤等。

具：[聖][甲]1733 九世通。

冷：[甲]、合[乙]2087 凍。

令：[丙]2286 說一百，[甲]1735 攝等此，[甲]2434 有識大，[明][宮]2121 稻穀中，[三][宮]2122，[乙]1821 有大勢，[乙]2393 坐中央，[元]2016，[原]1776 其證見。

尼：[原]1744 藏正翻。

念：[甲]2434 說真言。

洽：[三]2110 作聖欽。

全：[宮][聖]1421。

容：[三][甲]1332 受眾。

舍：[宮]1530 識，[宮]866 二合婀，[和]293，[和]293 牟尼，[甲]1871 那菩薩，[甲]2250 六，[甲]2266，[甲]2128 水噴也，[甲]2128 一切諸，[甲]2250 正，[甲]2250 牟尼佛，[明]、合[宮]866 三摩愈，[明]、合[宮]2058 果商那，[明]84 向而行，[明]228，[明]619 天合二，[明]639 識諸生，[明]1541 沙門果，[明]1547 賢聖弟，[明]1 具

足歸，[明]3 復次尸，[明]99 耶，[明]101 不我言，[明]202，[明]220 姿悟唯，[明]261 翠扶踈，[明]310 舍利，[明]376 四者得，[明]380，[明]440 佛迦葉，[明]440 佛南無，[明]588，[明]866 二，[明]894，[明]1227 持，[明]1421，[明]1421 此是，[明]1435，[明]1435 一來是，[明]1437 食語應，[明]1441，[明]1459，[明]1463 中應廣，[明]1464 容穢惡，[明]1509 果阿那，[明]1509 受答曰，[明]1519 甚深者，[明]1520，[明]1546 三界見，[明]1547 果阿那，[明]1547 果或聖，[明]1547 意中可，[明]1547 於五法，[明]1549 成就無，[明]1549 果證彼，[明]1552，[明]1552 果得解，[明]1562 二，[明]1595 中由根，[明]1596 顯示，[明]1597 笑先言，[明]2085 斷已成，[明]2122 笑謂曰，[明]2123 經云爾，[明]2123 識所必，[明]下同 1552 不斷，[三]1336 等合搗，[三][宮][知]384 尼宮殿，[三][宮]1547 兜含，[三]125，[三]291 血之類，[三]1421 此是從，[三]1451 生食肉，[聖][另]1442 多義統，[宋]2122 靈福盡，[宋]2125 噉爲義，[乙]1796 今此中，[元][明]1355 禮十阿。

捨：[甲][乙][丙]1002 之與他。

舍：[宮]397 果阿那，[甲][丙]922 那持，[甲][乙][丙]2003，[甲]1032 摩訶，[甲]1727 捨，[甲]1735 此云論，[甲]1736 如正，[甲]1912 因法故，[甲]2036 堯舜周，[甲]2300 內外兩，[明]1092 香誦念，[明]2154 請譯觀，[明]263 血品類，[明]272 溫涼能，[明]414 復有三，[明]665 識迴，[明]1007 二合必，[明]1588 證驗知，[明]2106 檀香燒，[明]2110 八部，[明]2145 今闕，[明]2151 之典三，[明]2154 經第十，[明]2154 經第四，[明]2154 七念經，[明]2154 新編上，[三][宮]721 次名大，[三][宮]2059 多論多，[三]2145 羅遮麗，[三]2154 諫經法，[宋][元]2061 景匱耀，[元][明]410 閡浮三。

食：[三][宮]1435。

受：[中]223 受佛十。

貪：[甲]2290 具如上，[宋][宮]2122 識所資，[元][明]2016。

吸：[三]2040 其水池。

咸：[三]1336 樂。

銜：[三][宮]2085 燈炷燒。

言：[三][宮]、舍[宮]1646 義言專。

愈：[甲]、合[乙]2261。

函

國：[明]2103 渝滅靈，[三][宮]2060 多條例，[宋][宮]2060 夏福地。

峮：[三][宮]2059 之。

亟：[三][宮]2122 開化帝，[三]2088 墨東西。

極：[宋]2060。

匵：[知]384 滿中佛。

散：[三][宮]2104 關令。

幽：[三][宮]1421 梯道有。

函

承：[甲][乙]2190 圓整可。

臼：[原]1898 中如何。

淫：[甲]2818 後聞父。

哈

哈：[宮]866，[三][宮]2121 佛光。

含：[甲][乙]2390，[甲]2394 字降三，[甲]2401 字風天，[明]468 此花汁，[明]2122 以飲粥，[明]下同 1435 食語羹，[三][宮]2121，[三]991 十五輪，[宋]115 噏噬欲，[乙]1098，[元][宮]、令[明]374 兒酥不。

憾：[甲][丙]1209，[三]、憾三[甲][乙]、憾四[丙]930。

輇：[甲][乙][丙]1184 引。

僉：[甲]850 髥喃南。

觪：[宮]848 沒噬二。

吟：[宋][元]1332 灰作緋。

峆

哈：[明][丁]1199，[三]954。

涵

函：[三]1644 注水。

洪：[乙]2092 字子。

洵：[乙][丙]2190 湧業霧。

寒

篹：[三][宮]2109 泟及風。

冬：[聖]1440 勢猛甚。

韓：[宮]1435 若國到，[三][宮]2059 石山住，[元][明]2122 石山是。

鴻：[三][宮]2103 雁嗈嗈。

騫：[宋]2060 俊故使。

窮：[三][宮]544 施。

熱：[三][宮]743 亦極。

塞：[宮]653 及修聖，[宮]1463 故名爲，[甲]2400 陀囀日，[三][宮]1451 野，[宋][元]2155 安玄共。

善：[三][宮]2122 焚滅。

業：[甲]1736 熱悉能。

寨：[三][宮]2123 過盜惡。

諸：[乙]1909 熱惱又。

鋡

含：[宮]445 牟尼如，[明]2149 正行經，[明]1610 說佛十，[明]2145 既不標，[明]2145 經博識，[明]2145 經曇摩，[明]2145 經序第，[明]2154 經五十，[三]、含經[明]2145，[三][宮][聖]下同 1462 經中阿，[三][宮][石]1509 中經名，[三][宮]511 道能，[三][宮]538 經，[三][宮]1462 第十品，[三][宮]1505 暮抄解，[三][宮]2121 經第三，[三][宮]2121 經云阿，[三][宮]2122，[三][宮]下同 1507 出經後，[三]152 牟尼佛，[三]212 契，[三]212 契經說，[三]212 契經所，[三]212 所說佛，[三]1505 暮抄序，[三]1505 所出十，[三]2145，[三]2145 集經中，[三]2145 經佛馱，[三]2145 經序第，[三]2145 六度道，[三]2145 暮抄經，[三]2145 身意止，[三]2145 神匱，[三]2145 摘一事，[三]2153 摘一事，[三]2154 經五十，[宋][元]、

舍[明]2145 五十九，[宋][元][宮]、舍
[明]1547 契經等，[元][明]1425，[元]
[明]2145 經序第。

　　餄：[甲]954 六吽。

韓

　　諱：[甲]2035 皆避。
　　轉：[甲]2128 康伯注。

罕

　　寡：[三][宮]2059 言深見。
　　寂：[甲]2119 得，[甲]2119 逢忽
以。
　　空：[宮]2066 其流聽。
　　牢：[甲]2089 有尋窺。
　　雖：[宮]2034 存莫紀。
　　希：[元][明]310 有光華。
　　宰：[宮]2102 有臣等。

闞

　　瞰：[三][宮]2103 往賢之。

囕

　　監：[甲]2400。
　　藍：[甲]2400 二合引，[明][乙]
1225 二，[三][乙][丙]873 合囒日，[宋]
[明][宮][甲][乙]848，[宋][元]848 十
二，[乙]852 二悉怛，[乙]867。
　　憴：[乙]1796 慶也婆。
　　五：[三]、藍[丙][丁]10865。

汗

　　干：[甲][乙]2396 栗馱心。
　　寒：[三][宮]2060 所此云。

　　旱：[宋][宮]721 熱入池。
　　翰：[宮]2103 簡重以。
　　瀚：[甲]1733 微言等，[明]190，
[明]2145 厥義幽，[三]2110 百氏扶，
[宋][明][宮]、翰[元]2122 七衆紛，
[元][明]2060 淺識難。
　　瀚：[甲][乙]1733 略舉十。
　　訶：[甲][乙]2288 栗多二。
　　江：[宮]2060 爲煩惱。
　　淨：[聖]2157 書二十。
　　行：[甲][乙]2250 由此能。
　　于：[三]125 衣裳亦，[聖]606 暑
人身。
　　汙：[元][明]94 迴其面。
　　污：[宮]1804 踐何況，[宮]721 等
如，[宮]1562 體温身，[宮]2040 出五，
[甲]1805 下明拒，[甲]2087 驚波汩，
[甲]2087 每來避，[甲]2087 子肆葉，
[甲]2131 集合量，[明]721 出則知，
[明]721 脈令人，[明]765 所獲珍，[明]
1507 出以是，[明]1545 淚膿血，[三]
[宮]744 垢若不，[三][宮]848，[三][宮]
1459 污大衣，[三]610，[另]1451 流
出作，[宋][明]721 風之所，[宋][元]
[宮]1451 黃水，[宋][元][宮]1451 霑
污臭，[宋][元]2061 其如皐，[元][明]
1523 以無畏，[元][明]1591 心迷若，
[元]125 四者不，[元]2108 設而不。
　　汁：[三][宮][另]1435 著身生，
[三][宮]721 流作血。

旰

　　旦：[甲]1723 反褐也。

焊：[宮]1462 根株直，[明]1478 樹木枯。

尋：[元][明]203 死盡不。

旱：[丙]1184 不時風，[甲][乙]2426 亡並皆，[甲]1280 時如法，[甲]2129 反切韻，[元]、焊[明][宮]1478 樹木枯。

捍

汗：[甲]2779 義難。

悍：[甲][乙]2309 守護不，[甲]1786 説文云，[明]99 行苦行，[三][宮]288 菩薩於，[三][宮]2060 千僧用，[三]1 無怯到，[三]220 儀式於，[元][明]1137 無畏八，[元][明]1，[元][明]100 無怖畏，[元][明]100 直進能，[元][明]656 六藝備，[元][明]660 堅固不，[元][明]664 多力能，[元][明]1579 者由於，[元][明]2059 善能匡，[元][明]2060 不見後。

捍：[甲]1723，[宋]628 勞忍苦。

押：[乙]2408 水甲，[原]2416 即是。

悍

悼：[石]1558 是前所，[知]1579 故諦察。

捍：[宮]635 權策通，[三][宮]1536 堅，[聖]224 却敵爲，[宋][宮]816 不爲不，[宋][宮]1530 故名勤，[宋][聖]125 博古明，[宋][元][宮]1542，[元][明]882 伏疲勞。

懌：[三][宮]569 無量心。

菡

菩：[甲][乙][丙]1184 菡開遍。

閈

閈：[三]1336 沘鑰閈。

閣：[甲]2095 新高碧。

閭：[甲]2036 所重父。

市：[元][明][宮]310 山野種。

洤

陷：[甲]2837 其謗法。

僅

僕：[三]190 男女諸。

漢

安：[明]23 多高四。

波：[三]1336 沙無振。

藏：[三]2034 録及祐。

此：[明]、－[宮]624，[明]、漢言牧象人明本作夾註 1462 言牧象，[明]、莫[聖]1460 用一字，[明]、齊[聖]754 言石女，[明]、以下四字明本作夾註 1462 言劫滅，[明]2122 言善光，[明]169 言至誠，[明]184 言能仁，[明]622 言忍界，[明]1331 言善光，[明]1460 地迴文，[明]1462 言絹也，[明]1462 言美，[明]1462 言小小，[明]2122 地無法，[明]下同、夾註作本文[宋][宮]624，[三][宮][甲]2053。

道：[明]309 吾常於。

法：[甲]1721 法僧差。

果：[甲][乙]1822 得五化。

號：[宮]626。

呵：[宮]1581 證故名。

訶：[三][宮]1536 正等覺，[三]190 帝三藐。

晋：[明]2076。

經：[甲]2217 名三種。

蓮：[宋]310 迦葉摩。

羅：[宋][元][宮]1646 迦羅摩。

謨：[原]2410 最三藏。

漢：[甲]1512 翻善逝，[甲]2128 書荊器，[甲]2128 謂，[甲]2219 字故爲，[三][宮]2122，[三]1157 底丁里，[宋][元]2041。

普：[甲]2181 光。

齊：[宋]、宋[元][明]2145 語愧歎。

蜀：[甲]2037 乾德六。

歎：[聖]125 得須陀。

唐：[宋]、此[明]169 言月明。

吳：[三]2154。

溪：[甲]2290 重等丘，[乙][丁]2244 音苦奚。

業：[明]721 果又復。

語：[甲]2195 對翻豈。

讚：[乙]2408 文歟。

溠：[三][宮]2122 州刺史。

銃

統：[乙]2391。

撼

感：[三]、憾[宮]1683 摩二合。

憾：[甲]1000，[明][甲][乙]1000。

翰

朝：[聖]2157 林待詔。

輸：[宮]2102 使闡提，[宋]2112 寵天二。

頷

奮：[元][明]、鎮[聖]26 頭而去。

撼：[宋][明]2122 頭答言。

頰：[明][宮]374 骨依因。

領：[宮]1912 者頭下，[甲]1723 廣味聲，[宋][元]2122 牽上薪，[宋]190 車張鼻。

頜：[三]212 頭歎咤，[三][宮]、[宮]1470 頭三者，[三][宮]2060 頭微笑。

傾：[乙]1822。

甜：[宋][元][宮][甲][乙]848 吃衫二。

顏：[甲]2296。

頦：[三]2087。

瀚

汗：[甲]1735 若。

瀚：[三]2053 海燕然。

浣：[和]293 染成衣，[甲]1912 衣等者，[甲]1782 衣之子，[甲]1820 濯及一，[明][和]293 濯人善，[三][宮]279 滌諸煩，[三][宮]279 心垢濁，[三][宮][聖]279 濯人善，[三][宮]468 濯垢滅，[三][宮]2122，[三][宮]2122 也稚宗，[三][宮]2122 衣處次，[三][宮]2122 衣服治，[三][宮]2122 衣已，[三][宮]2122 衣衆人，[三][宮]2122 於水

濱，[三][宮]2122 濯則，[三][宮]2122 濯至六。

淖：[三][宮]2122 濯。

憾

感：[宮]2103 死故傳，[宮]2105 而死，[甲]2128 反説文，[明]1401 摩二合，[三][宮]2103 激而死，[三][宮]2104 而死門，[三][宮]2104 而死太，[三][宮]2105 而死自，[三][宮]2122 而死，[三][宮]2122 而死佛，[三][宮]2122 衆前而，[三]154 結而終。

含：[三][甲][乙]1125，[乙]867 憾。

悍：[甲]850。

恨：[明]、[乙]2087 衆挫高。

感：[宮][知]1579 從此因。

頷

鎖：[三][宮]2121 頭即可。

瀚

潮：[宋][元]2110 海天。

杭

抗：[宮]2060 言勑令，[甲]2035 夢至西，[三]2122 迹人外。

私：[甲]2167 越唱和。

杌：[宮]1551 建立人。

枕：[三][宮]1470 三者。

骯

旭：[三][宮]2121 龍阿難。

笐

桁：[宮][聖][另]1458 竿等處，[宮][聖]1442 間受毒，[宮][聖]1442 上見僧，[宮][聖]1462 物縱橫，[三][宮][聖]1442 象牙杙，[三][宮]1458 瓶衣生。

航

船：[三]159 令渡中，[乙]2397 令渡中。

稱：[宋][宮]、桁[元][明]2122 浮泛川。

抗：[甲]2089 隱。

脫：[聖]2157 除昏智。

沆

泪：[甲]2128 瀁上航。

沈：[宮]2060 每思五，[三][宮]1443 水龍腦，[三]1346 水香或，[宋]2060 瀁吐納。

蒿

芳：[三][宮]2122。

藁：[三]153，[三][宮]2123 以爲，[三][宮]263。

薅

藝：[宋]、莍[元][明]、撓[聖]26 除棄之。

喝

呼：[三]、吁[宮]2102 賢哲君。

吁：[三]202 泣淚迷。

毫

毫：[原]2126 州太清。

豪：[博]下同 262 相光遍，[博]下同 262 相光照，[博]下同 262 一光即，[敦]下同 262，[敦]下同 365 右旋，[燉]262 相白，[和]下同 293 相雲次，[甲]2196 八眉，[甲][乙][丙]2087 而光撫，[甲]1733 出足入，[甲]1775 分復何，[甲]2087 含玉，[甲]2087 流照甘，[甲]2196 獸王左，[甲]2266 者豪字，[甲]2296 理不，[明][乙]1092 出甘露，[明]1425 相耳垂，[三][宮]597 數罪至，[三][宮]2053 翰之陽，[三][宮]2102 豐人輕，[三][宮]2104 一其，[三][宮]下同 1545 牛力，[三]1031，[三]1394 之福得，[三]2102，[三]2103 一其小，[三]2110 至如，[聖]、毫[聖]1733 表無，[聖]278 末相，[聖]278 相光名，[聖]643 相光右，[聖][膚]375 相善男，[聖][另]1733 表十地，[聖][另]285 演大威，[聖][知]1579 釐於世，[聖][知]下同 1579 相其色，[聖]125，[聖]125 釐，[聖]125 釐許是，[聖]125 釐之，[聖]125 釐之福，[聖]125 釐之失，[聖]125 毛況復，[聖]125 毛所以，[聖]190，[聖]190 過失而，[聖]190 是時以，[聖]278 放大光，[聖]278 毛道中，[聖]278 相光名，[聖]278 相圓滿，[聖]278 相中放，[聖]310 第，[聖]310 相如是，[聖]371 相，[聖]379 毛共趣，[聖]380 之過惡，[聖]383，[聖]383 微，[聖]397 相恭敬，[聖]480 出妙光，[聖]613 大人相，[聖]625 相光明，[聖]643 相光，[聖]643 相如是，[聖]664 相，[聖]823，[聖]834 放諸光，[聖]1462 非爲不，[聖]1582，[聖]1733 所放一，[聖]2034 眉之像，[聖]2157 成論者，[聖]下同 278 相中放，[聖]下同 643 相光作，[聖]下同 278 端以一，[聖]下同 278 放若干，[聖]下同 278 相，[聖]下同 278 相出摩，[聖]下同 278 相放菩，[聖]下同 643 大人相，[聖]下同 643 相出從，[聖]下同 643 相髮際，[石]1509 法何況，[石]1509 釐許者，[宋][宮]2060 一其小，[宋][元][宮]294 差善知，[乙][丙]2394 相等，[乙]850 相豎智，[乙]2394 相用如，[乙]2394 相尊。

家：[甲]2870 之物或。

亮：[三][宮]2102 款弟子。

毛：[宮]617 下至於，[三][聖]643 而生此，[三][聖]643 擬令天，[三][聖]643 隨從直，[宋][元]206 相之光。

嘷

號：[三]1339 泣涉路。

豪

敖：[宮]263 勢轉輪。

亳：[三][宮]754。

處：[聖]703 富貴假。

富：[三][宮]2123 貴。

高：[甲]2053 傑等三，[聖]292 位菩薩，[聖]1509 貴長者，[宋][宮]396 賤沒溺，[乙]917 貴族共。

國：[三]196 強侵。

毫：[丙]2092 眉之像，[甲][乙]2393 微善無，[甲]1722 光明，[甲]1963 光猶如，[甲]1969 惰意尤，[甲]2401 相用如，[明]2076，[明]2076 參差相，[明]2076 底法師，[明]2076 髮即不，[明]2076 直似虛，[明]下同 2076，[明]下同 2076 即是塵，[三][宮]376，[三][宮]1547，[三][宮]2045 相應紹，[三][宮]2060 未能加，[三][宮]2103，[三][宮]2103 釐，[三][宮]2103 末九層，[三][宮]2122 光明以，[三][宮]2122 毛在地，[三][宮]2122 無缺以，[三][宮]下同 2103 光非煙，[三]1348 相，[三]2145 而制法，[聖]639 貴家資，[聖]639 族侍衛，[宋]2145 釐弗虧，[乙]1796 相而生，[乙]2394 相摩尼，[元][明]2102 而五蠹，[元]380 富饒財。

家：[甲]1782 故言不，[三]190 富生於。

教：[宮]263。

榮：[三]2122 富貴假。

勝：[三][宮]285 心思惟。

勢：[三][宮]534 強帝王。

嘷

號：[宮]279 叫大苦，[明][甲]1177 吠內心，[明]204，[元][宮]2122，[元][宮]2122 哭馳走。

嘷：[元][明]2060 而就終。

嘷：[宮][聖]310 叫如是，[久]397 啼，[聖]1721 吠者鬪，[宋]、啼[元][明][聖]211，[宋][宮]、號[元][明]397 啼，[宋][元]1339 吼而叫。

濠

豪：[宋]2061 州鍾離。

好

愛：[原]1987 顛酒。

醜：[三][宮]1509 若。

除：[甲]1839 前二生。

存：[三][宮]2034 清，[原]2208 今愚傚。

發：[三]425 道義。

法：[三][宮]598 得總持。

妨：[另]1442 去賊乃，[原]、[甲]1744 未敢用，[原]2126 鑽。

佛：[三][宮]624 之藏以。

服：[明]784 如弊。

改：[原]1248 者慈心。

垢：[明][甲][乙][丙]1075 義。

故：[甲]2271 順憬師。

關：[宮]2121 閉門閣。

貫：[聖]2157 群經。

海：[甲]2195 難稱凡。

合：[甲]1823 兩國交。

紅：[三]125 色來至。

厚：[三][宮]2122 招諭鹿，[宋][宮][聖]1509 不亂三，[原]2248 歟文吐。

歡：[元][明]1 樂。

吉：[甲]1722 法亦名。

加：[三][宮]2103 我黃石。

淨：[三][宮]1428 章句次，[三]184 潔年在。

可：[宮]397 看今，[三][宮]2122 傳述右。

利：[三][宮]425 常志大。

麗：[三]、飾[聖]172 處處皆。

美：[三][宮]2123 果孔雀。

妙：[宮]1547 諸得不，[甲][乙]1822，[甲]1744 果而今，[甲]1828 善者簡，[甲]2006 撲碎驪，[甲]2207 也羅戲，[甲]2274 也本意，[甲]2274 也所以，[明]1217 色，[三][宮]、如[聖][另]285 法求法，[三][宮][甲]901 衣服與，[三][宮][聖]318 養恪心，[三][宮][聖]1421 色咸言，[三][宮][石]1509 香供養，[三][宮]310 善見天，[三][宮]310 莊嚴故，[三][宮]313 無敗色，[三][宮]354 聲能令，[三][宮]374 衣如是，[三][宮]415 上莊嚴，[三][宮]425 珍寶懷，[三][宮]425 至明顯，[三][宮]721 神通大，[三][宮]1435 上，[三][宮]1451，[三][宮]1488 色力惡，[三][宮]1546 何故説，[三][宮]1548 香，[三][宮]1581 色惡色，[三][宮]2121 衣加寶，[三][宮]2122 法謂修，[三][宮]2122 悉同一，[三]125，[三]154 異衣見，[三]157 瓔珞七，[三]186 應轉法，[三]187 萬性皆，[三]193 葉慈悲，[三]278 寶，[三]474 佛土諸，[三]2063 處勿，[聖]446 顏色光，[另]1451 詣婆羅，[宋][元][宮]1546 者從之，[宋][元]2147 好寶車，[元][宮]425 眞有究，[元][明]401 威光難，[原]1819 身亦如，[原]1205 海方便。

名：[甲]2274，[原]2339 運也。

明：[乙]1909 佛南無。

母：[甲]1731 體不須，[聖][另]

1442 稱喚，[原]2248 等病患。

能：[宋]2060 尚雅有。

奴：[甲]2068 者不知，[甲]2068 著紫，[明]1647 如許自，[三][宮]310 故爲諸。

品：[明]1336 香花貫。

如：[宮]1425 者與下，[宮]1509 色好香，[甲]1512 略唯辨，[甲]1736 同，[甲]2259 色惡色，[明]653 驚怖舍，[明]729 布施履，[三][宮]1546，[三][宮]1577 食菩薩，[三][宮]1463，[三]194 戴天冠，[三]1440 餘，[聖]225 心斯高，[聖]1421 坐具舍，[聖]1425，[聖]1428 事歡喜，[石]1509 世，[宋][元][宮]、姝[明]579 廣大表，[宋]212 遠離眞，[宋]764 行時去，[元][明]1546 復有説，[元][明]2016 筆知禪，[元]643 光明如，[元]1604 餘色及。

善：[三][宮]1425，[聖]1427 若不捨，[石]1509 密蓋能。

上：[甲]1238。

尚：[明]2087 學伽藍。

勝：[甲]2263 況遮增。

時：[三]1421 因此。

始：[甲]913 淺三，[三]2110 在前失。

似：[甲][乙]1724。

喜：[三][宮]263 樂。

相：[甲]2266 力無。

行：[原]1743 德則有。

形：[甲]2214 如圓塔。

姓：[聖]225 悉見如。

妍：[甲]2128 也説文，[聖][另]

1548 香非軟。

嚴：[三]152 后懼月。

衣：[聖]200 服飾瓔。

抑：[原]1819 亦大同。

有：[甲]2003 事不如。

妤：[甲]2036 九歲即。

之：[三][宮]2102 生導三。

知：[三]1521 道相者。

壯：[元][明][宮]374 色亦復。

子：[三]186 覩之歡。

郝

邸：[元][明]2034 化七子。

赦：[丙]1199 布兩髀。

昊

旻：[甲][乙]2227 天仁覆。

吳：[宮]2074 郡太守，[明]2060 純等禪。

荞

薅：[元][明]234。

耗

耗：[明]125 盡，[明]125，[明]125 何況內，[三]425 不爲放，[元][明]398 亦不，[原]1287 求者稱。

耗

秏：[甲]2191 竭無量，[三][宮]1549 亂諸法，[聖]125 以此之，[聖]125 正法興，[宋][元]398，[宋]212 亦莫施。

耗：[三]397 隨是經。

虧：[三][宮]309。

犛：[明]317 牛面吹。

托：[三][宮]720 擾不停，[三]193 亂越分。

毛：[三]210 品法，[三][宮]309 之法所。

撓：[明]156 擾國土。

抒：[三]、托[宮]606 海求。

浩

法：[甲]2081 汗內曼，[三]、際浩法除[聖]210 際是謂。

皓：[三]2110 以邪誣。

顥：[三][宮]2103 然生自。

澆：[甲]1723 反亦乾。

涉：[丙]2120。

晧

浩：[明]2059 然之氣，[明]2103 說魏太，[明]2151 邪，[元][明]2060 然之氣。

皓：[宮]2034，[宮]2123 絲不常，[甲]2035 得金像，[三]2149 時制令，[三]2149 注未善。

皓

浩：[明]2110，[三][宮]2102 氣養和，[三]2145 然難以。

晧：[宋][元]、浩[明]2103 以邪誣，[宋][元][宮]2103 首而彌。

皎：[三][宮]2060 映齊闕。

時：[聖]2157 曰若然。

氏：[三]2104 於此縱。

號

悲：[明]379 咷愁毐。

嗶：[宋]309 泣不能。

鷁：[三][宮]607 或。

別：[三][宮]398 衆種類。

莂：[三][宮][另]、別[聖]1428 之。

稱：[三][宮]2034 永平元，[三]2034 元熙元。

而：[甲]1821 別説。

法：[聖]222 其號不。

方：[甲]、前[丙]2397 大自在，[甲]1072 二合二。

哠：[聖]375 時有一。

豪：[三][宮]553 求。

嘷：[明]2122，[三]152，[三]197 時，[宋]374 泣作如，[元]175 呼動一。

呼：[三][宮]、[聖]278 流淚苦，[聖]663 天而哭。

紀：[元]220 能精進。

叫：[三]1335 呼失聲。

界：[甲][乙]2391 灌頂次。

今：[甲]2289 若三辰，[甲]2428 以意觀。

居：[宮]1545 名。

卷：[三][宮]263 甚多比。

堪：[甲]1828 忍今無。

哭：[三]2122 泣以善。

楞：[宋][元][宮]1462。

名：[甲]1718 説法皆，[甲][乙]1822 至應知，[甲][乙]2286 也而三，[甲]1821 食不平，[甲]1881 圓成圓，[甲]1909 屈尊典，[甲]1929 釋迦牟，[甲]2204 者是釋，[甲]2300 爲沙門，[明]2076 爲沙門，[三][宮]281 曰忍世，[三][宮]292 曰度，[三][宮]380 釋迦牟，[三][宮]415 優鉢羅，[三][宮]657 喜生徳，[三][宮]1509 爲長，[三][宮]2034 稱建元，[三][宮]2122 田，[三]186 白淨，[三]1331 別以華，[三]1339 云何劫，[聖]1733，[乙]1978 歡喜讚，[乙]2263 共徳也，[原]973 曰下。

其：[甲][乙]2309 地位何。

前：[知]2082 爲傳坐。

師：[三][宮]2103。

嗁：[宮]378 呼聲遠，[三][宮]606 哭悲，[三][宮]721 哭彼既，[三][聖]643 哭，[三]212，[聖]643 哭悲不，[宋]374 哭懷。

蹄：[丙]2164 義眞和，[甲]2087 哭視聽，[甲]2087 慟，[甲]2087 之聲遂，[甲]2300 巨闕珠。

兮：[甲]2204。

哮：[三][宮]2122 呼其夫。

學：[乙]1822 大乘謗。

嘷：[宮]374 咷我時，[宮]2058，[聖]190 勅已即，[聖]190 哭不，[聖]190 嗁，[聖]211，[宋][宮]2040，[宋]202 咷至平。

印：[乙]2391 灌頂之。

勇：[乙]2391 進誐誐。

語：[乙]2408 等有。

者：[聖]200 梨軍支。

正：[甲]864 法金剛，[甲]2128。

子：[三][聖]291 又。

字：[甲]2190，[三][宮][聖]371，

[三][乙]1092，[三]202 婆，[乙]2390 未見之，[乙]2391 等隨位，[原]1818。

尊：[甲]2408 等台藏。

抲

柯：[三][宮]1559 寶所成。

呵

阿：[高]1668 哆哆哆，[高]1668 呵婆婆，[高]1668 呵陀尼，[宮]443 醯履二，[宮]483 摩提阿，[宮]1421 比丘尼，[宮]1546，[宮]2121 梨勒果，[甲]2128 武于，[甲]2128 可反上，[別]397，[明]1462 羅勒者，[明]190 梨樹將，[明]2153 鵰阿那，[明]190 梨勒，[明]362 閦祇波，[明]707 牟，[明]1018 嚛六十，[明]1336 梨迦摩，[明]1394 東方大，[明]1428 責，[明]2034 調阿那，[明]2040，[明]2066 最爲珍，[明]2131 羅羅寒，[明]2153 睡眠經，[明]2154 鵰阿那，[明]2154 欲經一，[三][宮]、訶[宮]664 黎子，[三][宮]895 利帝兒，[三][宮][聖]425 摩勒果，[三][宮][聖]1537 伽色是，[三][宮]374 羅，[三][宮]397 呵呵，[三][宮]402，[三][宮]443 迦細二，[三][宮]1425 尼六名，[三][宮]1435 摩勒波，[三][宮]1435 尼陀那，[三][宮]1462 羅，[三][甲]1009 嚛四十，[三][甲]1332 摩羅提，[三][甲]1335 私呵，[三][聖]1441 那一迦，[三]397 牟摩五，[三]443 囉九十，[三]987 膩婆婁，[三]1331 梨彌醯，[三]1335 帝，[三]1336 梨勒畢，

[三]1440 與尼說，[三]2145 梨跋慕，[三]2154 離陀經，[聖]410 羅閦，[石][高]1668 只伽那，[宋]、訶利[元][明][宮]664 黎帝南，[宋]、河[宮]2121，[宋][元]、訶[明]671 梨阿摩，[宋][元][宮]1425 那如是，[宋][元][宮]1435 梨，[宋][元]1333 羅呵提，[宋][元]1336 尼無呵，[宋][元]訶[明]1341 三藐三，[宋]228 毀，[宋]1181 梨，[宋]1336 利多將，[宋]1336 五，[元]220 諫語時，[元][明]993 摩，[元][明]1331 波，[元][明][宮]614 那伽，[元][明]310 羅竭闍，[元][明]483 摩提阿，[元][明]1336 呵貿，[元][明]1421 那應在，[元][明]1425 吒船拔，[元][明]1428 毘羅調，[元][明]1521 提鬱，[元][明]2149 鵰阿那，[元]1，[元]224 天，[元]397 責而作，[元]591 三藐三，[元]624，[元]636 耨佛時，[元]2121。

達：[原]2337 多等亦。

度：[三]212。

咄：[三][宮]402 哉失正。

哆：[三]984 尼珂。

歌：[原]1287 羅即大。

漢：[聖]1441 三藐三。

訶：[宮]402，[宮]1425 止出彼，[和]261 責未曾，[甲][乙]1929，[甲][乙]1929 彌勒云，[甲][乙]2393 及軍荼，[甲]1733 舍利弗，[甲]2337，[明][乙]1254 引施幡，[明]310 三，[明]310 三藐三，[明]1007，[三]、阿[聖]425 梨，[三][東]643 名三藐，[三][宮]355 三藐三，[三][宮]397，[三][宮]2121 文

佛時，[三]99，[三]190 三藐三，[三]443，[三]443 擔如來，[三]443 每醯阿，[三]1093 舒，[三]1096 八，[三]1096 上，[三]1327 衍山彼，[三]1331，[三]1341 謨呵，[三]1341 三，[三]1341 三藐三，[三]1365，[三]2146 神呪經，[三]下同 443，[聖]26 止曰沙，[聖]26 尊者，[聖]158 佛土半，[聖]190 迦第七，[聖]190 三藐三，[聖]211 之曰咄，[聖]375，[聖]375 之屬值，[聖]416 戒行智，[聖]1354，[宋]、阿[明]443 嚧一百，[宋]、阿[明]443 毘如來，[宋]1093 囉三十，[宋]1343 梨師毘，[乙]1238，[乙]1929 通教，[元][明]397 四十，[元][明]1034，[原]2130 亦云阿。

河：[甲]1335 什婆羅，[明]1336 兜十莎，[聖]、一[宮]1435，[聖]2157 經一卷，[宋]626 沙者天。

荷：[三]201 諸比丘。

呼：[明]1336 尼，[三]1332 挐時律。

誠：[乙]1724 五問佛。

珂：[三]984 梁言長。

可：[宮][乙]866 呵，[宮]423 言不善，[宮]627，[宮]901 羅，[宮]901 那呵，[宮]901 陀呵，[宮]1435 而食者，[宮]1509 是苦行，[甲]1089 責，[甲]1736 棄無，[甲]2068 誓二，[甲]2129，[甲]2157 半紙許，[甲]2266 沙彌不，[明]2154 遍王，[三][宮][甲]901 陀呵，[三][宮]1548 不成呵，[三]1336 之反喜，[三]1582 毀乞求，[三]2122 色欲法，[聖]211 罵詈無，[聖]1428 責

已，[聖]1509 折得，[宋][宮]2122，[宋]2122 四退失，[乙]2218 世界已，[原]2196 一切之。

離：[元][明]1336 摩。

囉：[三][宮]402 十六呿。

扡：[宋][宮][聖]664 虎可切。

取：[宋]、所[元][明]125 罵詈邪。

所：[三][宮]2122 責佛。

圖：[原]1744 五百部。

陀：[三]987 膩伽婆。

無：[乙]2186 已小乘。

嫌：[明]1428，[三][宮]1428 責偷羅。

遮：[宮]1458 不總集。

欲

欲：[元][明]1459 不嗽不。

喝

唱：[宮][聖][另]1458 令去捉，[宮]1545 國食無，[甲]2035 一唱一，[甲]2261 羅，[三]991 膩七阿，[三]2103。

呵：[三][宮]2122 之望即。

曷：[宮][西]665 囉闍喃，[明]665 囉，[三][宮]397 囉婆羅。

揭：[甲][丙]1246 囉訶。

竭：[三]1335 羅闍泥。

羯：[甲][乙]924 囉闍耶。

咀：[三][宮]2122 僧規規。

嘔：[三]1162 伽唽尼。

喝：[三]1393。

嗽：[宮]1442 相勿與。

噫：[元][明]26 吐喉。

訶

阿：[丙][丁]866 鉢哩哆，[宮]386 利鬼母，[甲]2130 耆多譯，[甲]2135 薩羅，[甲]2219 三麼句，[甲]2219 字門十，[甲]2250 梨勒若，[甲]2250 婆羅家，[甲]2262 沙彌所，[甲]2339 梨跋摩，[明]220 薩眾各，[明]1128 哩三謨，[明]1 波羅阿，[明]187 迦葉舍，[明]1428 波闍，[三]986 隸訶，[三]1101 囉乞灑，[三][甲][乙]1200 引嚩，[三][乙][丙]873 引，[三]192 闍那那，[三]1096 謨伽，[三]1227 曩娜訶，[三]1341 陀摩阿，[三]1644 此地在，[聖]224 波摩，[宋][宮]2121 夜移其，[元][明][宮]223 那天不，[元][明]2149 鉢羅般，[元]418，[原]895 利帝母。

辨：[甲]2269〇四明。

詞：[甲]901 八，[甲]2128 也從且，[甲]2339 今，[明]1102 戰拏二，[宋][宮]2060 責本緣。

調：[三][宮]2034 王經一，[三]2145 王經一。

哥：[聖]272 故菩薩。

漢：[明]26 破壞聖，[三]26，[三]26 佛說如，[三]26 成就十，[三]26 佛說如，[三]26 眞人。

呵：[丁]866 金剛薩，[宮]606 教，[宮]1912 諸律論，[甲][乙]901 八注云，[甲]1268 泮，[甲]1733 者此云，[甲]1792 衣錦食，[甲]1918 彼各興，[甲]2879 迦懺而，[三]220 毀我，[三][宮]263 制止之，[三][宮]397，[三][宮]620，[三][聖]410 自擧輕，[三]152 顏華鮮，[三]1093 斫迦羅，[聖]26，[聖]100 欲之過，[聖]190 迦葉何，[聖]190 三藐三，[聖]190 僧，[聖]190 沙門也，[聖]410 善法樂，[聖]1723 緣第，[宋][元][聖]190 責毀辱，[宋][元]1043，[宋][元]1045，[宋][元]1358，[宋]1331 神，[乙]901 訶。

何：[甲][丙]、阿[乙]2089 者死到，[甲]1287 責之猶，[甲]2035 至鄮山，[三][宮][聖]350，[乙]、阿[乙]2391 寫耶灑，[元]1034。

河：[三][宮]383 羅樓提，[宋][宮]2053 山東峰，[乙][丁]2244 此，[乙][丁]2244 王弮音。

賀：[丁]2244 鉢羅底，[甲][丙]、賀引[乙]1306，[甲][乙][丙]862 入嚩攞，[甲][乙]850 摩哩五，[甲][乙]852 引，[甲][乙]1072 薩埵婆，[甲]908 引，[甲]931 十八，[甲]974，[甲]982 摩瑜利，[甲]996 三滿多，[甲]1000 引，[甲]1072，[甲]1089 跋納冥，[甲]1304，[甲]2250，[明][乙]994，[明]1032 囉嚩日，[三][甲][乙][丙]954 引，[三][甲]989 引曩引，[乙]852 引捨句，[乙]912 迦囉引，[乙]973。

吽：[乙]1796 字是中。

睞：[三][宮]657 羅伽人。

記：[明]220 薩起損。

竭：[甲][丙]2397 陀國菩。

柯：[乙]2309。

可：[宮]2058 責未曾，[甲]1268，

[甲]1710 毀業修，[宋][元]、呵[宮]485 責或言，[宋][元]1582。

摩：[甲]2035 入地獄，[三][甲]1335 呵，[三]1335 羅隸摩。

婆：[明][甲]1177 世界百。

請：[甲]893 火天已。

説：[宮]416 毀戒行。

謂：[甲]1112 冒提薩。

胝：[宮]1559 十末持。

蠡

螫：[三][宮]1579 復爲人。

蜇：[宮]2122 犢子還，[宮]2122 人。

禾

本：[甲]2128 體也。

和：[明]2122 郡界東，[三][宮]2034，[三][宮]2040 龍王，[三]2122 縣山裂。

來：[聖]1452 新。

木：[宮]2074 六時禮，[宮]2103 九栽蓋，[甲]1851 城但，[聖]210 多欲妨，[宋]5 實天下，[乙][丁]2244 珂。

稽：[甲]2299 花菓故。

示：[甲]1709 也正行。

未：[甲]1709 莠同聚，[甲]1793 親道目，[聖]2157。

牙：[甲]2214 乃至無。

合

半：[明]1636 切惹儞。

別：[三][宮]1545 立一名。

并：[宮]1425 力還取。

不：[甲]2255 合多故。

叉：[甲]2229 二風如。

塵：[甲][乙]2263 生起遠。

乘：[原]1840 成五百。

答：[宮][甲]1912 次問者，[甲]1512 云見相，[甲]2266 集前後，[甲]2339 順三乘，[三][宮]1545 諸蓋攝，[三]2149，[聖][甲]1763 第三問，[元]2016 守愚一，[元]2061 符節，[元]2103 無生金。

得：[三]945 見我我。

二：[宮]244 阿引哥，[甲]923 句。

發：[原]1828 也若依。

法：[三][宮]721 善受次。

凡：[明]2151 二。

反：[甲][乙]862。

分：[甲]2195 一，[甲]1298 爲十位，[甲]1816 明以下，[甲]1851 以，[甲]2271 結總陳，[甲]2290 前五子，[乙]1816 是常心。

復：[三]375 如本我。

蓋：[明]2123 棄。

鴿：[甲]2130 闍者曲。

各：[內]848 繫五寶，[宮]2122 成以空，[甲][乙]1072 捻二小，[甲][乙]1822，[甲][乙]2393 爲第二，[甲]1914 調令身，[甲]2229 如針忍，[甲]2274 相配，[明]2076 各自體，[三][宮]1559 離此彼，[三]1227，[乙]2390 之輪一。

共：[甲]1881 會是成，[甲]1921 云。

故：[乙]2261 諸。

國：[聖]200 土人民。

含：[宮]223 不得，[宮]374 多身以，[宮]2121，[甲、令已]1958，[甲、令[甲]1816 第二第，[甲]1715 頌上聲，[甲]1735 結因有，[甲][乙][丙][丁]2092 聲不言，[甲][乙]1816 説當來，[甲][乙]2223 此等以，[甲]1042 成一字，[甲]1723 云如，[甲]1733 於因也，[甲]1735 之應除，[甲]1736 空疏具，[甲]1736 明眼二，[甲]1929 於義從，[甲]2053 流霞智，[甲]2053 字連聲，[甲]2087 凍鑾氷，[甲]2128 也青而，[甲]2214 而未，[甲]2266 説者意，[甲]2299 三釋中，[甲]2299 説爲一，[甲]2362 華開敷，[明]375 覺知之，[明]2154 有訖今，[三]2110 光七尺，[三][丙]982 長短字，[三][宮][聖]340 反二十，[三][宮][聖]347 時如識，[三][宮]796 受惡體，[三][宮]1453 食下之，[三][宮]2045 鬭見物，[三][宮]2053 璧相循，[三][宮]2059 光趺長，[三][宮]2103 氣修齋，[三][宮]2121 經第二，[三][宮]2122 優鉢七，[三][聖]291 受一切，[三][乙]、冷[甲]2087 凍，[三]1425 枝，[三]2087 凍積雪，[三]2110 光七尺，[聖][甲]1763 三慧今，[聖]26 聚和合，[聖]1425 掌，[聖]1427 安樂行，[聖]1462 床，[聖]2157 涼世法，[另]1431 時清，[宋][宮]2122 聚故風，[宋][元][宮]2122 數故有，[宋][元]1808 賞若無，[宋][元]2103 録十三，[宋]152，[宋]202 不淨之，[宋]374 六義一，[乙]1736 孕沖，[乙][丙]2190

有次，[乙]913 香法謂，[乙]1724 此經不，[乙]2263 有漏三，[元]1443 掌復有，[元]1509 品第四，[原]、和合[甲]1841 父母有，[原]1840 餘義分，[原]1695 二種一，[原]2271 立然同，[原]2339 有二門。

薈：[元]2103 似初生。

欲：[明]1459 輒爲言。

和：[宮]2122 者得用，[三][甲]1123 如箭狀，[乙]912 或用頭。

盒：[甲]2036 當歸，[甲]2036 進之曰。

闍：[三][宮]744 國人民，[三][宮]2121 家得須，[三]164 國斷肉，[三]192 眼開口，[三]2060 境傾味，[三]2060 州白黑。

華：[乙]2391 指末向。

會：[宮]383 於法理，[甲]2217 如函，[三][宮]708 故爲更，[宋][元]、舍[明][宮]2104 影響之，[乙]1736 如非證，[乙]2408 印，[原]、令[甲]2270 有情有，[原]1840 正，[原]2271 理門，[原]1780 三爲二，[原]2248。

及：[三]278 髻明珠。

極：[乙]1736 之下而。

集：[聖][另]1458 時應告。

將：[乙]1736 七八二。

今：[宮][甲]1912 安心先，[宮]263 十六尊，[宮]882，[甲、全[乙]2254，[甲][乙]1736 當見三，[甲]1724 爲，[甲]1805 行事時，[甲]1830 以一義，[甲]1863 明言，[甲]2087 境之內，[甲]2128 從王作，[甲]2192 四字，[甲]

2196 亦，[甲]2286 爲名哉，[甲]2395
一千一，[三]639 有一千，[三][聖]190
若有者，[三]21 皆在是，[聖][甲]1733
顯菩薩，[聖]1763 答，[聖]1788 説果，
[宋][元]1585 有十二，[宋][元][宮]
1670 我與象，[宋]1571 餘頭雖，[乙]
2215 答前第，[乙]2261 名六十，[乙]
2391 伏者並，[原]1774 力後言，[原]
2196，[原]2271 約立五。

　　金：[宮]619 成於上，[三][宮]
2040 掌在心。

　　擧：[三]2122 衆欣嗟。

　　句：[甲]923 虎二合，[明]974 囉
來假，[宋][元][宮]244，[宋][元]974 賀
引，[原]923 嚕馱曩。

　　具：[原]1818 而言之。

　　榾：[三][宮][甲]2053 各一以。

　　可：[三]2112 有形明。

　　口：[明]2076 漢僧云。

　　立：[甲][乙]1822 爲捨受。

　　兩：[甲][乙]1822 緣乃至。

　　令：[丙]917 聞戒及，[丙]1209 縛
攉，[丁]1830 例故，[丁]2244 以言老，
[宮]606 德，[宮]1425 女人嚴，[宮]
1566 生，[宮]1567，[宮]2121 國貴賤，
[宮]2123，[甲]、令合[乙]2317 生起
故，[甲]、含[乙]2261 有六義，[甲]、
今[乙]1709 我，[甲]、今[甲]2299 爲
經名，[甲]、念[乙]2394 用之隨，[甲]
893 自造漫，[甲]1830 作法十，[甲]
1860 其願，[甲]2266 入宗中，[甲]2266
無方分，[甲]2290 成一味，[甲][丙]
1184 甲，[甲][乙]1709 所成猶，[甲]

[乙]1796 聽聞修，[甲][乙]1796 指捻
珠，[甲][乙]1821 實等不，[甲][乙]
1822，[甲][乙]1822 順捨受，[甲][乙]
1822 爲十八，[甲][乙]1822 有是非，
[甲][乙]1833 所熏種，[甲][乙]2223 等
六德，[甲][乙]2227 作之爲，[甲][乙]
2393，[甲][乙]2394 繋念藉，[甲]866，
[甲]923 握拳以，[甲]951 入壇教，[甲]
966 爲拳印，[甲]1065 多身以，[甲]
1072 爲一，[甲]1115 芙蓉二，[甲]1239
之其人，[甲]1512 佛意故，[甲]1709
染淨諸，[甲]1709 未無，[甲]1710 纒
憂俱，[甲]1728 二，[甲]1733 此智當，
[甲]1733 離謂知，[甲]1733 一，[甲]
1735 善遍故，[甲]1736 上二識，[甲]
1736 於，[甲]1744 其得解，[甲]1775
爲一體，[甲]1782 有三，[甲]1782 轉
女，[甲]1816 成一世，[甲]1816 二名
爲，[甲]1816 經及二，[甲]1816 開四
總，[甲]1816 欲得色，[甲]1828 果將
現，[甲]1828 住，[甲]1828 作極重，
[甲]1851 之爲一，[甲]1921 內外衆，
[甲]2068 讀誦大，[甲]2068 耕其舌，
[甲]2068 衆皆聞，[甲]2087 謀欲決，
[甲]2183 因撰或，[甲]2217 當經教，
[甲]2217 爲説也，[甲]2219 呼之直，
[甲]2223 同一體，[甲]2250 坐故如，
[甲]2262 作，[甲]2266，[甲]2266 即
欲文，[甲]2266 前二義，[甲]2266 生
現識，[甲]2266 爲八字，[甲]2266 無
明支，[甲]2266 有立禪，[甲]2266 增
長最，[甲]2266 知其黑，[甲]2270 極
成，[甲]2270 能所爲，[甲]2273 違一

無，[甲]2299 舉水波，[甲]2299 釋也
文，[甲]2299 爲智，[甲]2299 用故云，
[甲]2335 滿信位，[甲]2339 得度等，
[甲]2339 易信故，[甲]2362 爲般涅，
[甲]2367 知天下，[甲]2390 圓第四，
[甲]2392 爲異用，[甲]2392 直立也，
[甲]2394 息災在，[甲]2792 正法得，
[甲]2870 作食限，[明]261 問之今，
[明]310，[明]1550 不自，[三]、舍[宮]
263 衆無音，[三][宮][甲]901 掌向背，
[三][宮]410 衆悉能，[三][宮]649 方
便者，[三][宮]1425 此人治，[三][宮]
1425 度出家，[三][宮]1451 一處苾，
[三][宮]2034 僧，[三][宮]2040 大鬼
將，[三]13 有八大，[三]190 心安，
[三]263 諸菩薩，[三]286 修行，[三]
1354 死者鞭，[三]1421 石飛入，[三]
2060 造十軀，[三]2103 無耶若，[三]
2104 九流爭，[三]2121，[聖][甲]1733
一娑婆，[聖]1763 結勸令，[另]1509
一味爾，[宋][宮]224 爲一般，[宋][元]
1562 故如色，[宋][元][宮]2028 志同，
[宋][元]1425 船盜者，[宋][元]1483 覆
著壁，[宋]945 十方佛，[宋]2059 舶
震懼，[乙]1833 經，[乙][丁]1830，
[乙]908 掌向，[乙]1092 此一身，[乙]
1239 爲我印，[乙]1796，[乙]1816，
[乙]1816 妄想，[乙]1816 修初四，[乙]
1816 知是，[乙]1821 有三，[乙]1833
增長最，[乙]2157 舸送都，[乙]2194
入大行，[乙]2194 同與樂，[乙]2194
有四種，[乙]2385 與二水，[乙]2385
直兩手，[乙]2397 讀，[元][明]1425

不可分，[元][明]1428 小兒，[元][明]
2060 奏帝懍，[元]379 佛法義，[元]
411 出家及，[元]2016 一內外，[原]、
令[甲][乙]1796 素辦瞿，[原]、人[甲]
1863 將爲不，[原]1776 其觀察，[原]
1829 准前貪，[原]2098 誦之未，[原]
[甲]916 修章，[原]905 爲光鬘，[原]
1112 戒方右，[原]1220 瞋目怒，[原]
1744 供養也，[原]1776 悲離染，[原]
1776 大後於，[原]1776 學其知，[原]
1776 衆同聞，[原]1821 出聲如，[原]
1833 變易續，[原]1840 口被燒，[原]
1872 悟冀拂，[原]2196 其意勇，[原]
2196 一，[原]2196 住忍四，[原]2271
有由敵，[原]2349 進度，[原]2362，
[原]2394。

略：[三][宮]1606 若散若，[三]
[宮]1605。

名：[甲]1828 命根二，[甲]2266
有四殊。

命：[三][聖]211 本無者，[三]1443
小叫大。

能：[甲]1816 爲。

捻：[乙]2390 意大德。

念：[宮]603 三種一，[宮]895 者
名爲，[宮]1537 自，[宮]1604 故第九，
[甲]、舍[甲]1816 故，[甲]、舍[甲]
1816，[甲][乙]1225 珠於掌，[甲][乙]
1816，[甲][乙]2288 之一云，[甲]1512
相也故，[甲]1816 相二執，[甲]2087
成一日，[甲]2339 相故十，[明]440 聲
佛南，[明]1562 之物雖，[三]1579 執
中煩，[三][宮][聖]334 吉祥如，[三]

[宮]234 賢聖之，[三][宮]637 覺覺復，[三][宮]1458 而説，[三][宮]1571 時亦無，[三][宮]1579 成身，[乙]1816 相者依，[乙]2778 得悟而，[元][明]、令[聖]278 修行，[元][明]882。

洽：[三][宮]2122 傳輝寫。

巧：[甲]1736 伎術即。

全：[甲][乙]1822 得彼威，[甲]1736 在第三，[甲]1870 不迴向，[甲]2082 在地其，[甲]2130 光明也，[甲]2196 幽闇除，[甲]2266 同，[三]、絶[宮]2112 在成王，[三][宮]345 度，[三][宮]2059，[三][宮]2103 會補，[三][宮]2121 同，[三]1563 一。

人：[甲]1736 中若得。

入：[三]185 作經典。

三：[甲]923 步引。

色：[甲][乙]1822。

善：[甲][乙]1822 取無心。

舍：[宮]2122 葬見其，[甲]2195 舉名，[三][宮][聖][另]281 無量，[三][宮]225 家是故，[三]98 賢者道，[三]186 星宿春，[聖]1456 免王影，[宋][元][宮]1435 雷堂，[元][明][宮]1547 及鴛掘，[元][明]723 羅婆，[知]579 法者有。

捨：[三]152 遠離。

舍：[甲]1721 第四三，[甲]1805 行終照，[甲]1805 休道方，[甲]2035 有奉此。

拾：[三]2145 傳寫既，[三]2154。

食：[甲]、合[甲]1782 相故第。

始：[三]2152 從天后。

示：[甲]2255 今後。

似：[甲]1751 本影現。

四：[甲]1239 口。

所：[明]261 成出水，[原]2262 説云云。

同：[甲][乙]1821 説斷，[三][宮]1435 一處得。

爲：[甲]997 三。

文：[宮]1421 僧爲，[甲]1728 始終相。

向：[甲][乙]2385 也師云。

言：[甲]2274 二失本，[甲]2300 爲一然。

仰：[三][甲][乙][丙]954 掌擘開。

業：[甲]2317 體。

益：[元][明]2060 同倫遂。

引：[宋][明]1129 室哩二。

應：[甲][乙]1822 更有力。

有：[原]2266 四法故。

欲：[宋]1694 望解也。

緣：[明]2060 契。

則：[甲]1828 有九十。

召：[明]1546 法無有。

者：[三][宮]814。

只：[明]2076 是箇無。

字：[宋][元]1211 字是忿。

總：[乙]1723 爲六十。

作：[原]973 金剛，[原]973 金剛掌。

何

阿：[宮]1505 云梵行，[宮]1605 等相差，[甲]2130 周那人，[甲][丙]

2397 陀那是，[甲][乙]2296 賴耶識，[甲][乙]2394 作三，[甲]866 娑呵，[甲]923，[甲]970 畜身即，[甲]1512 異前二，[甲]1793 名經問，[甲]1911 彌陀佛，[甲]2130 者不體，[久]1452 順證義，[別]397 囉闍跋，[明]2131 羅歌或，[明]221 誰不生，[明]293 嚕那，[明]443 囉阿貰，[明]991 囉闍婆，[明]1336 叉路卑，[明]1636 鼻燃是，[三]、詞[甲]901 耶揭哩，[三][宮]薩那儀，[三][宮]221 誰無所，[三][宮]1435 誰，[三][宮]1505 誰等具，[三][宮]221 誰須菩，[三][宮]221 誰諸佛，[三][宮]221 誰著者，[三][宮]397 羅婆阿，[三][宮]397 囉，[三][宮]397 誰能受，[三][宮]479 誰證於，[三][宮]565 須倫迦，[三][宮]657 門，[三][宮]831 長音離，[三][宮]1425 誰乞毛，[三][宮]1428 誰分，[三][宮]1464 誰，[三][宮]1509 修羅琴，[三][聖]99 難於尊，[三][聖]190 唎尼毘，[三]54 墮夫，[三]100 誰離愚，[三]155 誰食耶，[三]190 誰爲天，[三]397 羅闍低，[三]443 舍夜五，[三]993 囉闍，[三]993 囉邏何，[三]1262 誰，[三]1341 沙摩那，[三]1341 娑婆，[三]1341 茶輸伽，[三]1485 秦言善，[三]2145 羅呵公，[三]2145 須倫所，[聖]26 苦欲，[宋]、呵[元]、訶[明]1 醯犍大，[宋][元]2153 須倫子，[宋][元][宮]419 難，[宋][元]1543 等故欲，[宋]2061，[宋]375 反更不，[宋]643 酷之甚，[宋]2061 德次李，[乙]2408 字，[元][明][宮]614 誰能證，[元][明]221 誰，[元][明]221 誰故行，[元][明]397 囉羅，[元][明]480 誰今得，[元][明]721 誰受如，[元][明]993 否何，[元]1003 類，[元]1488 以故因，[元]1543 共有。

傍：[三][宮]1545 生有幾。

畢：[甲]2195 其五百。

便：[甲]1830 果。

別：[甲][乙]1822 因有部。

不：[宮]1451 破，[甲]1929 足致疑，[三]、－[宮]2123 見，[三][宮]384 知所從，[三][宮]754 宜。

持：[元][明]379 報人牛。

傳：[甲]2271 別進退。

此：[元][明]220 應知是。

伺：[三][宮][聖][德]1563 爲内，[乙]1220 惱法。

當：[三][宮]1548 以安詳，[三]186 所屋宅，[聖]225 因隨明，[宋][元]554 用奴爲，[元]1464 當壞時。

得：[宮]1451 爲五，[甲][乙]1822 與彼法，[三][宮]532 喜意爲，[原]1890 修習梵。

而：[甲][乙]1822 理證知，[甲]1816 況，[甲]1960 見彼，[三][宮]2121。

法：[甲]2281。

弗：[甲]1973 得。

佛：[甲]1863 淨刹彌，[甲]1863 者是如，[甲]1983 指彌陀，[甲]2214 說有相，[三][宮]1546 處泉水，[三]212，[聖]1509 等，[聖]1595 謂名言，[宋]1543 果，[乙]2263 爲，[元]2016

者是能。

付：[原]2196 屬品及。

附：[原][乙]2259 其能緣。

歌：[三][宮]616 曲精進。

故：[三]154 説此言，[三]99 有點慧。

呵：[甲]1709 須護答。

訶：[甲]1782，[明]2122 者生在，[三]2122 師備在，[三]2122 師禮山，[乙]1796 鬼所作。

和：[聖]1547 緣天及。

河：[宮]1558 沙門果，[宮]2121 謝髠，[甲]2128 上公注，[三][宮]2103 上公注，[三]2145 津今幸，[聖]2157 其輕，[宋][元][宮][聖]2042 邊入於，[宋][元][宮]2059 胤爲造。

荷：[宮]263 宿福得，[甲]2748 擔以大，[明]1340 義故名。

後：[原]1816 不應見。

乎：[甲]2036。

胡：[三][聖]643 爲長者，[宋][元]2061 在王顧。

化：[乙]2396 身。

即：[乙]2396，[原]2271 是無常。

既：[乙]2263 取各別。

既：[乙]2263 前七。

寄：[三][宮]2060 逌明徹。

加：[乙]2157 言自以。

迦：[三][宮]443 反那。

假：[甲][乙]1821 即如。

件：[甲]2299 答青目。

今：[甲]1816，[甲]2434 者略合。

句：[甲]2266，[甲]2266 中九義，

[三][宮][聖]1547 如是四。

可：[宮]1631 得有迴，[宮]656 不速捨，[宮]1592 相故他，[甲]、－[乙]2249 共，[甲]1828 同對法，[甲][乙]1736 名爲藏，[甲][乙]1866 須似彼，[甲]1763 以斷惑，[甲]1763 應有無，[甲]1816 別羅什，[甲]1929 得引月，[甲]2053 不暫看，[甲]2128 怙，[甲]2266 有定離，[甲]2434 故不二，[明]1562 性非不，[明]1462 必，[明]1462 等比丘，[明]1566 義耶自，[明]2102 師中外，[三]、何所所可[聖]125 所施物，[三][宮]1549 見生答，[三][宮]2103 以，[三][宮]342 受具戒，[三][宮]425 見所苦，[三][宮]1505 義內染，[三][宮]2059 言自以，[三][宮]2060 詳哉，[三][宮]2102 煩諸上，[三][宮]2105 慕，[三][乙]1092 反囉，[三]2145 言自以，[三]2153 忘耶然，[三]2154 言自，[聖][另]790 知其明，[聖]639 行常能，[聖]1463，[宋][宮]1647 用者答，[宋][乙]1092 反下，[宋][元]1428 以無根，[宋]585 其，[宋]1564 斷何所，[乙]1092 反下同，[乙]2157 言壽盡，[元][明]1591 不同睡，[元][明][宮]1563 析法分，[元][明]24 事故得，[元][明]26 勝有何，[元][明]1521 謂爲四，[元]26 足斷之，[元]222 謂度，[元]1532 義不依，[元]1593 以故眼，[元]1596 心作者，[原]、可[甲]1828，[原]2339 説凝然。

況：[三]1564 有無。

了：[宋]22 其下根。

利：[宮][甲]1805 中一二。

例：[乙]2249 可知之。

論：[三]2108 王執埋。

門：[甲]1700 心而成。

妙：[丙]2231 何又。

命：[三][宮]2121 故説人。

那：[甲]、何[甲]1841。

乃：[元][明]186 爾誰能。

寧：[乙]2263 判仍非。

期：[聖]354 快哉我。

豈：[甲][乙]2263 感異熟，[甲]2195 强爲難，[明]220，[明]220 必聞法。

千：[三][宮]379 數億劫。

前：[甲][乙]2297 既釋因，[甲]2215，[三]2122 百餘日，[乙]2397 有退義。

青：[甲]2255 園顯亮。

熱：[宮]1513 故本經。

仍：[甲]2263 有不，[原]2208 以言之。

若：[聖]211 行如意。

沙：[甲]1512 故空即。

山：[甲]2274 等異品，[三]193。

尚：[宋][元]1662 所作。

勻：[乙]2261。

時：[甲]2255 能持業。

始：[聖]1562 等名爲。

是：[甲][乙]1822 心等四，[甲]2255 相續答，[三]192 因縁故，[聖]222 謂眞妙，[宋]1646 名無相，[元][明]658 因故最，[元]374。

誰：[甲]2255 起是諸，[明]2076

人敢授，[三][宮]1690 有智者，[三]152 得斯寶，[聖]1428 衣六群，[乙]2263 人耶答。

隨：[三][宮]721 其方面。

所：[宮]2112 言之當，[甲][乙]1822 以，[甲][乙]1822 縁經説，[甲]1101 願，[甲]1775 以，[甲]1839 聞性因，[甲]2266 聞法饒，[明]220 以，[明]1545 失若是，[三][宮]1425 在而裸，[三][宮]2122 以，[三]186 以念我，[聖]224 所法，[聖]1509 以，[石]1509 由有此，[宋][明]311 設麁惡，[乙]2810。

他：[甲]2270 量，[三][宮][聖][另]1435 家中請，[三][宮][另]1435 家中四，[三][宮]1558 因非要。

貪：[三][宮]221 不出於。

體：[原]1851 從縁顯。

同：[宮]374 事答，[明]2016 原矣，[三][宮]1442 是，[元]1662 力而能。

爲：[三]212 出何見，[聖]421 住聞隨。

未：[甲]1826 必。

謂：[原]2262 名毘播。

問：[明]1545 纏相應。

我：[甲]1821 用故於，[甲]2266，[明]264 等，[三]201 故而乃。

無：[甲]1969 妨遠於，[明]1571 不謂無，[明]2076 窮數眞，[三]、而[宮]2122 不相與，[三][宮]2102 異人苦，[宋]220 以故若，[宋][元]1546 故作此，[元][明][宮]377 所追，[元][明]

1425 病老羸。

勿：[明]1299 畏宜出。

向：[宮]1515 云何不，[宮]1558 者是，[甲]2036，[明]1496 所須及，[明]2045 於父王，[三][宮]607 在在不，[三][宮]1649 故，[三]642 彼方作，[宋]220 以故世，[元][明]1558 地有幾，[知]1441 難起亦。

信：[宋]647 智輪童。

行：[宮]384 得知或，[宮]616 等爲二，[宮]1509 用常行，[宮]1617 相答，[甲]2339 言受燃，[甲]1816，[甲]1816 得，[甲]1816 況爲法，[甲]1821 法名爲，[甲]2249 解者心，[甲]2261 故論云，[明]1548 識陰見，[三][宮]1579，[三][宮]2105 有避世，[三][聖]210 穢，[聖]1546 處説入，[聖]1509 等法所，[宋][明]2122 天左旋，[宋]721 者同行，[宋]2122 周天三，[原]1863 不爲説。

須：[明]222 須菩提。

耶：[乙]2263，[乙]2397 答一約。

也：[三]144 皆是已。

一：[甲]、行[丁]2244 周天月。

依：[甲]2266 假説答，[乙]1822 緣如是。

已：[甲][乙]2404 在前。

以：[甲]1736 受中有，[三]、一[三][宮][聖]626 以故諸。

億：[明]1092 等十二。

有：[宮]425 謂爲衆，[明]715 因有復，[三][宮]762 名爲四。

餘：[甲]2274 小乘至。

欲：[元]125 欲。

緣：[三][宮]1562 爲所緣。

哉：[甲][乙]2288 只云修。

住：[明]1450 在處處，[乙]1816 等是一。

自：[甲]1929 意不得，[原]1958 曾思量。

作：[聖]1509 法可莊，[乙]2408 光。

和

波：[三][宮]1435 提膠。

稱：[原]1763 藏也寶。

初：[甲]2036 林剖決，[甲]2266 未。

調：[三][宮][聖]1425。

法：[三]1424 以衣。

幡：[丙]2134。

服：[明]1334 之呪一。

根：[三][宮][聖]371 應迴向。

故：[宋][元]1425 合歡喜。

禾：[三]2106 御谷禮。

合：[甲]1092 爲丸赤，[甲]2266 合潤先，[三]1341 應知緣。

何：[明]1428 時藥七。

河：[明]2103 滿腹莫。

唎：[三]1343 羅伽，[三]1358 帝。

怒：[明]656 根捨彼，[三][宮]下同 337 拘舍羅，[三]1331 字妙善，[聖]626 致，[聖]2157 菩薩，[元][明]335 拘舍羅。

恒：[宮]337 竭羅怛。

弘：[宮]2060 風動淑，[三][宮]

292 佛道，[三]154 雅所未，[三]220，[三]2059 殿見帝，[三]2149 佛國願，[聖]2157 眞，[宋][宮]、弘和[元][明]2060 和亦。

加：[三][甲]1227 以青蓮，[聖]425 意，[乙]912 如法淨。

兼：[原]1936 外色觀。

澆：[三][宮]1435 泥隨蟲。

扣：[原]2339 機熟故。

利：[宮]2105 三年己，[甲]1828 香等闇，[甲]1848 心神財，[明]1536 順供養，[明]1336 羅，[三][宮]729 語時人，[三][乙]1092 緊稱，[三]193 雨雹，[三]375，[宋][元]2104 平第一，[元][明]2122 願佛之。

妙：[乙]850 雅音種。

怒：[明][宮]606 十三者。

婆：[甲][丁]2244 修吉，[聖]383 波羅婆。

柔：[三][宮]456 弱彌勒。

如：[宮]2103 靈知溜，[甲]2250 生長行，[明]、知[宮]397 一切諸，[聖]1428 合彼僧，[宋]703 讓善，[乙]867 同一體，[元][明]100，[元][明]187 諸毒，[元][明]2087 猨狐同，[知]741 是謂眞。

適：[三][宮]1689 冷。

水：[三]152 適下種。

私：[甲]2067 起燒香，[三][宮]、松[石]1509 吒，[三][宮][聖]1462 多漢，[三][宮]1641 弗多羅，[三]1332 蜜兜伊。

松：[三][宮]2066 服餌樂。

婆：[聖]1425 南阿梨。

爲：[宮]815 鳴天地。

味：[甲]1512 合因貪，[三][宮]721 漂內行。

倭：[甲][乙]2207 名加止，[甲][乙]2207 名同上，[甲][乙]下同 2207，[甲][乙]下同 2207 名宇之，[乙]2207 名與鳥。

我：[聖]1428 合令懺。

相：[甲]2391 合忍願，[甲]2274 故若依。

怡：[三][宮]606 悦衣食。

移：[宋][宮]、私[元][明]2102 追尋民。

於：[甲]1919 氣息五。

杖：[三]1566 合調達。

知：[丙]973 五穀粥，[宮]1804 十誦問，[宮]2122 讓善名，[宮]310 同俱往，[宮]657 利華多，[宮]741 是以，[宮]2122 暢而言，[甲]1214，[甲]1239，[甲]1512，[甲]1709 七，[甲]2204 也問何，[甲]2261 皆不，[甲]2266 香味准，[明]1534 集已後，[三][宮]719 無病多，[三][宮]608 心不宜，[三][宮]639 佛隨喜，[三][宮]1478 也九者，[三][宮]2060 理篤有，[三][聖]1440 法得久，[三]150 利行，[三]1508 調有四，[三]2145 者安集，[聖][知]1581 其，[聖]200 解今此，[聖]210 意定，[聖]272 於善勤，[聖]953，[聖]953 自嚧地，[宋][宮]2040 合故而，[宋][宮]2060 舟車相，[乙]2207 上下尊，[乙]2215 集並實，[元][明]1007 於鬪

諍，[元][明]1435，[元][明]1549 悦其義。

 拄：[三][宮]2059 鹽以啖。

 自：[三][甲]951 鳴時阿。

 作：[甲]893 護摩如。

劾

 核：[三]2154 得便。

 効：[宋]2122 達以實。

河

 阿：[宮]721，[宮]741 甫來，[甲]1821 落迦此，[甲]2128 也從口，[甲]1069 池側，[甲]1724 流至於，[甲]2039 芳辰斯，[甲]2068 胤之，[甲]2128 也象其，[甲]2167 中金剛，[甲]2207 上公章，[甲]2250 名者誤，[甲]2266 漢，[明][宮]2103 潤庶影，[三]、何[宮]2059 并州西，[三][宮]397 挐，[三][宮]397 娜奴可，[三][宮]2060 人也少，[三][宮]2060 崖迴曲，[三]993 囉闍婆，[三]1331 藍，[三]1549 恒薩牢，[三]2060 爲建大，[三]2149 喻經，[宋]24 從獅子，[宋]2154 譬喻經，[元]333。

 邊：[三]1336 沙是爲。

 池：[三][宮]1435 水從何，[三][宮]2060 出大鳥，[三]2087 側娛遊，[聖][另]1435 中作，[另]1435 上洗浴。

 川：[乙]2263 上人云。

 得：[三][宮]721 起成就。

 伽：[宮]237，[甲]、伽[乙]1816 江以在，[三][宮]1595 沙等如，[聖]1509 沙國土。

 海：[三][宮]824 水從何，[三][聖]375 能與魔，[三]375 不能。

 呵：[乙]1724。

 訶：[丁]2244 此云冷，[三][宮]437 世界主，[三][甲][乙]950 世界。

 何：[丙]、丙本傍註曰何經作所862 莊嚴爲，[宮]1547 如是彼，[宮]2122 北別有，[甲][乙]1822 若以每，[甲][乙]1822 有浪經，[甲][乙]2309 爲化生，[甲]1512 味別故，[甲]1782 性無差，[甲]2087 西蕃維，[甲]2255 園隆法，[明]、求法[宮]2053 西僧實，[明]293 深水蛟，[明]721 泉流水，[明]1450 護令持，[明]1558，[明]2149 經一，[三][宮]309 者一，[三][宮]384 趣大海，[三][宮]2103 池眼病，[三]1644 日，[三]2103 南尹何，[聖]1421 諸比丘，[宋][宮]384 注，[宋][元][宮]1435 浮囊渡，[宋]99 駛流一，[宋]721 水速流，[乙]1724 沙億。

 和：[宮][甲]2053 滿腹莫。

 恒：[甲]1751 沙有無，[甲]1799，[甲][乙]1799 沙劫終，[甲][乙]1909，[明]2076 沙無漏，[三][宮]237 沙數於，[三][宮]2122 沙，[三][宮]2122 沙大劫，[三][宮]2122 沙等貪，[三][宮]2122 沙等諸，[三][宮]2122 沙佛所，[三][宮]2122 沙鬼神，[三][宮]2122 沙皆悉，[三][宮]2122 沙劫受，[三][宮]2122 沙世界，[三][宮]2122 沙諸佛，[三][宮]2122 沙諸願。

 湖：[明]2076 淮漢在。

江：[三][宮][聖]1428 邊洗刀，[三][宮]2122 飲親之，[乙]1736 邊爲諸。

津：[聖]1 爾時世。

珂：[三]984 龍王慈，[三]1335 泥。

柯：[三][宮]2103 之茂葉。

可：[宋][元]1095 切下皆。

流：[甲]2053 至咀叉，[三][宮][甲]2053 仍覩，[三]212 能忍超。

沔：[三]2145 十五載。

難：[三]194。

毘：[三]1335 那細毘。

沙：[明][甲]1177，[元][明]433，[元][明]433 數普能，[元][明]664。

事：[另]1721 故棄大。

雙：[甲]2217。

水：[乙]2092 卿，[乙]2263，[元][明][宮]374 漂急無。

踏：[三][乙]950 處衆生。

堂：[宮]1810 側若樹。

源

源河[三][宮]2053 源。

諸：[聖]99 流不放。

曷

昌：[宮]397 利捨揭，[三][宮]760 爲當來，[三][甲]1335 囉。

遏：[甲][乙]1796 諦入部，[甲][乙]2087 邏胡國，[甲]1175 伽眞言，[甲]2053 邏闍補，[三][甲]1007 迦樹木，[三]956 迦木。

而：[乙]1822 邏呼阿。

喝：[明]969 囉濕弭，[明]1384 二合帝，[三]1058 囉二，[三]1097 囉闍位，[宋][元]1057 囉。

何：[聖]211 不精進。

揭：[乙]1821 邏。

竭：[三][宮]2103 誠盡命。

紇

吉：[甲][乙]2391 唎惡是。

羯：[甲][乙]、仡[丙]1214。

汽：[明]1000 哩二。

訖：[甲][乙][丙]1184 唧二，[明][乙]1092 反下，[三][宮]884 哩二合，[三]890 哩二合，[三]1056 哩二合，[宋][明]1170 哩二合，[宋]2088 露悉泯，[原]1309 患人當。

屹：[明]1140 哩二合。

邑：[三][乙]1092 反麼字。

盍

蓋：[元][明][宮]2060 棺還起。

盡：[甲]2296 感，[三]154 各言志。

荷

阿：[三][宮]2060 旨附。

持：[三][宮]656 度無極。

扶：[三][宮]2059。

苻：[甲]2119 之至謹。

符：[宮]1591 負有眞，[三][宮]2103 緗諜。

俯：[甲]1728 冥益但。

負：[乙]1736 德忍而。

訶：[三]440 聲佛南，[三]1018 囉燒馱，[乙]1239 吒，[元][明]458 沙漫。

何：[甲]2255 等，[明]400 諸重，[明]2087 其亭育，[明]2103 其晚悟，[三]212 負是爲，[聖]2157 護僧徒，[宋]、苟[元][明][宮][聖]626 菩薩者，[元][明]1301 所爲以。

河：[乙]2173 澤和尚。

賀：[三][宮]2123 出家離。

華：[甲]1080 葉置於，[三]99 水所不，[三]474 是可謂。

苟：[三]203 剋與王，[元][明][宮]636 之想是，[元][明][宮]637 三昧有，[元][明][宮]637 之想是，[元][明][宮]2123 剋與王。

可：[三][宮]2121 之願以。

向：[三]2121 城。

倚：[三]1331。

旃：[甲]1965。

核

劾：[明]2131 修性法。

刻：[三]2149 得便擯。

榱：[三][宮]1562 娑諸瓜。

校：[三][宮]2122 別作中。

衣：[聖]1441 彼言得。

栽：[元][明]742 無緣獲。

枝：[甲]2128 可治眼，[甲]2128 也主閉。

呵

阿：[宋]、訶[元][明]984 梨氷伽。

唎

和：[三]1343 坻祇。

唎：[三]1343 坻阿摩，[三]1343 泯具沙。

盒

合：[宮]2025，[宮]2025 法衣等。

涸

洞：[聖][丙]1199 乾燒成。

鶴：[甲]2229 吽泮吒。

竭：[三][宮]278 卉木悉。

沒：[三][宮]2048 而來。

泉：[三][甲]1332 河井悉。

涸：[聖]、[丙]1199。

惒

和：[宮]263 阿須倫，[宮]2040 勤行善，[明]2154 檀王經，[三]1331 暹比難，[三]2151 尼百句，[三][宮][聖][另]285 阿須倫，[三][宮]221 竭佛使，[三][宮]263 阿須倫，[三][宮]263 等，[三][宮]263 捷沓，[三][宮]263 摩休勒，[三][宮]263 世間人，[三][宮]342，[三][宮]585 阿須，[三][宮]816 而有所，[三][宮]1599 拘舍羅，[三][宮]下同 292 阿須倫，[三][聖]下同 626 波陀波，[三]26 帝，[三]26 那揵尼，[三]26 提王名，[三]1013 竭授我，[三]1331 泥字辯，[三]2151 檀王經，[三]2154，[三]2154 經一卷，[三]2154 羅，[三]2154 羅經前，[三]2154 尼百句，[三]2154 薩王經，[三]2154 檀王經，[聖]

26，[聖]26 國以此，[聖]26 羅尼拘，[聖]26 那而行，[聖]26 身極高，[宋][宮][聖]350 拘，[宋][宮]221 拘舍羅，[宋][宮]222 拘，[宋][元][宮]2121 檀王以，[乙]2157 尼百句。

桓：[三]1015 竭授我。

恕：[明]2153 薩王經。

毨

褐：[三][宮]1579 爲衣中，[宋][宮]2053，[宋]2053 毳毛槃。

閡

碍：[甲]1811 乃有三。

礙：[宮][聖]1541 想究竟，[宮]384 不，[宮]384 皆是我，[宮]618，[宮]653 諸，[宮]678 者現法，[甲]1698，[甲]1775 如通達，[甲]1775 意也生，[甲]2186 者法辨，[三]、[宮]657 今我得，[三]、間[聖]99 等所謂，[三][流]360，[三][流]360 於是阿，[三]190 婆提唎，[三]220 解大慈，[三][宮]221 聞則信，[三][宮]286 清淨，[三][宮]1541 想云何，[三][宮]1545 餘者二，[三][宮]1604 以爲絶，[三][宮]2103 能達變，[三][宮][聖]1547 相是色，[三][宮][聖]223，[三][宮][聖]223 智十八，[三][宮][聖]1428 佛言聽，[三][宮][聖]1428 若有親，[三][宮][聖]1547 自在以，[三][宮][聖]1552 道謂是，[三][宮][聖]1552 道向第，[三][宮][聖]下同 1585 解能遍，[三][宮][另]1428 遊行空，[三][宮]223 智從，

[三][宮]270 以佛眼，[三][宮]281 通十力，[三][宮]310，[三][宮]384 今獲色，[三][宮]397 智，[三][宮]420 法無礙，[三][宮]443 如來南，[三][宮]443 智善如，[三][宮]565，[三][宮]587 今須菩，[三][宮]587 薩婆若，[三][宮]618，[三][宮]624 怛，[三][宮]633，[三][宮]657，[三][宮]657 煙塵所，[三][宮]657 眼今現，[三][宮]1421 我，[三][宮]1428，[三][宮]1428 如行虛，[三][宮]1428 時迦留，[三][宮]1435，[三][宮]1435 道是中，[三][宮]1507 形所可，[三][宮]1507 也執信，[三][宮]1521 塵，[三][宮]1521 者皆是，[三][宮]1541 想究竟，[三][宮]1545 留難所，[三][宮]1547 如是説，[三][宮]1548 如行虛，[三][宮]1552 道及命，[三][宮]2058 具足大，[三][宮]2058 憂波毱，[三][宮]2103 聖解脱，[三][宮]2103 之，[三][宮]下同 1521 故名增，[三][宮]下同 384 此賢，[三][宮]下同 384 定化受，[三][宮]下同 384 佛名，[三][宮]下同 384 在彼天，[三][宮]下同 585，[三][宮]下同 585 有所説，[三][宮]下同 585 之衆，[三][宮]下同 626 欲，[三][宮]下同 669 天耳神，[三][宮]下同 1521 得解脱，[三][宮]下同 1521 佛寶，[三][宮]下同 1521 故如帝，[三][宮]下同 1521 如是人，[三][宮]下同 1521 四以不，[三][宮]下同 1611 究竟菩，[三][聖]475 示行愚，[三][聖]99 不忍無，[三]

[聖]99 是惱是，[三]99 不斷深，[三]99 法災法，[三]99 故或欲，[三]99 入法，[三]99 飲已，[三]99 之分非，[三]100，[三]157 故是道，[三]186 唯覺己，[三]189 壞吾施，[三]1012 辯才，[三]1344 故復不，[三]2103 尚不可，[聖][另]613 自，[乙]1796 者而有，[乙]2385 力明妃，[元][明][宮]310。

癡：[三][宮]1611 麁澀觸，[三]99，[三]99 可分是。

閔：[宋][聖]、閉[元][明]190 塞在於。

凝：[三][宮]416 見世間。

闕：[甲]2401 頭。

閑：[甲]2128 也說文，[宋][元][宮]、閒[明]2103。

限：[甲]1775 施什曰。

疑：[三][宮]1507。

閱：[三]2103 尚不可。

甗

鮓：[三]152 其門怪。

闖

蓋：[明]2076 國無人。

固：[甲][乙]2391 不。

闉：[三][宮]2123 門。

合：[甲]1122 心門已，[明]2076 城士女，[三][宮]2122 京衆僧，[三]164 國絕望。

闢：[三]118 而此沙。

翾

覆：[宮]2060 切詞相，[三][宮]2103 衆肆庶，[宋][明][宮]2059 條制，[乙]1929 却並。

竅：[甲][乙]2296，[甲]1733 十法即。

竊：[原]1840 觀論勢。

窮：[原]1854 論唯是。

微：[甲]1821 有部考。

佫

俗：[甲]1805 譏因制。

峈

格：[宮]1912 者堅不。

培：[甲]2128 俗字也。

崔

豁：[三]、震[宮]2034 然大悟。

賀

貢：[乙][丙]2092 王。

呵：[聖]397。

喝：[甲]857。

訶：[甲][丙]973 引，[甲][乙][丙]973，[甲][乙][丙]1098 引，[甲][乙][丙]1184，[甲][乙]2390 囉惹尾，[甲]850 嘌鈝，[甲]973，[甲]973 二字若，[甲]1033 迦引嚕，[甲]1072，[甲]1072 迦嚧尼，[甲]1225，[甲]1298 西方水，[甲]1304 若誦此，[甲]1315 引，[甲]2395 般若華，[明]1234 諦引麼，[明][丙]、賀引[甲][乙]1214 誐，[明][甲]

996 者大義，[明][甲]1175，[明][乙]1225，[明][乙]1244 引禰，[明]880 字門一，[明]1002 母捺，[二][丙]954 多，[三][丙]1076 字安右，[三][甲][乙]1125 引素，[三][甲]1124 素上佉，[三][乙][丙]873 引，[三][乙][丙]1076 字者一，[三]972 引，[乙]1069 鉢囉二，[乙]1201 盧沙句，[乙]1211 曩賀，[乙]1709 薩怛嚩，[元][明]1034。

何：[丙]1073 耶揭唎。

荷：[甲]1846 釋迦之，[三]2152 玆往澤，[三]2154 玆往澤。

加：[甲]2207 比比。

迦：[丙]1266 悉底，[甲]2135 里也曩，[聖]1266 悉底二，[乙]912 尾野嚩，[乙]1250。

駕：[丙]2120 類上帝，[丙]2120 天父天。

賀：[宮]2122 道力省，[三]1331 迦闍羅。

惹：[乙][丙]873。

赫

赤：[宋]1331 照。

共：[宮]2103。

郝：[甲][乙]2390 字般若。

爀：[聖]190 赤星散。

燃：[聖]190 巍巍堂。

嚇：[聖]190 能爲世，[聖]190 焰熾猶，[宋][乙]866 奕光明，[乙]1796 奕如鬘。

奕：[三][宮]495 奕上則，[原]2339 照觸明。

熇

稿：[三]但熇稿交用[宋]26 梵志當。

憍：[宋]、憍[元][明]2122 糞甚。

燥：[元][明]2145 護乃徘。

褐

毼：[三]185 及取水，[三]374 欽婆羅，[三]375，[三]375 純善衆，[三]375 以甘露，[元][明]2087，[元][明]2087 伽藍三，[元][明]2087 貨用金，[元][明]下同 2087 斷髮，[元]2087 氊裘多。

揭：[三][宮]847 低八。

袖：[宮]2112 霓。

褶：[元][明]2106 乘馬入。

壑

谷：[知]384 或抱石。

豁：[三][宮]、叔[甲]2053 旦印度，[三][宮]2060 幽阻，[三][宮]2103，[三]2149 然授與。

密：[甲]2068 便剗迹。

堲：[石]1509 又如行。

爀

赫：[宮]299 合成一，[明]190 照，[三][甲]1085 奕光明，[聖]190 歡樂。

嚇：[元]2016 然崩壞。

燺

熇：[三]152 即裂之。

拷：[宋][明][聖]、烤[元]100 炙我患。

鶍

羯：[三]194 韓鳥音。

鶴

鵝：[明]213 擇乳飲。

蜂：[三]201 在池中。

鸛：[三][宮]639 等衆鳥，[三][宮]1545 共守一，[宋][宮][聖]639 鳥聲。

鵠：[甲][乙]1822 形色偉，[甲][乙]2207 胡哭，[甲]1929 林之文，[三][宮]231 鴛鴦，[三][宮]2104 樹閣，[三][宮]下同 2123 來汝處，[三]1 三曰，[三]2103，[三]2103 鳴山爲，[三]2110 鳴山中，[宋]374 耶幡，[乙]2207 今作寉，[元][明][宮]374。

雙：[乙]1736 林三乘。

黑

白：[明]1299 月，[三]2122 白業及。

赤：[甲]2195 鹽也身，[三][宮]397 子壽。

惡：[三][宮]397 業增長。

蓋：[三][宮]2122 囹圄也。

果：[聖][甲]1733，[聖][另]1459 果。

黃：[三][宮]721 或赤如。

金：[原]、《黑色形》十二字《內縛並二空如口黑金色持刀也》十三字[甲]853 色持刀。

淨：[三]2059 死更潔。

累：[宮]1549，[宮]2122 如漆兩，[石][高]1668 亦無染，[元][明]220 品一切，[元][明]2125 背之辜。

類：[原]、累[甲][乙]1098 皆消滅。

里：[宮]425 良衣，[甲]2087，[甲]2087 分黑，[三]985，[另]1721 無，[乙]2244 香之子，[元]1536 闇者，[原][甲]1851 覺。

量：[三][宮]657 麻。

墨：[甲]1848 佛令懺，[甲]2130 也第十，[甲]1717，[甲]2128 繩也字，[甲]2128 文頰赤，[三][宮]620 土日月，[三][宮]1562 索拼量，[三][甲][乙]2087 又曰，[三]186 當令王，[三]1435 印者，[三]2110 之口，[聖]190 膩易受，[聖]1465 者乃有。

默：[宮]1435 山國土，[明]1579 説大，[三]1579 説大説。

青：[甲]1203 若金輪，[聖]1435 畫青畫。

色：[宮]889 色口。

似：[乙]2092 似非好。

思：[甲]2271 業命終。

所：[聖]1548 白業黑。

熏：[三][宮]1428 汚衣。

異：[宮]321 身出白，[宮]721 虫纏絞，[甲]1778，[甲]1828 教而，[明]220 品一切，[明]1554 耳與吉，[明]1563 説大説，[明]2131 祥貪，[三][宮][聖]613 物復當，[三][宮]397 色二名，[三][宮]1558 白惡所，[三]58 行如，[聖]1536 白黑，[聖]1421 白終不，[聖]1435 諸比丘，[聖]1442 異，[宋][元]1579 品所攝，[元][明][宮]1562，[元]

[明]152 或於水，[原]910 光不堪，[原]1776 小後一，[原]1869 等故四。

愚：[聖]1788 教而決。

重：[甲]1733 障正使。

嘿

哩：[甲]1065 然聽受。

默：[三][宮]398 色無遊。

痕

憾：[明][甲][乙]1000。

很

很：[宮]1545 戾難共，[甲]、很戾很候[乙]1909，[甲]1828 戾義蔑，[明]410 戾無有，[明]2122 不革頃，[三][宮]411 戾迷亂，[三][宮]411 戾難可，[三][宮]411 戾於諸，[三][宮]588 自用二，[三][宮]1546 誑諂，[三][宮]1644，[三][宮]1644 戾難教，[三][宮]1648 戾等修，[三][宮]1648 自前或，[三]26 戾不受，[三]1340 戾忘失，[宋][宮]、狠[明]416 弊彼諸，[宋][明][宮]、狠[元]1579 名違言，[宋][明][宮]1579，[宋][元][宮]、狠[明]736 自用婬，[宋][元][宮]、狠[明]2049 慢，[宋][元][宮]、狠[明]588 答，[宋][元][宮]、狠[明]1646 戾有，[元]、狠[明]268 惡心性，[元]、狠[明]1464 戾不隨，[元][明]268 多語如，[元][明]1644 戾，[元]658。

狠：[明]515 戾死箭，[明]310 戾貢高，[明]1340 弊不受，[明]1548 戾

不，[明]1585 戾爲性，[明]2122 戾自用。

恨：[聖]200，[宋][明][宮]、很[元]816 他人亦。

狠：[明]100，[明]203 戾不順，[明]410 戾喜破，[明]1521 戾不諍，[明]1537 戾性總，[宋]、狠[元][明][宮]2122 猜忌僕，[元][明]310 戾發言。

很

狠：[明]489。

狠：[明]293 戾所行，[明]1636，[明]1636侯審。

狠

狼：[宮]1799 銳，[宮]2060 當路安。

恨

懊：[三]402 流淚遍。

悵：[三]1331 不復讀。

怚：[三]1336 羅摩。

惜：[三][宮]2122。

服：[乙]1822 不得此。

根：[宮]2058 欲捨身，[宮]309 九曰嫉，[宮]310 在，[甲]1734 行四無，[甲]1893 對於夫，[甲]2128 自毀其，[甲]2266 心或於，[三][宮]820 咄嗟沒，[三][宮]820 意起心，[三]2122 嫉妬不，[聖]586 塵勞之，[元][明][甲][乙]901 本重罪，[元][明]1443 覆惱嫉。

很：[宮]2103 奕輕辱，[宋][元][宮]、很[明]221 戾愛五，[宋]374 諍訟邪，[原]1695 悷若不。

很：[宮]659 者而生，[三][宮]588 説是法，[三][宮]1546 慳嫉誑，[三][宮]1546 使垢害。

狠：[明]1509 戾嗜好。

懷：[明]1299 讎。

恚：[三][宮]586，[三][宮]1521 一切大，[三][聖]1427 不喜若，[聖]99，[聖]1427。

既：[三][宮]512 即除佛。

慨：[三]190 年耆根。

狼：[甲]1799 爲先追。

鋃：[聖]170。

悢：[宋]2122 稽悔累，[元][明]2103 於遺髡。

眠：[甲]1816 五。

慕：[三]425 愁思欲。

惱：[甲][乙]1822 惡戒故，[三][宮]398 亂或能。

退：[三][宮]397 具足如。

隙：[元][明]658 心遠離。

限：[宮]1650 時王即，[明]380 無有怨，[明]2102 恨，[三][宮]285 殃毒惡，[三][宮]324 以幻惑，[三][宮]425 寂定是，[宋][元]1 無害遊，[元][明]588 心所視，[元]636 十八者。

性：[三][宮][聖]1547 相。

快：[三]374 愁憂苦。

怨：[甲][乙]1909 於菩薩。

輙：[甲]2262 定修習。

亨

亨：[三]、厚[宮]627 利，[三][宮]2102 九幽，[宋]2059 之宇常。

恒

愛：[明][甲]1177 資益一。

不：[原]1867 居水何。

常：[宮]2078 河中，[宮]528，[甲]1736，[甲]2266 有諸仙，[明]、垣[宮]2040 平等即，[明]220 饒益無，[明]672 修行，[明][甲]1177 常，[明]220 聞正法，[明]784 彈琴佛，[三][宮]310 負重，[三][宮]581 食草，[三][宮]1442 流瘡不，[三][宮]2043 來見，[三][宮]2060 又勸化，[三][宮]2121 臭見食，[三]211 欲害我，[聖][甲]1733，[宋][元]842，[乙][丙]2810 緣平等，[乙]1909 爲，[元]945 令此人。

疵：[元][明]322 不和爲。

怛：[宮]1596 囉王子，[甲][乙]2250 刹那量，[甲]1893 質直，[甲]1969 薩阿竭，[明]1147 無間斷，[明]1563 同分無，[明]1680 所珍玩，[明][甲][乙]1174 儞也二，[三][宮]1443 羅底沙，[三][宮]549 俱授一，[三][宮]1571 策迦一，[三][宮]1602 纜者五，[三]682 羅族，[三]1197 鑁三合，[三]1341 囉，[三]1362 姪他呬，[三]1372 儞也二，[宋]220 作是念，[宋][宮]225 以，[宋][元][宮][聖]1543 薩阿，[宋][元]191 受快樂，[宋][元]2145 怛尼百，[宋]1006 地囉聞，[元]、恒[明]1501 時法，[元][明]、桓[宮]425 鉢羅云，[元]

[明]1014 帝二十，[元]1579 相續四，[元]1579 與阿賴，[元]2034 星不，[元]2061 化人不。

但：[宮]1605 現行故，[甲]1731 須，[甲]2305 以常有，[明]261，[三][宮]657 如所應，[三][宮]657 以樂道，[三][宮]657 自咎責，[三][聖]361，[宋][宮]657 以慈悲，[宋][元]220 聞正法，[元][明]2016 專注境，[原]2270 異也言。

坻：[原]1851 羅婆夷。

寶：[宮]2121 水邊積。

而：[明][甲]1177 常思施。

復：[三][聖]125 不免。

亘：[聖]、逗[宮]234 便隨順。

互：[甲]2339 通不言。

怪：[三][宮]1656 恨形色。

捍：[宮][聖]754。

喝：[三][宮]814 呬四修。

恨：[明]225 退。

姮：[三][宮]2060 娥之景。

歡：[三][宮]2102。

洹：[甲][乙]1816 精舍等，[明]1509 河沙等，[明]1547。

桓：[甲]1723 遊處，[三]2110 芝，[乙]2157 羅云母。

江：[宮][聖]425 河沙劫，[甲]1816 河世界，[三][宮]263 沙數各，[三][宮]401 河沙等，[三]186 沙，[三]1011 沙剎積，[聖]125 河沙佛。

境：[乙]2263 不相離。

怕：[丁]2092 令二人，[丁]2092 修之，[甲][丁]2092 立靈僊，[乙][丙]2092 來造第。

順：[聖]271 常隨順。

坦：[元][明]2060。

唯：[乙]1909 恐苦毒。

惟：[甲]1782 行相後，[宋]190 河岸邊。

位：[原]2248 願。

霄：[宋][元][宮]、宵[明]2060 興開發。

行：[明]721 有神通，[明]721 常自隨，[三]2154。

性：[甲][乙]1866 如是餘，[甲]2339 有由法，[明]2016 清淨因，[三][宮]1595 俱起，[三][宮]1595 修恭敬。

宣：[和]293 清淨無。

烜：[三]682 雜染佛。

應：[甲]1151 作禮。

垣：[甲]1708 行故言，[甲]1816 相，[三][宮]607 常塗畏，[三][宮]2034 水南寺，[三]2145 水南寺，[宋]2110 觀而不，[乙]2157 經記作，[元][明]2059 水南寺，[元][明]2154 經記作。

園：[三][宮]538 呵雕阿。

源：[乙][丁]2244 泛濫梵。

增：[元][明]125 益功德。

正：[宋]125 從。

住：[甲]2263 不易不，[甲]2434 不變易。

桁

笐：[三][宮][另]1442 竿上而，[三][宮]1442 竿自然，[三][宮]2060 上注目，[三]1458 或。

街：[三][宮]2122 南自見。

抗：[宋][宮]、笎[元][明]1425 曬衣物。

橫

遍：[甲][乙]1799 者十方。

播：[甲]1709 設不稱。

幡：[甲]2402 頭陪閫。

共：[甲]1110 相押。

構：[明]2104 稱。

桄：[三][宮]1458 若睡眠，[三][宮]1458 梯所及。

廣：[甲]1287 滿一由，[甲]2219 無際不，[三][聖]125 八萬四，[三]100，[聖]1425 量壁內。

獷：[甲]1828 語者此，[甲]1813 語苦，[原]920 捨豪貴。

撗：[宋][元][宮]606。

宏：[明]2076 塘。

蝗：[三][宮]1521 諸國王。

樺：[甲][乙]1821 梯時先。

狂：[原]1201 亂。

擴：[甲]2792 爲他謗。

流：[三][宮]818 口出惡。

貿：[明]212。

摸：[甲]952 掌中印。

莫：[三]26 取邪見。

僕：[甲]－[丁]2244。

濕：[宮]1470 薪二者。

損：[甲]1782 故。

限：[三]116 不盜竊。

於：[甲]2214 其端。

壯：[元][明]2122。

衡

衝：[甲]2039，[甲]2087 輕重取。

錘：[三]2060 穿五色。

橫：[三][宮]2122，[三][宮]2122 海有魚，[三][宮]2122 石斷路，[三][宮]2122 騰侍奘。

衢：[三]2154 州始興。

衞：[甲]2244 山脚爲。

行：[三]2154 嘗於洛，[乙]2092 造文柏。

蘅

衡：[宋]、莖[元][明]474 華卑濕。

莖：[三][宮][聖]627 花充滿，[三]22 華生於。

吽

唵：[三]、引細註[明][乙]908 罇日囉。

哈：[甲]861。

呵：[甲]2400 慳作是。

吽：[甲]、吽[乙]1239 吽。

乎：[乙]1210 反婆儞。

呼：[甲][乙]2391，[甲]1112 引，[甲]1268，[乙]2249 栗多從。

健：[乙]1072 吒夜引。

若：[甲]974 罇日羅。

觧：[丙]973 泮吒，[丙]973 三，[丙]1184，[甲]859，[甲]2219 是恐怖，[三][宮]2122 十四馱，[三]1096 二合下，[宋][元]1007 二合虎，[乙]1796 引字義，[乙]1796 是恐怖，[元][明][乙]1092 四。

訇

　訇：[甲]2035 餘。

烘

　洪：[三][宮]2122 爛，[三][宮]2123。

搗

　掏：[三]23 日大城。

薨

　崩：[三][宮]2104 世子洛。

曠

　廣：[三][宮]1542 無礙不，[聖]157 大今可，[元][明]1582 大善能。

轟

　排：[宋][宮]、囊[明]2122 銷。
　軒：[元][明]186 大動魔。

弘

　傳：[三]1982 普化。
　分：[三]2041 明呪願。
　該：[甲]2006 通。
　和：[丙]2164 辨，[宮]1421 師教安，[宮]606 慈當何，[宮]2060 矣將令，[宮]2122 誓感報，[三][宮]338 雅，[三][宮]2104 定無異，[三]2151 化以，[另]285 明志平，[宋][宮]2060 選自周，[宋][宮]2060 役務時。
　恒：[甲]2073 景等證，[甲]2348 景律師，[宋][元]2061 沈法師。
　宏：[丙]2092 自云教，[甲]2006

聖道眞，[甲][丙]2092 寶明等，[甲]1969 此道者，[甲]1969 齊有慧，[甲]1969 誓娑像，[甲]1969 誓願願，[甲]1969 誓拯群，[甲]1969 於道流，[甲]2092 麗諸王，[甲]2092 農人晋。

　洪：[甲]1998 覺云，[宋][元]2061 始五年。
　后：[聖]2157。
　慧：[宋][元][宮]2122 明唐謝。
　即：[元][明]401 器顯發。
　加：[宮]401 雅之教，[甲]1782 博，[三]2106，[原]1744 故爲正，[知]741 普之慈。
　彌：[宮]2122，[三][宮][聖]278 廣普覆，[三][宮]635，[三][宮]2040 恩在佛，[三][宮]2102 慚簡札，[聖]2157 法經已，[宋]2145 道以善，[宋]2154 報經一。
　妙：[元][明]744 福。
　強：[甲]1721 之德故，[甲]2087，[三][宮]310。
　清：[三][聖]211 美國王。
　求：[乙]1797 下化修。
　如：[三]2110 夫子首，[元][明]2103 夫子首。
　私：[甲]1816 願二住，[三][宮]2121 檀即，[宋][宮]2103 不輕之。
　思：[元]2016 揚不思。
　誦：[甲]2068 法華同。
　雅：[三]2110 動止有。
　引：[宮]2060 其，[甲]1932 之典大，[明]220 雅隨，[明]2060 蓋世之，[三][宮]2102 彼此疑，[另]1721。

于：[明]2103。

於：[乙]1832 初有。

云：[甲]2261 義冥神。

知：[甲]2068 大衆以，[三][宮]2122 桀紂之，[聖]1582 方便，[乙]1736 法九於，[原]2339 宗輪。

治：[三][宮]2053 爲皇。

宏

安：[甲]2128 作。

弘：[明]2060 雅其狀。

紘：[三][宮]2053 之略。

密：[三][宮]1552 遠玄曠，[三][宮]2034 世遷京，[另]1428 佛言聽。

完：[三]2063 梁天水。

泓

弘：[宮]2034 親管理，[明]2149 博兼内，[元][宮]613 然都盡。

私：[宮]2059。

虹

蚣：[甲]1813 蛇等傷。

紅：[宮]721 色以嚴，[甲][乙]1211 霓遍照，[三]2088 色太史。

絳：[三]201 嘴白嚴，[聖]1462 亦如電。

竑

竝：[甲]2035 以法施。

洪

常：[明]2076 州雙嶺。

法：[宮]2034 慶，[三][宮]638。

供：[宮]2060 法勝洪，[三][宮]2122 海者患，[聖]291 範則是，[元][明]338 業是爲，[知]1579 直其舌。

涵：[乙]2092 博。

弘：[甲]1969 此教也，[明]152。

宏：[甲]1969 經乃知，[甲]1969 時教者，[甲]1969 斯教五。

鴻：[三]186 音歎未。

笑：[三][宮]2121 光上至。

紅

赤：[乙]2228 黑紫是。

船：[三]25 上乘向。

紛：[三][甲]951 開敷蓮。

虹：[甲]2395 等文而，[三][宮]2103 電之驚，[三][宮]2103 曳曲陰，[元][明]721。

絳：[元][明]1340 或紫或。

經：[甲]2207 急遽，[原]2001 卷等三。

綠：[甲]2192 赤，[三][宮]2122 色端坐。

紘

宏：[三][宮]2102 謀妙思，[三][宮]2103 綱彌布。

絃：[甲]1912 即正曲。

閎

閡：[甲]1969 意。

絃

宏：[三][宮][甲]2053 窮玄理。

鴻

鵁：[三]1341 嘶那夜。

大：[三][宮]2122 鵬之背。

洪：[甲]2073 論何其，[三][宮]2059 風既扇，[三][宮]2103 荒道，[三][宮]2103 鍾集蕃，[三][宮]2122 範五行。

鳴：[宋]2103 徽未遠。

澒

渚：[三][宮][聖][另]410 三昧亦。

侯

國：[三][宮]2109 之。

疾：[丙]2092 今日富。

喉：[甲]901 蛇赤黑，[三][宮]2104 愕視束。

後：[甲]2036 在大蘇。

候：[宮]1545 王若，[甲]1799 得其便，[甲]1973，[甲]2035 沙門寶，[甲]2037 之，[甲]2039 善德王，[甲]2128 反説文，[甲]2128 反周禮，[三][宮]732 是。

敬：[宮]2060 伯邀延。

俟：[原]2099 朕。

使：[甲]2271 關中訓。

叟：[甲]1335 離者。

徒：[三][宮]2122 勞精進。

夏：[三]2108 之禮則。

診：[三][宮]2122 也此寒。

隻：[三]1505 舉得善。

喉

呼：[甲]2386 羅伽等。

唯：[宮]2122 脈令斷，[宮]310 聲清美，[宮]1647 心腹等，[甲]904，[甲]1007，[甲]1123 頂皆誦，[甲]1718 襟目葵，[甲]2299 衿若是，[三][宮]607 舌如骨，[三][宮]1559 齒眼，[聖]1563 筒墮生，[宋][宮]2122 內豁然，[元][明]1562。

猴

獲：[甲]1924 之躁爲，[三][聖]210，[聖]1426 著，[聖]1437 著鎖。

獼：[宋][明][宮]2122 鄉。

俉：[甲]2402 到反。

猨：[三][宮][甲]2053 沼仰勝。

猿：[三]、獲[宮]2122 懸在樹。

㬋

居：[甲]1816 阿脩羅。

睺

漢：[三]2060 未取泥。

侯：[甲]2130 阿脩羅，[三][宮][久]397 羅婆國，[三][宮]380，[三][宮]397 羅茶龍，[三]190 三富，[三]950 名軍名。

候：[三][宮]341 多頃百，[三][宮][聖]341 多，[聖][另]303 囉伽，[宋][宮]、侯[元][明]2122 失旃。

尸：[原]1308 曩阿素。

羅：[明]939 羅伽部。

睢：[宋][元]1521 羅伽得。

梯：[聖]586 樓八。

維：[聖]1428 羅母與。

休：[三][宮]313 勒皆向，[三][宮]632 勒王。

眼：[三]375 象。

曜：[甲]1304 計都暗。

雲：[三]、云[聖]643 承佛威。

雉：[宮]585 樓。

篌

攏：[三]607 把亦色。

簇：[甲]1921 無聲今。

糇

喉：[宋][宮]2060 粒鍚以，[宋][元][宮]、餱[明]1545 糧前路。

餱：[甲]2036，[明]、喉[宮]2060 糧，[三]1340。

穄：[宋][宮]、濩[元][明]2104 液莫不。

吼

呼：[三]184 滿空中，[三]185 滿空中，[三]1343 聲。

孔：[宮]1451 去斯不，[甲]2036 石之功，[甲]2217 必先奮，[甲]1239 王，[甲]1717 法門者，[甲]2053 無敢近，[甲]2217 於，[乙]1239 喚馳走。

乳：[乙]1822 轉大梵。

孝：[元][明]272 吼一切。

音：[三][宮]585 於是現。

月：[三]246 等無量。

后

伯：[元][明]、舌[宮]2053 清塵山。

帝：[明]2076 曰何。

妃：[元][明]152 俱委國。

垢：[三]158。

姤：[宮]1425 得天眼，[聖]291。

後：[明]329 宮婇女，[三][宮]2103 來，[乙]、后[乙]852 妃圍繞，[原]1091 爲。

薦：[乙]2396。

居：[甲]2262 多散亂。

君：[宮]2112。

名：[甲][乙]2385 亦是乾。

舌：[丙]2092 遣，[宮]1656 等毛若，[宮]2122 部感瑞，[三]、－[宮]2121 若達。

石：[甲]2837 壁之中。

同：[三][宮]721。

右：[甲][乙]2250 藏，[甲]2035，[甲]2035 幸魯祠，[宋]2154 諸王及。

厚

成：[甲][乙]2309 廣從此。

淳：[宮]444 德佛南，[三]161 潤今欲，[宋][元]446 精進佛。

奮：[三]193 存終始。

後：[甲]1775 人等心，[明]721 結使極，[明]2123 世世受，[三][宮]2104 生存利，[石]1509 不可得。

懷：[三][宮]2060 敦裕言。

良：[三][宮]495 友安神。

辱：[明]264 不大亦。

停：[三][宮]1435 舉畜腐。

享：[宮]2103 身寶命，[三][宮]381 功祚無，[三]203 敬彼比，[三]2123

飲食其。

序：[甲]1732 集一，[聖]1522 集
肇慮，[元][明]210 爲最友。

緒：[三]2145 分也，[三]2145 分
者遠。

友：[宮]1428 知識別，[三][宮]
1428 最大者，[三][宮]1430 以僧物，
[三][宮]274 反，[三][宮]403 其，[三]
[宮]1428 應取如，[三][宮]1428 最大
者，[三]154 我之父，[三]374 爲太子，
[聖]99 常説如，[另]1428 王請在，
[石]1509 好共論，[元][明]624 其厚，
[元][明]669。

有：[聖][另]790 善者不。

原：[甲]1816 嚴經云，[甲]2068
省事少，[甲]2219 皮筋肉，[明]2122
霜，[聖]2157 人神同，[聖]2157 相資
供，[宋][宮]2103 鑿土得，[宋][明]
[乙]1092 平等性，[元][明]285 諸根
羅。

後

愛：[甲]1763 能。

本：[三]2154 兩譯，[元][明]658
自盲。

彼：[宮]329 世無德，[宮]676 時
不須，[宮]1509 天何以，[宮]1545 生
未生，[宮]1558 所有道，[宮]2034 處
此身，[甲]1735 護持法，[甲]1735 一
求果，[甲]1830 後果當，[甲]2195 十
無上，[甲][丙]917 箇陀羅，[甲][丙]
2381 四重者，[甲][乙]1816 論第四，
[甲][乙]1816 有苦受，[甲][乙]1821 起

故諸，[甲][乙]1821 一切，[甲][乙]
1822，[甲][乙]1822 必帶前，[甲][乙]
1822 出定位，[甲][乙]1822 道類忍，
[甲][乙]1822 更不，[甲][乙]1822 三
無漏，[甲][乙]1822 屠羊者，[甲][乙]
1822 我而不，[甲][乙]2250 時三皆，
[甲][乙]2250 説佛壽，[甲][乙]2263 身
因如，[甲][乙]2263 心淨時，[甲][乙]
2263 障，[甲][乙]2309 因緣意，[甲]
[乙]2397 文，[甲]1708 十住，[甲]1733
信，[甲]1733 也現在，[甲]1736 前初
開，[甲]1816 解，[甲]1816 慢故説，
[甲]1821 邊勝縁，[甲]1821 三杖俱，
[甲]2195 八百劫，[甲]2195 嚴王品，
[甲]2249 師説意，[甲]2250 世大種，
[甲]2262 所計如，[甲]2262 言隨一，
[甲]2262 依勝進，[甲]2263，[甲]2263
對法爲，[甲]2263 時三皆，[甲]2266
果後起，[甲]2266 令生今，[甲]2266
因有法，[甲]2274 比量因，[甲]2274
處無有，[甲]2274 宗都不，[甲]2311
有諸，[甲]2339 天惑，[甲]2397 被大
悲，[甲]2397 時，[甲]2397 四以爲，
[明][宮][聖]1602 轉識善，[明][和]
[內]1665 之時沈，[明]532 舍利得，
[明]1552 當説問，[明]1596 得智於，
[明]2122 人是時，[三]1341 牢，[三]
1562 所説此，[三]1579 不復有，[三]
[宮]716 新出生，[三][宮]1428 於異
時，[三][宮]1545，[三][宮]1549 悉知
一，[三][宮]1551 眷屬是，[三][宮]
1563 時起此，[三][宮]1591，[三][宮]
2108 日精月，[三][宮][聖]416 梵德

比，[三][宮][聖]1646 世知我，[三][宮]585 學者，[三][宮]639 末世時，[三][宮]649 於諸，[三][宮]837 後末世，[三][宮]1425 安，[三][宮]1425 於，[三][宮]1428 於異時，[三][宮]1443 堅執不，[三][宮]1521 世了了，[三][宮]1530 亦如是，[三][宮]1536 解脫生，[三][宮]1543 思惟所，[三][宮]1544 不見內，[三][宮]1544 離彼修，[三][宮]1545，[三][宮]1545 大德雖，[三][宮]1545 世亦許，[三][宮]1545 造餘無，[三][宮]1545 眾同分，[三][宮]1548 生謂此，[三][宮]1558 世尊除，[三][宮]1559 三一切，[三][宮]1562 當顯斷，[三][宮]1562 具，[三][宮]1562 體未有，[三][宮]1562 有愛必，[三][宮]1563 得俱起，[三][宮]1579，[三][宮]1579 於一時，[三][宮]1597 時此聞，[三][宮]2104，[三][宮]2104 出論場，[三][聖][另]1543 邊最後，[三][聖]26，[三][聖]1522 無我依，[三]26 時世尊，[三]49 二種人，[三]53 自能止，[三]125 檀越施，[三]201 必傷害，[三]212 何所望，[三]1340 時爲食，[三]1340 始得此，[三]1341 得脫已，[三]1341 亦爾作，[三]1545 聞之當，[三]1598，[三]2125 施生授，[三]2154 齎還，[聖]1579 名善清，[聖][甲]1733 十億塵，[聖][另]1543 思惟也，[聖]158 略說我，[聖]411 世苦不，[聖]1421 時嚴四，[聖]1451 以綩蓋，[聖]1552 起無願，[宋][元]202 七，[宋][元]1551 乃至教，[宋][元][宮]1443 園內，[宋]361 唐苦亡，[宋]1341 言後，[宋]1545 乃心謂，[宋]1604 爲攝自，[乙]1822 有，[乙]2261 勝，[乙]2263 報，[乙]2263 時造善，[乙]1821 鈍三者，[乙]1822，[乙]1822 兩，[乙]1822 說至，[乙]1822 爲說而，[乙]2263，[乙]2263 報業定，[乙]2263 長養無，[乙]2263 卷述不，[乙]2263 三因如，[乙]2263 釋，[乙]2263 義雖定，[乙]2394 弟子作，[元][明]626 刹土王，[元][明]1661 所依而，[原]1776 麂故曰，[原]2248 自解云，[原]1287，[原]1764 難，[原]1776 諸佛，[原]1851 報果及，[原]1960 入水即，[原]2339 答彼不，[原]2362 四倒不，[知]1579 有因性，[知]1579 有眾苦。

必：[三][宮]1646。

便：[明]2076 住，[三][宮]1458 將此物，[三]2149 前至常。

初：[甲]2262 釋爲正，[三][宮]1545 復漸略，[另]1435 分，[原]1764 不到凡。

處：[明][甲][乙]1174，[聖]1421 一舊比。

觸：[甲]1828 生受緣。

辭：[原]1776 去。

次：[甲]1733 五化令，[甲][乙]2223 明總結，[甲][乙]2263 釋淨位，[甲]1780 釋本名，[三]25 復還爲，[原]922 結佛大。

從：[甲]1735 是已來。

從：[宮]1911 見假入，[宮]1471 授鉢當，[宮]2042 春時與，[宮]2060

因盛集，[宮]2122 天捨命，[和]261，[甲]1708 三界九，[甲]1763 因至果，[甲]2067 天宮還，[甲]893 何至，[甲]1007 一切那，[甲]1227 右脚，[甲]1709 總結斷，[甲]1736，[甲]1736 上二下，[甲]1763 未有解，[甲]1811 進受者，[甲]1813 生隨是，[甲]1925 第四定，[甲]2035 去從，[甲]2261 猛利漸，[甲]2335 本流末，[甲]2337 名門等，[明]13 復欲施，[明]212 上天樂，[明]1560 起田根，[明]1563 十初叵，[明]2121 六十億，[明]2154 卒於山，[三][宮]310 世流行，[三][宮]452 十二年，[三][宮]790 下枝間，[三][宮]1421 世利受，[三][宮]1428 四顧，[三][宮]1435 當向清，[三][宮]1471 示主令，[三][宮]1546 諸比丘，[三][宮]1563 四勝處，[三][宮]2104 太武至，[三][宮]2121 未久有，[三][宮]2122 生至天，[三]125 必種惡，[三]192 胎現猶，[三]1421，[聖]1428 時世尊，[聖]1440 夜後分，[聖]1509 意云何，[宋][宮]2123，[宋]2103 爾時末，[乙]2157 此下闕，[乙]2263 隨宜不，[元][明]2059 之今上，[元]2122，[原]2126 漢永平，[知]598 當來世。

待：[宮]1912 時出，[宋]1562 眼得生。

得：[甲]2262 果時説，[甲][乙]1822 已，[甲]1924，[甲]2262 起何識，[甲]2262 聖故不，[三]2123 暫住從，[三][宮]2060 安靜彌，[聖]1425 更得

不，[另]310 即得隨。

德：[三][宮]1546 若得正，[元][明]2016 普賢純。

度：[丙]2381 未來世，[甲]2266 多見功，[明]316 正法住，[三][宮]414 示現尊，[三][宮]2058 囑累吾，[聖]1425 次尊者。

段：[甲]2218 了。

而：[三]125 取滅度。

二：[甲]1735 又善男，[甲]1736，[甲]1736 然善下，[甲]2262 解文。

法：[甲][乙]1822 俱皆，[甲]2204 次第階，[乙][丙]2397 事。

方：[三][宮]1570 位方言。

放：[丁]2244 千光明。

非：[甲]2266 世親祖。

佛：[甲]1816 世尊爲，[宋][元][宮]1435 世生天。

復：[丁]1831 勘前第，[敦]1957 有佛何，[宮]2040 勅我令，[宮][甲]1912 通論摩，[宮]244 所求成，[宮]1514 後諸疑，[宮]2060 靜居閑，[宮]2123 於過去，[甲]、後[甲]1851 二一對，[甲]1512 家薩婆，[甲]1778 更增，[甲]1782 三前三，[甲]1821 別明故，[甲]1828 恐念有，[甲]1828 能自用，[甲]1828 起以攝，[甲]1863，[甲]2274 作決定，[甲]2290 合本論，[甲]2393 至壇東，[甲][丙]1145 於日蝕，[甲][丙]2397 言云云，[甲][乙]1821 有異生，[甲][乙]2227 取蘇摩，[甲][乙][丙]1184 明獻闕，[甲][乙]1821，[甲][乙]1821 二故，[甲][乙]1821 修聖行，

[甲][乙]1822 二輪厚，[甲][乙]1822 加三支，[甲][乙]1822 起，[甲][乙]1822 起撥因，[甲][乙]1822 釋有説，[甲][乙]1822 數應知，[甲][乙]1822 説，[甲][乙]1822 雖存，[甲][乙]1822 應名現，[甲][乙]1822 云何此，[甲][乙]1822 智蘊中，[甲][乙]1833 能引起，[甲][乙]1866 更索耶，[甲][乙]2219 心然亦，[甲][乙]2263 別能生，[甲][乙]2263 云從見，[甲][乙]2328 住七水，[甲][乙]2385 四指少，[甲][乙]2397，[甲]893 持誦華，[甲]923，[甲]923 誦所持，[甲]952 畫最勝，[甲]1030，[甲]1089 責已過，[甲]1225 當安頂，[甲]1228 和柳水，[甲]1229 七，[甲]1239 墮地獄，[甲]1512 觀，[甲]1512 還自謂，[甲]1512 釋者爲，[甲]1708 有一句，[甲]1709 別，[甲]1709 二解並，[甲]1709 方爲，[甲]1710 能永度，[甲]1710 有漏盡，[甲]1723 現身故，[甲]1733，[甲]1735 有下覩，[甲]1765 不久王，[甲]1771 解阿含，[甲]1782 受支體，[甲]1782 有菩薩，[甲]1816 降，[甲]1816 名福相，[甲]1816 能成熟，[甲]1816 人以無，[甲]1816 釋無相，[甲]1816 引佛説，[甲]1816 住千劫，[甲]1821 名非觸，[甲]1823 得菩提，[甲]1828，[甲]1828 次如是，[甲]1828 二先正，[甲]1828 法執若，[甲]1828 解云或，[甲]1828 能順生，[甲]1828 破之前，[甲]1828 起世間，[甲]1828 入遍計，[甲]1828 三初約，[甲]1828 生類智，[甲]1828 生

滅是，[甲]1828 是道智，[甲]1828 説一種，[甲]1828 行品是，[甲]1828 修蘊等，[甲]1828 由，[甲]1828 有，[甲]1828 有二相，[甲]1828 有二因，[甲]1828 有九想，[甲]1828 有三教，[甲]1828 有言何，[甲]1828 知彼於，[甲]1828 自現行，[甲]1830 生現行，[甲]1830 釋下二，[甲]1831 二段意，[甲]1832，[甲]1841 取此，[甲]1851 經中名，[甲]1851 同時縛，[甲]1851 修捨又，[甲]1863 言無始，[甲]1863 有部雖，[甲]1863 作佛還，[甲]1921 故是末，[甲]2068 有野牛，[甲]2082 有大痕，[甲]2087 有天女，[甲]2128 有從手，[甲]2195，[甲]2196 爲一切，[甲]2196 有長人，[甲]2196 有陰陽，[甲]2214，[甲]2217 釋云曲，[甲]2219 還爲，[甲]2219 菩薩大，[甲]2227 誦計利，[甲]2239 説一切，[甲]2244 可，[甲]2244 彌勒佛，[甲]2244 性賢令，[甲]2254 勤修聞，[甲]2255 失是業，[甲]2259 剎那中，[甲]2261 有，[甲]2263 同時亦，[甲]2263 言前方，[甲]2266，[甲]2266 畢，[甲]2266 沒心位，[甲]2266 如是，[甲]2266 三種障，[甲]2266 思倫記，[甲]2266 業中文，[甲]2266 亦得名，[甲]2266 異於，[甲]2266 有次第，[甲]2266 有釋夢，[甲]2266 約於地，[甲]2266 云何謂，[甲]2269 斥執定，[甲]2270 壞之時，[甲]2270 違世間，[甲]2270 云見非，[甲]2274 大小共，[甲]2274 云兩俱，[甲]2290 決前疑，[甲]2299 除若一，

[甲]2299 還七處，[甲]2299 能入，[甲]2299 屬累〇，[甲]2299 爲一假，[甲]2299 異故故，[甲]2309 一水耶，[甲]2323 云爲前，[甲]2339 識變以，[甲]2339 重觀是，[甲]2401 云次當，[甲]2434 念言是，[甲]2897 取吉日，[明][宮]1425 兼爲欲，[明]211 日國王，[明]220 還退轉，[明]1450 於一時，[明]1509 令，[明]1545 覺知深，[明]1551 若聚乃，[明]2076 言用，[明]2131 加圓，[三]125 以香華，[三]1562 當辯設，[三][宮]、微[聖]294 供養十，[三][宮]723 生輕餓，[三][宮]1545 從彼歿，[三][宮]1562 起，[三][宮]1579，[三][宮][聖]1595 能得上，[三][宮][聖]1421，[三][宮][聖]1579 有有如，[三][宮][另]1442 還縷盡，[三][宮]309 從二禪，[三][宮]397 觀三受，[三][宮]415 有，[三][宮]451 以法味，[三][宮]470 向文殊，[三][宮]593 生懊悔，[三][宮]606 念若聞，[三][宮]638 獲釁速，[三][宮]729 不誠多，[三][宮]889 安置所，[三][宮]1425 持利，[三][宮]1428 還得心，[三][宮]1435 還自來，[三][宮]1451 有蘭若，[三][宮]1460 應用，[三][宮]1505 澡浴塗，[三][宮]1506 破癱彼，[三][宮]1509，[三][宮]1545 起第二，[三][宮]1546，[三][宮]1546 至，[三][宮]1549 南方如，[三][宮]1549 他人曰，[三][宮]1559 見彼法，[三][宮]1559 顯業三，[三][宮]1559 有急，[三][宮]1579 有諸行，[三][宮]1594 如是善，[三][宮]1598 如是

善，[三][宮]1647 不在邪，[三][宮]1647 當廣說，[三][宮]1656 得解脫，[三][宮]2034 出，[三][宮]2060 出日藏，[三][宮]2060 相煩遂，[三][宮]2121 有四柱，[三][宮]2122，[三][宮]2123 然火須，[三][宮]2123 生，[三][宮]2123 識宿命，[三][宮]2123 受餘惡，[三][甲][乙][丙]1056 至腦後，[三][聖]26 昇善處，[三][聖]125 作誓，[三]1 時雲上，[三]23 撮滿手，[三]125 彼人有，[三]125 便，[三]125 長者不，[三]125 此人不，[三]125 乃出是，[三]125 受報皆，[三]154 不順從，[三]156 爲其女，[三]187 生人中，[三]212 備受報，[三]842 度衆生，[三]1169 用塗二，[三]1427 嫌呵，[三]1545 漸減乃，[三]1546 是世第，[三]1562 有，[三]1562 執，[三]1563，[三]2110 梁社稷，[三]2121 如舊，[三]2122 則無，[三]2123 得便呼，[三]2149 南度江，[聖]1563 有非獨，[聖]1733，[聖][甲]1733 巧能除，[聖][甲]1733 增長悲，[聖][另]1442 從此南，[聖][另]1721 離二乘，[聖][知]1581 有生地，[聖]99，[聖]231 無分別，[聖]379 阿，[聖]823，[聖]834 有生是，[聖]953 所欲求，[聖]1425 續作燒，[聖]1440 結，[聖]1442 受蛇身，[聖]1509 說諸法，[聖]1563 二遍處，[聖]1721 驚疑佛，[聖]1733 必有所，[聖]2157 出之見，[聖]2157 彌經晉，[石]1509 得，[宋][宮]351 生子於，[宋][宮]2060 之寄沙，[宋][元]1521，[宋]125 見彼女，

[乙]1830 成句身，[乙][丙]2092，[乙]
1202 更有心，[乙]1724 明，[乙]1816
無所見，[乙]1821 更不作，[乙]1821
起天眼，[乙]1821 俗，[乙]1822 從，
[乙]1822 能入正，[乙]1822 闕前五，
[乙]1822 由，[乙]1822 有得宗，[乙]
1830 依本質，[乙]2227 從頭作，[乙]
2227 先作承，[乙]2385 當節，[乙]
2385 三度右，[乙]2385 云復以，[乙]
2391，[乙]2391 次云，[乙]2394 阿闍
梨，[乙]2394 以種子，[乙]2795 犯答
言，[元][明][宮]374 說其，[元][明]
[宮]848 加莎訶，[元][明]20 皆有悔，
[元][明]375 見枯悴，[元][明]945 連
綴陰，[元][明]1341 背七佛，[元][明]
2060 生泉路，[元]1425 團不得，[原]、
復[甲]、說[乙]1822 定退故，[原]1818
二至，[原]1829 下文云，[原]2262 生
此識，[原]2271，[原][甲]1781 始立
別，[原][甲]1851 觀欲界，[原][甲]
1851 漸略望，[原][甲]1851 住七水，
[原]1201 誦根本，[原]1700 生六道，
[原]1776，[原]1829 說離增，[原]1829
種種想，[原]1831 作，[原]1851 更，
[原]1856 何以爲，[原]1890，[原]1890
發心即，[原]1899 將來佛，[原]2196
過彼故，[原]2196 明三身，[原]2230
得不淨，[原]2270，[原]2270 何等如，
[原]2339，[原]2339 過十地，[原]2339
兼但對，[原]2339 修加行，[原]2339
言三非，[原]2404 治其地，[原]2431
給，[知]418 自淚出，[知]1785 之事
而。

覆：[乙]1239 四指少。

各：[宋][宮]226 復射前。

故：[甲][乙]2219 世此我，[甲]
1736 唯善惡，[甲]2192 二亦然，[甲]
2339 是亦約，[三]1562 無與無，[三]
[宮]1571 非一體，[聖]1733 一切凡，
[宋][元][宮]2121 手雨七。

好：[甲]2130 天。

厚：[宮]2102 失故洒，[三][宮]
2122 尊常。

候：[元]945 鳴瞻顧。

護：[甲]2084 經文。

壞：[三][宮]1558 劫減器。

緩：[甲]1828。

會：[三][宮]553。

獲：[甲]2339 得最勝。

極：[甲]2320 七返有。

己：[甲]2362 明淨究。

既：[甲]2274 依。

假：[三][宮]1647，[原]2317 兩
門不。

將：[原]2271 此。

教：[三][宮]2104 實是左。

界：[甲]2196 五知病。

久：[三][宮][知]741 亦。

就：[元][明]125 十一。

居：[甲]2035 宮中。

據：[甲][乙]2263 見自緣，[乙]
2390。

俊：[宮]2060 遊，[甲]2087 進理
雖，[三][宮]2053 之權，[三][宮]2059
又甚盛，[三][宮]2060 銳，[三][宮]2060
作鎮太，[三]2059，[原]2270 字也玉。

浚：[三]2110 於姬水。

來：[甲][乙]2087 諸僧伽。

劣：[甲]2266 勝也意。

陵：[甲]1828 蔑，[三][宮]2102 化未有。

淩：[甲]2195 方化入。

論：[甲]1828。

沒：[甲]2128 邊，[三][宮][知]1579 決定壞，[三][宮]1443 六衆疾。

沒：[三][宮][知]741 身還入，[三][乙]1092 當得供。

滅：[明]1562 有愛滅。

年：[明]2088 正法千。

破：[甲][乙]1822 破心法。

僕：[三]190 從等皆。

其：[甲]2266 次，[三][宮]2045 園池水。

訖：[三][宮]1690 各自散。

前：[甲]、復[乙]2219 經云九，[甲]1863 說可如，[甲]2196 煩惱虛，[甲]1736，[甲]2271 因邊，[三][宮]673 識，[乙]1724 故成前。

去：[三][宮]1430 非佛弟。

却：[乙]1736 故云頓。

然：[甲]1781 說法此，[甲]1884，[三][宮][聖]376 後方知。

如：[另]1548 如。

薤：[原]、俊[甲]、[乙][丙]1073 木長八。

三：[甲]1698 修行不，[甲]1736 對後下，[甲]1987 猶道未。

燒：[甲]2259 纏。

勝：[甲]1828 最爲後，[甲]1782

生或復，[明][宮]398，[三]2123 生菩薩。

時：[丙]2286 所造教，[三][宮]263 亦復在。

始：[三]152 恣鹿所。

世：[三]202。

是：[元][明]321 末世諸。

收：[甲][乙]1822 四同類。

受：[甲]1735 結託事，[甲]1828 智四流。

授：[宋][元][宮]1432 安居法。

說：[甲]2199 云歸。

説：[甲][乙]2250 後菩薩，[乙]1833 至更互，[乙]2263。

俗：[甲]2195。

他：[甲]1828 世財寶。

投：[元][明][聖]211 老求道。

徒：[三]203 聞有善。

外：[甲]2775 聲教彼。

晚：[聖][另]1721。

往：[明]2122 常詣我，[三][宮]483 不敢復，[三][宮]1425 止此苦，[三][宮]2121 破鐵城，[三][甲][乙]915 更不歸，[三]203 當，[三]1339 彼人所。

微：[宮]1579，[聖][德]1563 應知後，[聖]190 受於有，[聖]210 臂，[聖]1442。

爲：[甲]2036 立爲太，[甲]2039 太子所，[明]1562 三根體。

僞：[甲]、僞後[乙]1816 非眞。

未：[三]、末[宮]2059 相讎。

位：[甲]2266 百千萬，[甲]1816

第五見。

　　我：[三][宮]657，[三]271 增菩
提。

　　下：[宮]2112 不嗣故，[甲]1735
五是智，[明]1056 同，[三][宮][聖]376
語亦善，[三]2154 闕。

　　校：[宮]1452 時我更。

　　心：[原]、心[甲]1782 本。

　　信：[原]1818 於大通。

　　行：[宮]1507 出行獵，[甲]1706
法本自，[三]125 復當問，[聖]1733 三
句。

　　性：[甲]2266 與此不，[乙]1821。

　　修：[宋]2147 道不共，[乙]2249
起無覆。

　　言：[乙]1736 而。

　　姚：[三][宮]286 秦，[三][宮]286
秦三，[三][宮]310 秦三藏，[三][宮]
484 秦，[三]35 秦，[三]201 秦三，
[三]642 秦，[宋][明][宮]、－[元]385
秦涼州，[元][明][宮]310 秦三藏。

　　也：[甲]1736 答。

　　夜：[明]26 往詣牛，[三][宮]2122
隱師夢。

　　依：[甲]2266 執具。

　　移：[甲]2036 之。

　　已：[三][宮][聖]1421 便，[三]311
墮餓鬼。

　　以：[甲]1710 四，[甲]1816 釋。

　　役：[原]2099 未常違。

　　異：[三][宮]1428 時精進。

　　優：[甲]1736，[甲]1816 總安立。

　　有：[甲]、復[乙]1202 患若，[甲]、

有有[己]1958 心有間，[明]、復[宮]
603 有從，[三][宮]350 七寶自，[三]
[宮]415 頂，[三][宮]1421 慚愧不，
[三][宮]1433 舊比丘，[三][宮]1559
心位及，[三][甲]1069 一面作，[三]
311 諸天龍，[三]618 二眷屬，[宋]
[宮][石]1509 五，[宋][元][宮]1631 所
遮如。

　　又：[甲]1040 土填之，[聖]、－
[宮]1425 跋渠，[宋][宮]、若[元][明]
1484 見客菩。

　　誘：[乙]2261 謂善逝。

　　於：[三][宮]532，[三][甲]908 夜
作敬。

　　餘：[宮]681 身故智。

　　語：[乙]2223 説法時，[原]2271。

　　元：[三][宮]1519 魏北天。

　　援：[原][甲]2339 黨大天。

　　緣：[甲][乙]1822 心故，[乙]2263
起是分。

　　曰：[甲]1816 配釋。

　　則：[甲][乙]1866 説有性。

　　中：[甲]1736 宮王聞。

　　終：[明]1129 生於王，[聖]1602
圓成實。

　　茲：[甲]1969 後見盡。

　　子：[三][宮]2104 也祖則。

　　足：[宋][元][宮]2121 自下還。

　　作：[宋][元]1488 自食見。

候

　　佛：[聖]1452 佛言應。

　　國：[三]2103 莫之能。

過：[甲]1912 之官。

侯：[明]2131 徽猷閣，[聖]1721 可言之，[宋]2151 壽為總。

後：[明]2016 鳴瞻顧，[三][宮]2122，[三][宮]2122 罪畢時，[三][宮]2123 看似人。

淮：[三][宮]2060 則天文。

獲：[三][宮][聖]310 如來便。

念：[三]37 不已斯。

俟：[三][聖]125 外敵。

所：[宮]2123 觀色各。

唯：[甲]2087 暑熱土。

㬋

候：[宋][元]2061 傍之路。

乎

畢：[甲]2217 又雖同，[甲]2249 答。

采：[聖]125 由此因。

不：[三][宮]569 對曰唯，[三]125 王報言，[三]185 我。

等：[三][宮][聖]1458。

耳：[甲][乙]2328 已上小，[甲][乙]2404，[甲]2217 又義上，[甲]2223 訣云師，[明]2110 故顏之，[原]1887 何須多。

夫：[原]1858 神。

父：[三][宮]627 世。

干：[聖]125 時女聞。

何：[宋][宮]309 對曰非。

呼：[甲]1805 今直出，[甲]1805 下句是，[甲]2129 阝音，[明]1421 於是，[明]1507 梵志尋，[三][宮][聖]284 若，[三][宮]283 若干種，[三]152 皇天，[三]152 無誑子，[宋][元]、一[明]1164 麼努鼻，[宋][元]2121 官人放，[宋]25 廬遮，[元][明]197 我成，[元][明]986。

互：[原]2196。

今：[甲]2266 設以相。

了：[宮]263 則我身，[甲]2412。

命：[三]2154 同來入。

平：[宮]2122 收吉縛，[甲]1805 呼如，[甲]1805 呼謂制，[甲][乙]2296 道因緣，[甲]2128 也故從，[明]405 賀反揭，[三][宮]221，[三][宮]1545 復如，[三][宮]2122 南長史，[聖]626 文殊師，[宋][元]、平聲[明][甲]989 二百二，[元][明]425 母，[元][明]2122 上漸，[元]2122 積此時，[原]、平[甲][乙]1796 佛也喻。

其：[甲]2218 果有約，[三][宮]2104 中觀斯。

取：[敦]1957 依。

矧：[原]2431 一期之。

示：[甲][乙]1736 心觀。

手：[宮]309 是故最，[甲]1781 得是經，[甲]1782 得信解，[甲]1912 遘居候，[甲]1983 謂父王，[明]2102 教則功，[三][聖]291 書，[三]196 委，[三]291 如來至，[宋][宮]2122 口，[宋][元][宮]1670 有餘音，[宋]152 太子伏。

守：[甲]1921 靈，[甲]2266 又解諸。

首：[聖]1463 十者若。

悉：[宮]2103，[宮]2108 況復覺。

孝：[宋][元][宮]、哉[明]2122。

修：[乙]2087 集論之。

焉：[甲]2259。

耶：[丙]2190，[敦]1957 若爾先，[甲]、哉[乙]2263 淨位第，[甲]2285 二十五，[甲][乙]2250 如我見，[甲][乙]2254 答迦葉，[甲][乙]2263，[甲][乙]2263 何，[甲][乙]2263 何況所，[甲][乙]2288，[甲][乙]2288 答大日，[甲]2195 解云，[甲]2217 答安然，[甲]2217 答大論，[甲]2217 答無貪，[甲]2217 前但施，[甲]2217 若五轉，[甲]2217 依之疏，[甲]2259 文由何，[甲]2261 五境雖，[甲]2263，[甲]2263 答，[甲]2263 燈引寶，[甲]2263 況撲揚，[甲]2263 兩方，[甲]2263 兩方若，[甲]2263 依之勝，[甲]2263 又彼等，[甲]2266 答此約，[甲]2266 答諸相，[甲]2266 故釋云，[甲]2266 故知非，[甲]2266 既在修，[甲]2266 然說有，[甲]2281 答凡少，[甲]2281 今以，[甲]2301 答先五，[甲]2312 但文義，[甲]2312 若許假，[三]152 結叔帶，[三][宮][聖][另]1543 若苦生，[三][宮]585 報曰有，[三][宮]656 佛言我，[三][宮]1488 若言無，[三]152 假有疑，[三]186 將來覩，[三]196 是故隱，[聖]222 痛，[聖]375 長者我。

也：[甲]1775，[甲]1775，[甲]1823 所以者，[甲]1921 故經云，[甲]2195 既通菩，[甲]2288，[甲]2289 而間依，

[甲]2289 云云承，[三][宮]534 須彌之，[三][宮]2102，[三]2110 戮其妻，[原]1796 故云此。

一：[明]2109 巍巍乎。

以：[丙]2396 否答若。

矣：[三][宮]2108 君父尊，[元][明]2103。

于：[丙]2777 累教迹，[高]1668 月珠君，[宮]2040 優陀報，[宮]310 覺意其，[宮]585 喻族姓，[宮]687 茲世尊，[甲]1783 讚佛品，[甲]1335 我身是，[甲]1775 弘化四，[甲]1775 無爲，[甲]1792 孝，[甲]2036，[甲]2244 人壽數，[甲]2289 雙圓性，[明][宮]585 寂於本，[明][聖]425 宣暢眞，[明]279 法界欲，[明]2063 羅衞，[明]2122 烏江寺，[三]、子[宮]397 大千世，[三][宮][聖]292 大道在，[三][宮][聖]324 已質拘，[三][宮][知]598，[三][宮]222 所知思，[三][宮]224 若在惡，[三][宮]266 響衆，[三][宮]309 前人隨，[三][宮]322 將斷勞，[三][宮]384 海，[三][宮]398 衆善，[三][宮]399 寂寞則，[三][宮]574 梵天還，[三][宮]585 寂然其，[三][宮]606 八難得，[三][宮]618 其外別，[三][宮]657 無量恒，[三][宮]810 彼俱，[三][宮]1428 地譬，[三][宮]1641 時師作，[三][宮]2040 其類者，[三][宮]2048 息矣說，[三][宮]2059 即時亦，[三][宮]2060 受戒志，[三][宮]2060 素王繼，[三][宮]2102 蟲畜之，[三][宮]2103 戰，[三][宮]2104 美惡之，[三][宮]2104 無際假，[三]68

今反空，[三]76 衆生吾，[三]125，[三]125 處所謂，[三]125 地良久，[三]125 海云何，[三]125 冥，[三]145 本無矣，[三]152，[三]152 半枯之，[三]152 今矣父，[三]152 衆艱，[三]153 是老獮，[三]156 無量無，[三]310 時賢者，[三]398 堅要，[三]398 三寶絶，[三]398 衆生至，[三]993 抑嘘乎，[三]2060 可悲，[三]2145，[三]2152 睿宗先，[聖]、於[另]1721 中道行，[聖]224 我，[聖]291 答曰不，[聖][另]1543 答曰或，[聖][另]1543 設學人，[聖][另]下同 1543 諸，[聖]26 時諸比，[聖]125，[聖]125 長者先，[聖]125 然今先，[聖]125 王白佛，[聖]125 我恒教，[聖]125 臥在屎，[聖]125 諸比丘，[聖]310 即憍越，[聖]310 勿作是，[聖]381 溥首答，[聖]1543 答曰八，[另]1543 答曰諸，[宋][元]、於[明]145 精舍布，[宋][元]、於[明]1301 火天姓，[宋][元][宮]、於[明]386 梵音而，[宋][元][宮]、於[明]2102，[宋][元][宮]、於[明]2102 周，[宋][元]246，[乙]1909 如來尚，[元][明]2121 彼爲惡，[原]1858 六境之，[知]598 空義度，[知]598 殊異以。

於：[甲][乙]2219 禽獸今，[甲]2296 八不安，[明]2131 水形爲，[三][宮]398 深要藏，[三]152 財色，[三]210 河。

歟：[甲]1782 應理義，[甲]2195，[甲]2195 彼，[甲]2195 次梵王，[甲]2195 或可云，[甲]2195 況無量，[甲]2195 若，[甲]2195 依之玄，[甲]2217 答舉，[三]、之[宮]2103 昔。

曰：[明]2122。

哉：[甲]2263，[甲]2336 答立十，[乙]2296 答爲，[乙]2263 智諦現。

者：[甲]2067。

中：[甲]2255，[明]2131 蓮華一。

子：[宮]310，[宮]2103，[宋]192，[元]2061 即入訪。

呼

咪：[聖]1509 衆人慳。

呼：[明]1336 吒吒一，[三]下同 1336 翅欺呼，[元][明]2085。

浮：[宮]397 鼻利呵，[三]1332 奴。

鼾：[三][宮]、吁[聖]1421 聲駭人。

嘷：[三]152 群臣。

號：[三][宮]723 泣，[三]193 哭不可，[三]311 哭聲，[宋][元][宮]749 苦毒痛，[元][明]1332 咷懊惱，[元][明]1509 爾時阿。

呵：[高]1668 呵毘遮，[三][甲]1332 兜度穌，[元][明]1336 多經他。

和：[三]1 當順禮。

吽：[宮]882 引一，[甲]923 一句，[甲]931 引二蘇，[宋]882，[乙]2408 軌云。

吼：[三]、喚[聖]190 失勢，[三][宮]2121 而來蹴。

乎：[甲]2036 曰那羅，[甲]2128 嫁反通，[甲][乙]2207 王仁煦，[甲]1248 尾跛囉，[明]1051 郎，[三][宮]

402 甘反，[三]2110，[宋][宮]901 拏曳二，[宋][宮]2123 佛足長，[乙]1816 名，[元]、－[明][甲][乙]1092 惡輕呼，[元]、－[明][乙]1092，[知]598 法音則。

護：[甲]2227 摩種種，[乙][丙]1132 閉訖灑。

喚：[宮]1425 是諸比，[甲]1246 金剛使，[明]1451，[三][宮]1425 諸比丘，[三][宮]379 號哭並，[三][宮]523 此是苦，[三][宮]687，[三][宮]1425 比丘聞，[三][宮]1425 賴吒比，[三][宮]1425 六群，[三][宮]1425 六群比，[三][宮]1425 使，[三][宮]1425 是，[三][宮]1464 行入室，[三]125 卿，[三]2122 我役者，[宋][元][宮][聖]1425 優波難，[乙]2194 傳法菩。

將：[三][宮]1421 受戒人。

叫：[三][宮]2122 此是苦，[原]2216 及大吼。

咩：[三]、咶[宮]397。

鳴：[宋][宮]895 摩數，[原]2362 呼不可。

平：[甲][乙]2194 號道其，[明]、－[甲]894 之。

聲：[明][甲]1000，[明]894 囊上，[明]1007 虎，[明]下同 1006 縛那爾。

手：[宋]21 人言，[宋]86 人從惡。

四：[明]856 音呼憾。

啼：[三]125 哭骨節。

笑：[三]2145 呼時坐。

吁：[宮]1425 爲救日，[甲][乙]2887 歎息何，[三][聖]100 盧，[三]984

離呼，[聖]224，[聖]613 聲，[宋][元]、吒[明]1332 瞋須蜜，[宋]186 言大道，[元][明]2060 嗟不絶，[元][明]2121 嗟吾將。

嚶：[宋]、號[元][明]1332 咷宛轉，[宋][宮]、嘷[元][明]657 大。

音：[宋][元]1092 喇濕。

吒：[三]1332 那支富。

指：[甲]2266 須菩提。

忽

寶：[明]2045 位涉道。

必：[宋]206 至此罪。

便：[三][宮][聖]1421 還在地。

欻：[博]262 然火起。

忿：[宋][元]2061 切須臾。

忽：[宮]659 務違於，[宮]659 務經營，[宮]2045 微言所，[甲]2087 露摩國，[甲]2128 昆反孔，[甲]2129 反夵倒，[明]293 自開，[宋][宮]2060 不倫動，[宋]1331 著，[宋]2087 發聲叫，[宋]2122 不見亦，[宋]2122 然不現，[元]2122 索。

怠：[甲]2244 書寫之。

惡：[三]607。

忽：[甲]2290 違依此，[甲]2290 應緣離，[甲]2290 作惡。

惚：[宮]222 諸所想，[明]2122 如眠便，[三][宮]224 波羅蜜，[三][宮]224 其憂世，[三][宮]224 是爲阿，[三][宮]226 是爲聲，[三][宮]342 三分別，[三][宮]627 哉諸法，[三][宮]2053 言談者，[三][宮]2103，[三][宮]2122 良久蘇，[三][宮]2122 每至其，[三]185 無形自，[三]2027 如月現，[三]2103 之間變，[聖]613 變滅終，[宋][元][宮]318 色本淨，[元][明]224 故般若，[元][明]2103 狂生獨，[元]2122 經月大，[元]2122 現寺現。

幻：[明]2123 夢財利。

惑：[三]2145 躍而勿。

燿：[宋][宮]、霍[元][明]632 然不。

急：[甲][乙]894 是流多，[甲][乙]1822 食急行，[甲]1239，[甲]1268 然侵我，[甲]1728 發與，[甲]1929 用一切，[三][宮]1464 時象師，[乙]2249 迫二三，[知]2082。

絶：[三][宮]398 諸根和。

每：[三][宮]2122 見胃。

悩：[三][宮]721 知垢知。

迫：[甲]2039 黃屋震。

愜：[三][宮][聖]2060 住。

求：[三][宮]588 於智慧。

然：[三][宮]2059 而去超，[三]2110 三景子。

忍：[三]1330 作惡聲。

時：[三]1451 有一人。

俟：[三][宮]2122 然復沒。

忘：[三][宮]309 失所爲，[三][宮]507，[三][宮]784 須臾也，[元][明]152 一。

爲：[甲]2410 圓之全。

慰：[三][宮]754 如之夫。

勿：[甲]1239 打之三，[明]189 失，[三][宮]2104 悟不亦，[三][聖]210

休樹，[另]1442 此野干，[宋][元][宮]1459 爾逢風，[原]1212 忘即引，[原]2220 生。

息：[三][宮]2103 自賓栖。

欻：[三][聖]211 一日發。

亦：[甲]2263 不見貪。

魚：[三][宮]2102 之觀。

約：[宮]2074 眉髮一。

召：[宮]2122 見綺井。

志：[三]2122 聞沙門。

總：[三][宮]2060 燒却章，[元][明]425 除宣示。

虖

雪：[宮]310 妙藏不。

沕

溢：[三]2151 多律一。

總：[原]1249 彌拏舍。

惚

忽：[宮]2108 兮，[三][宮]630 而還在，[三][宮]638 不見處，[三][宮]2122 之間見，[二]152 不久纏，[聖]211 手失錫，[聖]383 方自悔，[聖]395，[宋][元][宮]590 即滅齋，[宋][元]168 如夢室，[宋]1331 既不定。

嘑

呼：[甲]2266 呼慈恩。

狐

謗：[元][明]2016 疑之地。

犴：[三]1 狼。

豸：[三]、豸[宮]2122 狼所噉，[三]202 狗復來。

馳：[三][宮]2123 還白曰。

孤：[宮]263 露思慕，[三][宮]2034 起於西，[三][宮]2122 見豕負。

弧：[宮]2060 行林阜。

猳：[宋]1092 狼。

虎：[甲]1961 狼食噉。

流：[三][宮]1421 言以。

犬：[三][宮]1646 等汝言。

獸：[聖]99 聲發聲。

爪：[甲]1813 髮塔中，[甲]1813 鏡下明。

弧

狐：[甲]1920 氣衝眼。

胡

朝：[甲]2266 進本既，[甲]1333 跪合掌，[三][宮]2122 反十曷。

楚：[三]2145 本凡十，[元][明]2145，[元][明]2145 本寶雲。

梵：[甲]1718 稱泥犁，[甲]1718 文或有，[明]1428 音，[明]1546 音有三，[明]2034 人，[明]2105 師迦葉，[三]2153 音偈本，[三][宮]1507，[三][宮]1552 音云何，[三][宮]2040 爲寶故，[三][宮]2059 服被綾，[三][宮]2102 言菩提，[三][宮]2103 爲漢鴻，[三][宮]2103 言南無，[三][宮]2122 書侍臣，[三][宮]2122 語讀，[三][宮]胡語乃至如此十八字宋元明宮四本俱作夾註2040 語呼直，[三]1552 音中有，[三]2063 僧舉手，[三]2106 僧入，[三]2109 漢殊感，[三]2122 國具觀，[三]2145 本出此，[三]2145 本分離，[三]2145 本還自，[三]2145 本經四，[三]2145 本至中，[三]2154 本口自，[三]2154 爲秦其，[三]2154 音析以，[宋][元]2122 國制服，[乙]2157 本口自，[乙]2157 語數，[元]2154 乃五天，[元][明]2149 本經四，[元][明]2154 經口出，[元][明]749，[元][明]2034 言，[元][明]2059 爲漢出，[元][明]2060 僧蓋不，[元][明]2060 僧云菩，[元][明]2103，[元][明]2103 胡國之，[元][明]2103 則禿髮，[元][明]2122 僧散華，[元][明]2122 僧語，[元][明]2145，[元][明]2145 本得以，[元][明]2145 本非割，[元][明]2145 本九十，[元][明]2145 本口自，[元][明]2145 本十九，[元][明]2145 本同而，[元][明]2145 本相應，[元][明]2145 本以宋，[元][明]2145 慧常筆，[元][明]2145 名并書，[元][明]2145 爲漢出，[元][明]2145 爲秦東，[元][明]2145 夏既乖，[元][明]2145 音解一，[元][明]2145 音造録，[元][明]2149 人法，[元][明]2149 爲秦有，[元][明]2150 人法，[元][明]2153 般泥洹，[元][明]2153 本經一。

佛：[明]、法[元]2088 經沿路。

古：[甲]1744 跪合掌，[甲]2129 加反下。

股：[甲][乙]2391 印。

故：[宮][甲]1804，[宮]1424 跪合

掌，[甲]、[乙]1796 跪微笑，[甲]2128 反下煙，[甲]2036 可默已，[甲]2128 古反毛，[甲]2129 反考聲，[甲]2266 都邑山，[三][宮]2060 本難，[三][宮]2122 床上以，[三]152 爲相還，[三]209 麻，[乙]1724 爲秦有，[元]2016 假言詮。

狐：[元][明]2112 突以。

湖：[三][宮]2059 苑立閑。

楜：[宋][元][宮]1464 桃。

蝴：[三][宮]下同 2102 蝶即形。

糊：[乙][丙]2003。

互：[明][乙]1075 跪，[三][宮][聖]1428 跪自恣，[聖]1428 跪合掌。

明：[宋]、豈[元][明]2109 可以形。

期：[甲]2128 反大曰。

戎：[三][宮]2105 俗況法。

僧：[宋][宮]1425 跪合掌。

手：[聖]1433 跪合掌。

塗：[戊][己]2092 飾。

相：[甲]2266 椒樹文，[明]1435 跪合掌。

一：[元]、也[明]2110 于時道。

用：[宮]2122 其叔死。

羽：[甲][乙]2227。

云：[甲]2129 戒反玉。

者：[甲][乙][丙][丁]2092。

斛

斛：[宮]2121 之數功，[三][宮]2060 許香并。

壺

器：[三][宮]1425 是故世。

斛

斜：[宋][元]、斗[明]1537 僞。

斗：[甲]1315 之食食。

斛：[乙]867 斛。

酙：[聖]125 半斛。

斛：[聖]1425 日行六。

斛：[宋][宮]2040 飯王子。

解：[甲]1772，[甲]2250 器名如，[明]2110 明珠光，[三][宮]440 華佛南，[聖][另]1442 百千萬，[聖]1549 稱寶復，[乙]2297。

麻：[甲]1821 婆訶此。

弱：[乙]2408。

升：[三][宮]638 數超日。

捐

過：[甲]2073 亂未及。

壺

孟：[宋]2145 又於此。

囊：[甲]2412 持如。

臺：[元][明]2103 鑿楹似。

湖

陂：[乙]1909。

潮：[甲]895 浪搖動，[甲][丙]2397 而，[甲][乙]2211 文林鬱，[甲][乙]2397 也又行，[甲]895 終不違，[甲]2128 是也，[三][宮]2122 釣臺燒，[三]2123 卒漲悲，[聖]2157 當度山，

[乙][丁]2244 其山樹。

胡：[甲]2035 師法其，[明][宮]2103 仍其，[三][宮]2109 國兵四，[三]1331 中魅鬼。

谿：[明]2076 卓庵未。

湘：[原]2339 解或是。

湛：[甲]2035 懺室置。

瑚

瓳：[宋]156 於珊。

明：[宮]721 之鳥若。

蝴

胡：[宋][元][宮]2103 蝶如孔。

糊

黏：[三][宮]1462 汁。

縠

穀：[甲][乙]1211，[三][宮]2103，[三][甲]1102 引十四，[三]1440，[聖]1582 中視如。

瑴：[三][宮]2103 巾殊於。

醐

湖：[聖]639 合。

頡

頡：[甲]2400 唎二合。

轂

悚：[元][明]、聲[宮]1425 耳作恐。

餬

糊：[三][宮][聖]1451 口交無。

鵠

鵝：[甲]850。

鴿：[三][宮][聖]1464 千秋。

縠：[乙]867 鵠。

鴰：[明]、鵠[宮]310 白，[三]2122 有一鳥。

郝：[乙]867 鵠。

涸：[宋][元][宮]、鶴[明]411 林變色。

鶴：[甲]1963 孔雀常，[明]2104 足置石，[三][宮]2059 林以三，[三][宮]2060 翔飛旋，[三][宮][甲]2053 秣城西，[三][宮]633 拘翅羅，[三][宮]657 孔雀，[三][宮]848 出和雅，[三][宮]1690 樂遊居，[三][宮]2060 數十頭，[三][宮]2060 樹已前，[三][宮]2102 毛入炭，[三][宮]2102 斯之不，[三][宮]2102 直衝虛，[三][宮]2103 高梧集，[三][宮]2103 鳴山造，[三][宮]2103 鳴山中，[三][宮]2103 神影彯，[三][宮]2104 鳴山，[三]203 輕飛去，[三]206 啄銜之，[三]366 孔雀鸚，[三]375 耶幡耶，[三]1568 知有池，[三]2110 林之玉，[三]2110 嶺山造，[三]2110 玉井含，[三]2110 之壽，[三]2121 孔，[宋][宮]639 及孔雀，[宋][宮]2102。

斛：[乙]867 鵠。

鶘

胡：[宋][明][宮]2122 鳥爲有。

護：[明]1276 翅。

虍

專：[甲]2129 音呼從。

虎

彪：[三][宮]1453 豹等皮，[三]2125 是菩薩。

犴：[三][宮]393 狼白象。

常：[元][明]1341 精進亦。

處：[甲]2067 心寶地。

虍：[甲]2129 爪似人。

唬：[甲]1007 二，[甲下同 952 吽二合，[三]1007 二，[乙]908。

琥：[宮]310 珀硨磲，[明][甲][乙]901 珀六水，[明][甲]951 珀六薩，[明]1153 珀大，[三][宮]262 珀頗梨，[三][宮]267 珀，[三][宮]309 珀皆放，[三][宮]310 珀，[三][宮]1428，[三][宮]1509，[三][宮]1521 珀爲，[三][宮]2121 珀，[三]26 珀，[三]125 珀各散，[三]158 珀玫瑰，[乙]1110，[元][明]190 珀。

尸：[三][甲][乙]972。

護：[聖][甲]983 嚕虎。

虐：[三]201 如惡瘡。

魄

琥珀[三]190 魄等。

群：[宮]1464 頭山水。

通：[甲]2129 通云牌。

武：[聖]2157 永。

哮：[三][宮]1428 吼醉者。

虐：[元]、[明][宮]2103 負。

之：[三]2059 曰王過。

唬

虎：[甲]1268 屋，[三][甲]1080，[宋][元]1007。

許

陳：[原]2271 有我違。

除：[甲][乙]1822 彼。

處：[甲]2068 亦失俗。

次：[甲]1828 今略説。

得：[甲]1736 遊獵殺，[甲]2006 心傳上，[三]2063 輒造。

定：[甲]2271 過訖故。

放：[明]2076。

訐：[原]、計[甲][乙]1724 與佛等。

故：[甲]2266 依現識，[乙]2263 有云。

何：[三]1331 佛言縱。

誨：[宮]2025 伏望慈。

計：[宮]2045，[甲]、許遍計[乙]2263 所執者，[甲]1805 喻犯吉，[甲]1830 多種色，[甲]1830 故不爲，[甲]2266 是能遮，[甲][乙]1832 名等定，[甲][乙]1724，[甲][乙]1821 故無勞，[甲][乙]1821 名俱無，[甲][乙]1822 有於謗，[甲][乙]2259 過未是，[甲][乙]2259 深探論，[甲][乙]2263 何致劬，[甲]1512 猶不及，[甲]1735 説後

一，[甲]1804 令申手，[甲]1813 佛法所，[甲]1821，[甲]1821 後念能，[甲]1822 由，[甲]1830 六句義，[甲]1830 意，[甲]1832 我非色，[甲]1958 何以故，[甲]1960 斯言誠，[甲]2015 眞知說，[甲]2068 益酒，[甲]2128 叔重云，[甲]2259 觀我見，[甲]2261 通三，[甲]2262 初無瑜，[甲]2262 已劣故，[甲]2263 付根無，[甲]2266 安慧不，[甲]2266 補特伽，[甲]2266 等者十，[甲]2266 爾者便，[甲]2266 故非極，[甲]2266 即許，[甲]2266 淨第，[甲]2266 能，[甲]2266 三心是，[甲]2266 有，[甲]2266 智度亦，[甲]2270 別立二，[甲]2270 亦現量，[甲]2270 之我悉，[甲]2274 五唯實，[甲]2274 者一，[甲]2281 能有不，[甲]2299 佛地論，[甲]2337 之我，[甲]2339 迴心今，[甲]2339 如來，[甲]2409 以便宜，[明]770 非常對，[明]1450 此事爾，[明]1459 可當依，[明]1558 實，[明]1562 有於，[明]1647 不實何，[明]2016，[三][宮]1545 有我可，[三][宮]1622 有分與，[三][宮][知]266 不有身，[三][宮]653 得，[三][宮]1443 或是苾，[三][宮]1505 床臥坐，[三][宮]1514，[三][宮]1562 大種在，[三][宮]1562 可愛別，[三][宮]1562 諸色法，[三][宮]1592 之事不，[三][宮]1597 無自性，[三][宮]2103 非不孝，[三][宮]2122，[三]1579 諸取滅，[三]1657 別有未，[三]2106 即魏文，[另]1451 來答得，[另]1451 鄔波，[另]1453 僧伽

今，[宋][元][宮]1546 答曰或，[宋][元][宮]2122，[宋][元]1559 於我有，[宋]2053 道以，[宋]2122 及堅死，[戊][己]2089 清涼甘，[乙]2249 之理故，[乙]1822 實許，[乙]1822 有，[乙]1822 有合不，[乙]2261 三四依，[乙]2263 愛依，[乙]2263 內外諸，[乙]2263 色法定，[乙]2263 無漏心，[乙]2263 也既非，[乙]2263 也以此，[乙]2391 誦所持，[元]2016 今後，[元][明]2053 法師既，[原]、[甲]1744，[原]2208 觀佛三，[原]2266 我何所。

漸：[三][宮]1546 作方便。

訐：[宋][元]2061 直以撝。

淨：[甲][乙]1822 論。

來：[明]2076 有一懶。

論：[甲]1863 回心無。

女：[三]202 王言卿。

評：[甲]2281 之其後，[甲][乙]1822 無色有，[甲][乙]2263，[甲]2299 也香積，[甲]2299 有土無，[另]1721 說後，[乙]2249 五品雜，[乙]2249 文且以，[乙]2263 三身章。

訖：[明][宮]1470 當復待。

禽：[三][宮]2104 之解網。

請：[三]2121 求相師。

取：[聖][另]1435 是。

忍：[三][宮]1442 者説此。

少：[三][甲]901 呪七遍，[三]202 大施見。

設：[甲][乙]1822 相觸亦。

師：[原]2271 聖言名。

識：[甲]2270 不成眼。

受：[宮]2078 之會七，[三][宮]374 是。

説：[宮]1562 如汝所，[甲]1842 聲等有，[甲]2263 之故此，[甲]2263 之者豈，[明][宮]566 是，[明]2103 獨行續，[聖]1509 從父母，[宋]415 如來應，[乙]2249 五識通，[元][明]220 持諸功，[元][明]310 無爲者，[元][明]1509 法示教，[原]2208 正説佛。

訴：[宮]2102 也。

雖：[甲][乙]1821 住滅，[甲]2195 有正機。

所：[三][宮]1425 取不作，[三]174 王去之，[聖]1433 長衣過，[宋][宮]223，[元][明]1562 因唯有。

體：[甲]1830。

同：[甲]2274 者前陳。

謂：[甲][乙]1822 世尊有，[甲]2271 異喻雖。

怖：[聖]1723 同塵故。

詳：[甲]2266 此説雜，[甲]2266 無色界，[甲]2266 意與五，[甲]2358 之自誓，[三][宮]1459 説戒心，[三][宮]2060 幽致乃，[三][聖]1440 也，[三]2110，[乙]2249 也全非，[乙]2249 正理説，[乙]2408 作其。

信：[宮]1530 可言是。

行：[甲]2339 入寂二。

徇：[三][宮]2103 道以身。

訊：[三][宮]2060 修。

訝：[宋]1559 彼有細。

言：[原]2208。

譯：[原]2262 家。

議：[甲][乙]1822 攝在因。

因：[乙]2263 之簡別。

應：[三][宮]2122 捉王。

餘：[甲][乙]1822 有色故，[原]1212 爲擁護。

與：[三][宮][另]1458 瞿師羅。

縁：[甲][乙]2263 未來。

許：[甲]1778 勸發起，[明]1562 有憂慼，[宋]、受[元][明]1421 彼長者，[宋]1562。

這：[明]2076 漢乾祐。

諍：[甲]2274 而非所，[甲]2296 上来通。

執：[三][宮]1562 來有爲。

指：[甲]952 堅申麥。

諸：[甲]2261，[明]1562 諸惑斷，[明]1545 法俱生，[三][宮]1558 蘊無補，[宋]125 事中唯。

柱：[三][宮]901 呪曰。

作：[甲]1841 聲應可，[明]1451 爲答曰。

琥

虎：[甲][乙]1822 珀拾芥，[明]2131 珀其色，[聖]125 珀水精，[宋][宮]263 珀珊瑚，[宋][元][聖]222 珀，[元]901 珀璧玉，[知]26 珀。

篚

篚：[甲]2092 而乞諸。

戸

居：[三]2125 還將右。

方：[三]2154 禮經。

房：[明]2122 前而立，[明]1435 外行處，[三][宮]1451 竟更閉，[三]1428 已出床，[三]1435 長老優，[三]1441 閉者當，[三]2059 前有如。

垢：[元][明]810 其蓋門。

虎：[乙]1211 嚕戶。

護：[甲][乙]1214 囉。

及：[明]1552 向塵蟻。

肩：[三][宮]285。

門：[三][宮][石]1509 求入先，[聖]1435 鉤從房。

啟：[三]1132。

山：[三]2059 十餘年。

扇：[宮]1435 風入佛，[三][宮]2122 又感異。

尸：[甲][乙]1833 鍵，[甲]1736 鑰香華，[甲]2128 甫聲也，[甲]2266，[久]1452 鉤菩薩，[三][宮][甲]2053 棄尼國，[三][宮]下同 1435 摩根衣，[三]2041 蟲唼食，[三]2125 羅蜜，[聖]1421 鉤諸所，[宋][宮]、－[元]882 哥引毘，[宋]1428 響蜜，[乙]1076 嚕戰，[元][明][甲][乙]901 嚕嚕，[元]212 持時曉。

石：[聖]285。

時：[三]158 帝釋即。

所：[甲]2250 裏擲糞。

印：[原]1112 入金剛。

庚：[明]672 反。

匝：[甲]2128 郎反。

互

本：[甲][乙]2192 有能所。

別：[丙]1075。

并：[甲]2414 供養，[甲]2414 不相，[甲]2414 增。

不：[乙]897 相有諍。

氐：[三][宮]1546 三呾地。

迭：[三][宮]1425 相貿。

法：[宋]721 因緣此。

奉：[甲]2204 相涉入。

干：[三][乙]1092 相侵擾。

亘：[甲]2266 不許悉。

更：[甲]1736 生怖，[甲]2312 相繫，[石]1668。

共：[三][宮]721 互一心，[原]1851 相集起。

果：[原]1851 相。

旱：[原]1744。

乎：[甲]1724 不定何，[宋]2145 起又六。

胡：[甲]1736 爲不説，[三]1424 跪合掌。

即：[甲][乙]2261 不相違，[甲]2274 舉一。

忌：[宮]611 行。

恐：[甲]2219 梵。

來：[甲]2792 實不有。

立：[甲]1709 相形待，[甲]2309 相抱熱，[原]2317 爲方便。

列：[甲]1828 解釋於。

年：[知]1579 相違各。

平：[甲][乙]1816 影顯故，[甲]1733 遍滿知，[甲]1887 客開，[甲]2128 也象交，[宋][明][乙]921 相交，[乙]2296 道，[原]853 相叉二。

叵：[三][宮]656 有勝負。

其：[乙]1821 相隨順。

若：[甲]2261 是影略。

伸：[三][宮]2103 吐微言。

生：[甲]2299 相開避，[三][宮]2122 也。

失：[甲]2339 得過故。

示：[乙]2309。

手：[宮]424 相諍競，[三][宮]1559 令他等，[聖][另]1563 隨轉故，[聖]953 不相見，[乙]2393 者豈有，[元][明]193 所，[元]1808。

首：[三][宮]2060 義無蹜。

素：[三]1982 迴光相。

所：[乙]1736 望雖各。

王：[三][宮]2122 寒暑。

吾：[另]1509。

無：[甲]1733 在隨舉。

五：[宮]2060 指爲謬，[甲][乙]2261 緣他衆，[甲]1709 互闕者，[甲]1709 相，[甲]1727 具既成，[甲]1828 識同時，[甲]1828 相爲門，[甲]1900 上下不，[甲]2266 能所依，[明]682 相生，[明]2131 具之義，[三][宮]1456 作澡浴，[宋][元][宮]2060 繫縛之，[宋][元]1545 爲因故，[宋]157 共鬪諍，[宋]228 映交絡，[乙]2215 住煩惱。

辛：[宮]1808 有衣相。

玄：[甲]2035 論已判。

牙：[宮]1452 相謂曰，[宮]2122 而求勝，[甲]874 二拳而，[甲]1708 相違，[甲]1733 無義利，[甲]1763 說，[甲]2196 有所表，[甲]2217 疱葉華，

[明]1562，[三][宮]2122 欲嚙，[三]2145 市人康，[聖][甲]1723 相影顯，[宋]、生[元][明]1562 相違若，[乙]1796 其文。

芽：[宮]754 共相妨，[甲]1828 非不種。

印：[甲]1232 以大指。

于：[明]2122 說不同。

玉：[聖]2157 相。

樂：[甲][乙]2309 資身故，[原]2271 因上有。

在：[甲]1816 爲，[甲]2266 通若自，[甲]2266 爲因能。

眞：[甲]2299 就空有。

正：[甲]1736 相待，[三][宮]2108 乖人以。

旨：[宮]2112 究理居。

坁：[元][明]1331 達菩薩。

至：[宮]1810 求長短，[甲]1735 無唯斯，[明]1562 爲緣又，[三]2103 有不同，[原]1778 有問答。

字：[甲]2299 有。

岎

屺：[明]2088 大乘等。

怗

段：[甲]2253。

告：[甲]1733 使其得。

古：[甲]2128 賴也。

睺：[甲]2270 羅從此，[明]1450 羅始從。

扅：[元][明]221 自。

護：[宮]1673 如何不。

枯：[乙]2087。

愜：[三]、怙[宮]2059 即勅於。

恃：[甲]2036 天威如，[三][宮]653 種姓數，[三][宮]1537 又自實，[三][宮]2122 如天而，[三]374 王種不。

恬：[三][宮][聖]318 新學，[元]228 若欲。

帖：[甲]2370 破寶公，[甲]2370 上文所。

怙：[甲]2119 天威如，[甲]2266 前六爲，[甲]2266 前十八，[三][宮]2102 辭臣弘，[聖]1451 羅既至，[聖]1452 羅，[聖]下同 292 有十事，[宋]、沾[元][明][宮]500 沙門四。

梧：[丙]2120 柏門窗。

悟：[甲]、怙故[乙]2207 作，[甲]2207 經音義，[明]220 寵於實。

沾：[三]2060 幽顯豈，[聖]291 之。

祜

枯：[三][宮][甲]901 知二合。

祐：[三][宮]2108 顯徵祥，[三]212 助人如，[三]2145 三達遐，[三]2145 有以見，[宋][宮]2060 師不測。

瓠

瓠：[甲]2039 爲朴故。

爪：[明]192 鼻。

戹

光：[三][宮]1470 相。

戽：[三]210 船中虛。

邑：[宋][元]1092 反下。

攫

蒦：[甲]2128 檋也檋。

獲：[三][宮]2059 中，[元]1470 飾手二。

嫗：[三]205。

護

被：[原]1796 故生耶。

不：[三]1583 説者心。

持：[明]1153 東方遠，[三]26 觀興衰，[三][宮]624 鉢當就。

摧：[甲]1065 魔娑。

誕：[甲][乙]1866 法師等。

道：[宮]2122 女人者。

詆：[三]99 爲己有。

度：[三][宮]2122。

防：[甲]1733 外煩進。

扶：[元]2016 持三。

婦：[三][宮][聖]1425 母護者。

復：[甲]2266 非佛所，[明]261 自他俱。

功：[三][宮][久]1488 衆緣和。

故：[三][宮]493 持應器。

觀：[三]1549 喜五識。

濩：[甲]950 身結方。

灌：[宮]895 八方神。

斛：[甲]931 二十。

許：[甲]1828 緣其色。

攫：[三][宮]2121 來恐怖，[聖]、摧[三][甲][乙]953 彼生。

獲：[宮]224 是供養，[宮]309 相好及，[宮]310 持，[宮]374 善利須，[宮]458 者不作，[宮]477 世，[宮]639 佛菩提，[宮]684 安隱處，[宮]722 報艱辛，[宮]895 佛法於，[和]293 念出胎，[甲]1973 法心蕩，[甲]2230 身無疾，[甲]952 菩薩，[甲]1003 無邊有，[甲]1736 重首明，[甲]1782 無所畏，[甲]1828 得，[甲]1836 利，[甲]2036 於素不，[甲]2266 諸惡不，[甲]2870 己舍宅，[明]220 戒果及，[明]1562 義相似，[明]321 國爲此，[明]950，[明]1005 念攝受，[明]1129 隨，[明]1441 支提者，[明]1463 材木如，[明]1562 法四安，[明]1562 法者謂，[明]1562 他相續，[明]2102 法之功，[明]2110 戒捨刑，[明]2123 禁戒即，[三]221 一切世，[三][宮][聖]222 致等諸，[三][宮][聖]285 道功勳，[三][宮]309 清淨無，[三][宮]410 解脱諸，[三][宮]425 神足飛，[三][宮]585 戒力無，[三][宮]589，[三][宮]624 智慧不，[三][宮]1509 福樂之，[三][宮]1602 具足二，[二]194 爲苦起，[三]1562 所證故，[三]2123 病得愈，[三]2149 潔淨直，[聖]125 眼根除，[聖]222，[聖]225 各自，[聖]1536 根，[宋][宮]656 吉祥瓶，[宋][元][宮]1552 未曾得，[元][明][宮]310 彼殊勝，[元]245 福亦護。

濩：[三]2110 列九華，[乙][丙][戊][己]2092 階墀是，[元][明]2034 階庭是，[元][明]2106 澤諸山，[元][明]2149 階庭是。

穫：[宋][宮]1545。

鑊：[宮]2087 蜜，[甲]、瑣[甲]1828 等者景。

濟：[明]1153 王。

講：[宮]425 是法，[宮]1434，[三][宮]425 法師廣，[聖]515 能爲。

戒：[三][宮]2060 遂留宮。

救：[聖]2157 撰與律，[宋]1339 法三説。

炬：[三]2153 共法。

蘭：[乙]2157 譯第一。

離：[甲]、脱[乙][丙]930 當來諸，[原]923 當來諸。

論：[三]47 説我而。

密：[三][宮]2053 纂承鴻。

謙：[明]2154 譯第。

請：[丙]1184 慧童子，[三]2153 於長安。

求：[明]693 佛道作。

權：[甲]1728 之輕者。

讓：[甲]1806，[甲]1781 合論故。

捨：[三][宮]309 救攝貧，[三]493 福自歸，[宋][宮]534 心過慈。

設：[甲]2087 聖迹既，[三][宮]606 心不隨，[三][宮]1549 諸義與，[宋][元]1202 者衣下，[乙]914 即。

識：[宮]2034 僧伽陀，[三]221 無法不。

受：[宮]1522 想如經，[三][宮]1458 而當用，[三]245 持，[元][明][宮]374 持是典。

授：[甲]1031 我我某。

雙：[宋][元][宮]1464 解脫。

誰：[三][宮]1421 狐苦自，[三]200 受苦，[聖][另]1442 常受安，[聖]1509，[聖]1509 施一切，[聖]1509 行般若，[石]1509 有人言。

說：[甲]893 護摩次，[甲]1733 一聽後，[甲]1735 正法，[甲]2195 諸佛法，[三][宮][聖]1549 或作是，[三][宮]398 知如是，[宋]2122 持正法，[元][明]397 正法。

歎：[三][宮]468，[宋]、護齋難有[聖]211 齋。

往：[原]2395 於大不。

惟：[宋]60 此言汝。

維：[三][宮]2122 佛圖澄。

衛：[三][宮]633 不捨離，[三][宮][西]665 應生勇，[三][甲]1024 以肩荷，[三]1331 令無伺，[宋]25 故。

悉：[甲]893 悉地具。

信：[宮]397 正法書。

牙：[元]、手[明]125 持刀劍。

養：[甲]2300 信心謂。

譯：[明]2154 更有阿，[三]2152 又別撰，[三]2151。

議：[宮]890 摩如是，[宋][宮]2108 在懷流。

祐：[聖]2157 此乃鎮。

誘：[宮]263 忍。

於：[宮]397 瓔珞勤。

語：[三]1331 人也梵。

讚：[宮]657 龍，[甲]2167 一本，[明][甲]997 經，[明][甲]2131 婬怒癡，[明]293 念十一，[三][宮]1604 偈

曰，[聖]1509 故，[宋][元][聖]446。

者：[三][宮]1455 無憂常。

證：[甲][乙]2219 也此下，[甲]2367 支佛雖，[乙]2223。

諸：[宮]310 世諸天，[宮][聖]279，[宮]425 於正典，[宮]2122 佛道神，[甲][乙][丙]2081 世，[甲]893 事真言，[甲]893 餘計香，[甲]893 真言，[甲]2087 說法化，[甲]2259 法正義，[甲]2401 眾生故，[明][宮]606 於外種，[三][宮][聖][知]1581 根門五，[三][宮]292 佛法務，[三][宮]397 法故立，[三][宮]416 有恩，[三][甲][乙]950 魔頂行，[三]99 根門，[三]2125 法師之，[聖]157 持故，[宋][元]1544 語不護，[元][明]675 一切諸，[元]626 佛，[原]920 梵帝釋。

花

彼：[甲]2297 言臨滅。

必：[甲]2408。

菜：[宮]1425。

藏：[明]2123 多聽轉，[原][乙]2192 故言。

草：[明]1191 菓皆是，[聖]1425 果有主，[原]2408 也云云。

車：[明][和]261 苑中。

萃：[甲]2067 三百許。

地：[聖]2157 僧伽。

等：[甲]2223 器仗智，[明][乙]1225，[三][丙][丁]866，[宋][元]176 持用供。

厄：[三]1080 臭花沈。

法：[原]1851 諸法如。

蓋：[宮]377 遍滿供。

剛：[宋]1161 林列住。

革：[明]2153 字。

光：[甲]2167 寺詠字，[聖]953，[元][明][乙]1092 座左手。

果：[甲]2239 報於是，[元][明][宮]2040 甚好居。

荷：[三][聖]99 不著水，[另]1442。

睺：[明]1335 阿修。

花：[三]190 塗香末。

華：[宮]263 經卷第，[甲]1830，[甲][乙]1822 生酪，[三]62 佛説是，[聖]26，[元][明]159。

化：[宮]2060 寺今猶，[甲]1736 萬品寒，[明]200 熏去五，[三][宮]445 光明如，[三][宮]1451 許爲其，[三][宮]2060 有觀此，[三][聖]643 臺各各，[三]2149 三昧經，[石][高]1668 因於七，[宋][明]1129 及月色，[元][明]991 寶光明，[原]2001 春城類。

記：[甲]2400 讚次有。

莖：[元][明]294 如。

耂：[乙]2376 少同會。

苣：[甲]2039 家邦未。

蓮：[丙]2190 臺令得，[甲][乙]2390 臺印二，[甲]2128 蒢音胡，[三][甲]955 上有大，[三]1101 粉置清，[三]2110。

末：[三][宮]2026 香。

氣：[乙][丁]2244 遠徹花。

前：[甲]1830 熏故生。

磬：[明][甲][乙]1225 等。

散：[三]2110 華神儀。

色：[甲]2401 亦令色，[三]193 臺，[乙]2391 以二拳。

施：[甲]2409 云云。

事：[丙]2231 等云，[甲]2219 故以。

手：[元][明][聖]157 樹葉心。

水：[甲][乙]2387 供養。

陁：[聖]200 長跪合。

宛：[三][宮]2121 見棄捐。

爲：[三][甲][乙]1008 阿蘇離。

葦：[三]1，[元][明]702 林。

位：[乙]2218 萬。

香：[宋][明]921 鬘。

嚴：[原]2262 王菩薩。

葉：[宮]265 菓飲食，[甲][乙][丙]908，[三][宮]1484 上佛是，[三][宮]1545 或飄樺，[三]221 柔軟，[三]397 三昧爲，[宋]411 伎樂及，[宋]190，[乙]1086 形，[元][明]、－[宮]662 二十二。

業：[宮]272。

義：[甲]2298 承受一。

苑：[宮]2025 之春惠，[明]310 園苑遊，[三][宮]1442 園中住，[三][宮]1451 園王隨，[三][宮]1451 園中有，[三][宮]2060 池沼其，[乙]2254 林造舍。

怨：[甲]1227 仡哩娜。

者：[甲]2195 此云柔。

珍：[乙][戊][己]2092 果蔚茂。

之：[甲]2214 勢如意。

中：[宋][元][宮]2121 出九天。

座：[甲][乙][丙]938 半跏。

姡

妖：[甲]下同 2129 也郭云。

華

寶：[三][宮]402 蓋爲供。

悲：[宮]1577 況有心。

輩：[三][聖]211 梵志道。

筆：[明]2103 手經初，[三]2034。

草：[三][宮]278 熏無量，[三][宮]2060 寔，[宋][元][宮]1425 兜羅坐，[元][明]991 木諸。

此：[甲]1778 則雖是。

萃：[明][宮]279 若雲，[三][宮]2060 京室王，[三][宮]2122 不負身，[三]192 於今，[三]2060 虛。

等：[甲]1731 類如無，[甲]2261 色比。

峯：[原]906 八柱寶。

革：[甲]2128 聲下毛，[甲]2128 大根也，[三]2149 長者六。

乖：[乙]1929 不思議。

光：[乙]、華臺[乙]2396。

果：[三]2122 阿迦羅，[聖]231 果依之。

荷：[三][宮]1421 葉展轉。

許：[宮]816 其香遍。

化：[宮]278 莊嚴普，[宮]1451 以爲莊，[甲]853 風火差，[甲]1724，[明]152 伎樂幢，[三][宮]479 已愚癡，[三][宮]560 劫名禮，[三]2122 有觀此。

灰：[宋]1057 取蔓菁。

莖：[甲]893 若欲成，[元][明]643 八。

蓮：[甲]1969 池，[三][宮]836 藏坐蓮，[元][明]1509 華臺嚴。

林：[三][宮]721 池如闍。

羅：[宮][聖]664 無量百。

茂：[三]211 遊戲原。

密：[甲][乙]2263 嚴等經。

綿：[明][宮]1435 鳩舍羅，[三][宮]1435。

妙：[宋]、化[元][明]196 議合心。

葩：[三]186 甚可。

旗：[三][宮]2103 揚旆雕。

若：[甲]2394 從手發。

色：[乙]2391 赤美而。

莘：[甲]2128 遠方鬱。

事：[宮]221 拘勿投，[甲]1782 中而有，[甲]2323 名譬喻，[聖]2157 冑幼而。

說：[甲]2195 一乘疑。

王：[乙]2396 祕。

葦：[甲]1731 令此間。

巫：[宋][元][宮]2103 水。

席：[三]2063 爭設名。

夏：[宮]2060 可辯道。

香：[宮]338 具施寺，[三][宮]223 遙散佛，[三]361 色比。

焰：[明]1348 寶蓮華。

艶：[三]1982 寶蓮華。

艷：[三]1982 寶蓮華。

藥：[聖][另]285 其花無，[乙]1909 王佛南。

葉：[宮]278 中各放，[宮]836 目師子，[宮]1486 敷臥寒，[宮]1509 上皆，[甲]1731 上示現，[甲]1969 華敷妙，[明][甲]1177 上佛是，[明]613 千葉七，[三]1069 密言曰，[三][宮]481 常茂盛，[三][宮]534，[三][宮]624 從是山，[三][宮]721，[三][宮]1428 像聽作，[三][乙][丙]908 第二院，[聖]1509 是阿鞞，[聖]1509 益衆生，[聖]2157，[宋]1506 樹嚴飾，[原]909 形敬愛。

業：[三]201 氏城中。

衣：[原]1966 綾羅錦。

意：[甲]1333 菩薩文。

有：[元][明][宮]614 華時便。

芋：[甲]2128 從冘文。

葬：[宮]2034 服秉固。

支：[甲][乙][丙]2089 空。

枝：[甲]1921 八正如。

座：[三]901 座上作。

猾

揖：[宋]、滑[元][明][宮]2103 稽大言。

滑：[三]203 諂偽，[乙]2157 有一。

蜎：[三]1644 蜜蜂之。

滑

觸：[三][宮]1462 戒若捉。

滴：[聖]1602 火之煖。

骨：[宋][元]2122 稽或時。

猾：[三][宮]2122 諂偽詐，[三]

[宮]2123 諂偽詐。

清：[甲]1822 淨人誤，[元][明]1545 淨者蚊。

情：[三]、清[宮]322 制諸情。

濡：[聖]397 不著歸。

軟：[宮]790，[元][明]2110 之草。

消：[宮]721 樹次名。

嘩

譁：[三][宮][聖]350 名自，[三][宮]350 説是爲。

化

八：[丙]2397 相，[甲][丙]2397 相。

白：[明]1669 馬。

北：[三][宮]2102 人姑射。

必：[甲]2250 者機宜。

變：[三][宮]666，[三][宮]815 諸，[三]1169 賢聖像。

唱：[三][宮]2122 導不知。

池：[宮]2121 爲膿。

出：[宮]847 一切衆。

辭：[三][宮]395 不用多。

此：[三][宮]889 大明乃。

從：[甲]2195 之衆，[三][宮]483 生若色。

代：[甲]1512 身去來，[宋][元][宮]1435 經。

導：[另][石]1509 前人爲。

道：[三]196 虛心。

得：[三][宮]374 令住善。

德：[宮]374 復告大。

地：[三][宮]1530 地前衆。

度：[聖]278 衆生故。

法：[甲]2290 至三惡，[明]2016
身無心，[三][宮]2059 去陳，[三]152
乎婦喜，[原]973 身之。

凡：[甲]1731 不得方，[甲]2299
復有賢。

犯：[甲]1781 戒是應，[甲]1782
贊曰下，[甲]1821 欲境於，[甲]1863
作佛非，[甲]2261 品妙覺。

倣：[三]2122 也天者。

非：[乙]1723 聲聞。

敷：[三]184 明星出。

伏：[三][宮]374 復告大，[三]
[宮]397，[三][宮]476 如來方，[三]
186 一切是。

佛：[甲][乙][丙]2381 妄説李，
[甲][乙]2434 授記別，[甲]1512，[甲]
1512 去來化，[甲]1733 辨等神，[甲]
2230 禮敬既，[三][宮][甲][乙]2087
禮敬既，[聖]643 佛有七，[原]1849，
[原]2339 身教有。

供：[三]411 有情智。

故：[甲]1826 向大菩。

捆：[元][明]403 裂愚癡。

果：[甲]2219 造化則，[甲]2335
甚深四。

恒：[三][宮]2122 俗彝訓。

花：[甲]850 光鬘及，[甲]2217
自，[甲]2898 勝，[三]278 覺悟勝，
[聖][另]285 光交露，[另]1721 生者
從，[元][明]278 幢菩。

華：[宮]2105 散落如，[甲][乙]

1709 彰令德，[三][宮][聖]639，[三]
[宮]810 悉覆，[三][聖]310 神通菩，
[三][乙]1008 宮殿而，[石][高]1668
宮殿遊，[元][明]626 而作樹，[元]
[明]721 果受。

幻：[宮]374 作，[聖]224 無所從，
[聖]324。

惠：[甲]1722 一以俟。

貨：[三][宮]2122 涵故發，[乙]
[丙]2778。

及：[三]2103 佛菩薩。

紀：[甲]2039 元年己。

記：[原]2248 會釋名。

偈：[甲]1735 法深達。

假：[乙]1723 城種智。

教：[甲]1736 儀。

解：[明]278 力持應。

戒：[三][宮]1435 比丘尼，[另]
1435 比丘尼。

進：[甲]1781 始學故。

救：[甲]2300 子不得。

狂：[宮]387 衆生故。

禮：[宮]1425 相承乃，[明][宮]
754 度姪亂，[宋][宮]1509 人往度，
[宋][元][宮]2040 四海同，[乙]2087 敢
遊上。

敏：[三]2153。

尼：[三]2151 以齊世。

起：[甲]2195 起衆生，[甲]2300
罽賓國，[甲]2312 現八相。

訖：[甲][乙]2390 里。

巧：[三][宮]680 方便業。

勸：[另]1721 衆生不。

人：[明]1428 令得歡，[元][明]627 即時往。

任：[甲]2266 情取捨。

如：[甲]1775 幻言説。

沙：[聖]310 不絶而。

身：[乙]2263 後即法。

施：[三][宮]2103 洽蟲魚，[乙]2309 無。

說：[知]418 皆悉諷。

死：[甲]2266 生皆無，[三][宮]1579 者能造，[三][宮]2060 矣言終，[三]2059 餘五人。

他：[宮]1589 執我人，[甲]1848 利益即，[甲]2262，[甲]2339 身妙觀，[甲]2339 用變作，[甲][乙]1201 調，[甲][乙]1821 主至持，[甲][乙]1822，[甲][乙]1822 人令語，[甲][乙]2219，[甲][乙]2263 地上菩，[甲]1709 身説佛，[甲]1709 諸有，[甲]1736 量物機，[甲]1782，[甲]1816 身多三，[甲]1828 生故俱，[甲]1830 生有情，[甲]2261 道言不，[甲]2266 地部彼，[甲]2266 人身語，[甲]2287 用爲，[甲]2299 師又，[甲]2299 說成在，[甲]2301 但由，[甲]2370 報佛種，[甲]2748 土也其，[甲]2814 身利益，[明]220 有情故，[明]700 樂及他，[明]1450 生不從，[三]、華[宮]2122 第七七，[三]883 成就事，[三][宮][聖][石]1509 是人於，[三][宮]310，[三][宮]585 德本悔，[三][宮]660 人，[三][宮]721 説言一，[三][宮]837 生歡喜，[三][宮]1435，[三][宮]1545 地部執，[三][宮]2104 即尋除，[三][宮]2122 說不依，[三]125 人使行，[三]310 終不親，[三]1545 事中所，[聖]1435 如法如，[聖]1788 說法既，[宋][宮]228 人無分，[宋][宮]401 衆生入，[宋][宮]1598 地部中，[宋][元]220 諸有情，[乙]1816 受用依，[乙]1816 心念處，[元]2016 門或滯，[原]、－[原]2196 化他時，[原]、[甲]1744 學之，[原]、他[甲]1782 所變淨，[原]1141 無窮所，[原]1776 樂慶，[原]1796 道機故，[原]1829 行，[原]1851 令捨惡，[原]1851 四捨前，[原]1851 他行中。

土：[甲]2299 具。

蛻：[三][宮]2102 精變窮。

陀：[甲][乙]2163。

王：[甲]2120 御宇密。

威：[三][宮]2034 被蒼生。

偈：[三]397 離一切。

未：[原]1851 來多。

位：[元][明]278。

無：[三]2045 即於座。

物：[明]2104 本於無，[明]2108 之本體。

下：[聖]1763 也今以。

先：[元][宮]1579。

現：[甲]1960 有來有，[甲]2410 八相佛，[宋]310 生相離，[原]2339 諸。

消：[聖]200 滅佛漸。

修：[甲]2299 善不能。

業：[三]、樂[宮]1425 生粳米。

依：[甲]2337 佛還在。

已：[甲]1816 量雖能，[宋][宮]624 四何謂。

以：[三][宮]534 爲弟子，[原]、[甲]1744 男女者。

議：[三]211 謹敬男。

有：[三][宮]2040 無量佛。

云：[甲]1735 成熟一。

兆：[甲]2250 樂者名。

止：[聖]790 惡授善。

終：[甲]2195 身潙云。

諸：[明]413 有情。

住：[三]1582 衆生之。

自：[明]2087 鬼子母。

作：[宮]263 是像來，[宮]263 於衆生，[宮]1530 諸有情，[甲]、化用作開[乙]2261 用之義，[甲]1733 於中三，[甲]2339 故增上，[甲][乙]1822，[甲][乙]1822 四，[甲]1710 業滿本，[甲]1816 法故諸，[甲]1839 性故如，[甲]1839 性今牒，[甲]2190 業智分，[甲]2195 也亦，[甲]2223 於淨妙，[甲]2250 地部立，[甲]2394 大，[明][宮]310 華如須，[明]890 五色虹，[三][宮]222 衆生覩，[三][宮]2104 體不可，[三][乙]1092 現衆寶，[三]2121 佛令，[乙]1736 不住，[乙]1816 地第三，[乙]2309 七，[乙]2309 智論有，[元]670，[原]2248 業見。

划

列：[甲]2035 舡笛豁。

畫

罣：[宋]、盡[宮]374 虛空色。

華：[元][明]278。

劃：[甲]2006 破或擲，[元][明]2016 所生者。

懂：[三][宮]617 然了了。

獲：[三][宮]660 別別思。

盡：[丙]1141 持眞言，[丙]1184 文殊師，[丙]2164 其樣奉，[宮]、畫[聖]1421 眼佛言，[宮][聖][另]1451 伽藍，[宮]263 日設經，[宮]721 在於地，[宮]901 作種種，[宮]2102，[宮]2112 作符圖，[甲]、書[乙]2261 人隨，[甲]2128 亦繪也，[甲][丙]2163 周，[甲]853 沒藥二，[甲]853 無量持，[甲]908 作三重，[甲]1007 其壇壇，[甲]1039 我像奉，[甲]1268 諸天鬼，[甲]1700 金剛，[甲]1821 等異熟，[甲]2129 也，[甲]2266 計論而，[甲]2299 空便起，[甲]2362 便於形，[甲]2397 作諸佛，[明]、畫[甲]997 成三重，[明][宮]708 好師妙，[明][甲]1110 著一方，[明]719 虛妄所，[明]1656，[三]、畫[宮]2121 我腹象，[三][宮][聖]397 四大可，[三][宮]866 壇場周，[三][宮]1443 地口誦，[三][宮]1457 然火并，[三][宮]2108 一垂範，[三][宮]2108 一隴西，[三][宮]2111 然妙理，[三][甲]951 成證於，[三][聖]643 了了分，[三][乙]950 夜作護，[三][乙]1092 如法坐，[三]671，[三]721，[三]865 順修習，[三]889 隨方主，

[三]2088 界，[聖][另]1442 地者得，[聖]190，[聖]397 畫空作，[聖]613 瓶中盛，[聖]1266 並得，[聖]1421 或，[聖]1428 然正，[聖]1733 太空，[聖]1851 之處喻，[聖]2042 新白作，[聖]2157 古來傳，[聖]2157 作羅云，[東][元]721 如是如，[宋]、懂[元][明][宮]619 然明了，[宋][宮]、劃[元][明]666 然顯，[宋][宮]2060 有日夜，[宋][宮]2059 圖，[宋][元]、畫[明][宮]1462 夜阿毘，[宋][元][宮]2066 古髣髴，[宋][元]1488 無勝於，[宋][元]2108 一之法，[宋][元]2110 燃香夜，[宋]1129 彼部沙，[宋]2121 前，[宋]2122 工素不，[乙][丙]2231 即婆羅，[乙]1796 藐密也，[乙]2261 爲，[元][宮]2104 足過人，[元][明][聖]385 舍利，[元][明]993，[元]671 色，[元]1133 以，[原]974 之。

捧：[甲]2394 印或瞻。

破：[聖]1435 死屍身。

且：[甲]1268 人珍貴。

書：[丙][丁]866，[丙]1184 妙吉，[丙]2087 水水爲，[宮]721 文字除，[宮]737 師或行，[甲]、盡[乙]1098 分明變，[甲]1912 而種乃，[甲][乙]2393 字記之，[甲]936 或使人，[甲]1007 其佛坐，[甲]1007 其壇，[甲]1007 一毘那，[甲]1065，[甲]1172 本尊以，[甲]1239 地圍，[甲]1268 唵字，[甲]1709 人，[甲]1717 寫，[甲]2036 水噎畫，[甲]2402 名攝眞，[明]1165 入水內，[三][宮]1546 非不因，[三][宮]2102

符湯武，[三]2145 相因懸，[聖]1451 然火并，[聖]1723 其身變，[聖]2157 古今翻，[石]1509 橋津如，[宋]、盡[宮]721 文字相，[宋]、盡[宮]2121 夜使之，[宋][元]1171 文殊，[宋]2154 一切佛，[乙]966 一金輪，[乙]1269 之刻，[乙]2394，[乙]2397 是法曼，[元][明][甲]1227 彼尊於，[元][明]1092 五十八，[原]、盡[甲][乙]1796 界。

妄：[甲]1778。

也：[乙]1796 是。

造：[聖]1266 像或用。

晝：[宮]882 相順修，[宮]889，[宮][聖]613 分明一，[宮]263 夜一己，[宮]882 彼金剛，[宮]883 彼戲鬘，[宮]883 外曼拏，[宮]1591 而便生，[宮]2122 棋，[和]293 像女亦，[和]293 嚴飾誑，[甲]2128 反杜注，[甲]950 像前或，[甲]1717 夜行五，[甲]1998 字謂，[甲]2039 歘於汀，[甲]2128 反漢書，[明]、盡[聖]1475 眉，[明]2076 禪師，[三][宮]2103 鳥，[三][宮]2122 作若轉，[三]1 圍七，[三]2110 夜勤苦，[聖]1421 舍又遊，[聖][另]1458 作女人，[聖]225 之乃成，[聖]1421 中説，[聖]1425 作字作，[聖]1428 水或水，[聖]1442 滿七數，[另]1451 水不暫，[另]1458 若母來，[石]1558 藥叉迷，[石]1509 橋津如，[宋]1003 一一菩，[宋][宮]721 勝，[宋][宮]2103 水還無，[宋][宮]2122 地曰於，[宋][甲]2087 野區分，[宋][元][宮]285，[宋][元][宮]1425 地作

字，[宋][元][宮]1442 爲跡作，[宋][元][宮]2122 一步乃，[宋][元]882 寶標，[宋][元]1227 佛次右，[宋][元]2122 峯，[宋]99 地魔有，[宋]1227 像佛處，[宋]1227 一池池，[乙]2092 作，[元]1443 其跡不。

話

談：[三][宮]2028 説王事。

甜：[東][宮]、語[元][明]721 聲惡業。

譁：[三][宮]721 令此，[三][宮]1425 若説王。

語：[甲]2207 居白銀，[明]2076 道累歲，[明]2103 揮綸與，[三][宮]1525 非法歌，[三][宮]1442 時實力，[三]2103 言夢想。

樺

華：[乙]1069 皮煎渧。

畫：[甲][乙]1214 皮上畫，[甲]952，[甲]1075 皮葉上。

書：[甲]952 木皮雄。

劃

畫：[甲]2006 短短一，[甲]2006 西歷劫，[三][宮]2059 腹以全，[三][宮]2059 胸至臍，[三][宮]2102 然有證，[三][宮]2103 列國未。

獲：[甲]1921 而言非。

謞

惛：[甲]2255 忘也又。

個

沈：[甲]893 欠。

徊

佪：[宋]、迴[明]361 繞周匝。

迴：[三]362。

淮

誰：[甲]2207 海。

唯：[甲]1805 局席地。

惟：[宋][元]2059 陽支孝。

准：[宮]2103，[甲]1736 南楚地，[甲]2128 反象形，[宋]2060 服聽，[元][明]2146 州沙門。

槐

猊：[明]2131 座爲衆。

魏：[甲]1786 人也。

踝

躃：[甲]1733 如磚磧。

腂：[宋]26 終不相。

躄：[三]198 地是迹。

踵：[原]2395 乃至千。

懷

塵：[宮]1625 眼等諸。

多：[宮]374 諂曲。

壞：[甲]1719 異，[甲]1828 苦行苦，[三][宮]323 在，[元][明]322 已。

壌：[甲][乙]1821 侵犯惱，[甲]2792 輕慢都，[甲]2792 色若自。

憍：[甲][乙]2887 必有慈。

生：[三][宮]2040 瞋恚吾。

損：[甲][乙]1821 胎及。

懷

德：[三]2110，[聖]285 道念廣。

敢：[聖]318 輕慢五。

感：[甲][丙]2087 業緣之。

根：[明]1450 瞋恚。

怪：[三]、恠[宮]2103 道有。

恒：[知]598 質朴捨。

槐：[三]1334 香草香。

壞：[宮]761 種種疑。

壞：[宮][聖]292 自大曉，[宮][聖]1523 增上慢，[宮]848 惡意所，[甲]、懷[甲]1781 謂有人，[甲]、懷[甲]1782 愧恥不，[甲]1710 想起四，[甲]1736 腐爛外，[甲]1736 觀心更，[甲][乙]2376 貪欲性，[甲]1512 以此聖，[甲]1775 非唯畏，[甲]1782 道自逸，[甲]1782 孕鹿現，[甲]1786，[甲]1828 事生今，[甲]2039 敬者率，[甲]2087 詭詐更，[甲]2129 包也說，[甲]2261 恒欲利，[甲]2266 恐怖等，[甲]2266 怨故輕，[甲]2376 憂，[明]261 異志背，[明]477 恐懼時，[明]477 無所畏，[明]658 擾害以，[明]810，[明]1562，[三][宮]2103 利用之，[三][宮][聖]285 風，[三][宮][聖]292 還見他，[三][宮][聖]292 諸邪見，[三][宮][聖]294 一切眾，[三][宮][知]266 則無音，[三][宮]285 則成清，[三][宮]286 諸法故，[三][宮]288 修明解，[三][宮]292 度諸罣，[三][宮]376 搏食貪，[三][宮]462，[三][宮]606 老病死，[三][宮]637，[三][宮]656 度無極，[三][宮]720 憶念猶，[三][宮]1435 生慳貪，[三][宮]1505 味，[三][宮]1523 有取執，[三][宮]1549 自覺七，[三][宮]1558 無力能，[三][宮]1558 心遂發，[三][宮]1563 朋黨執，[三][宮]1579 邪見者，[三][宮]1808 圍遶翻，[三][宮]2060 敬者率，[三][宮]2121 其愁憂，[三][宮]2123 飢渴故，[三]152 吾六億，[三]192，[三]212，[三]267 危脆，[三]310 亂是定，[三]1579 腐敗外，[三]2154 目因緣，[聖]292 害究，[聖]1421 抱應與，[聖]1421 法寶而，[聖]1429 素，[聖]1440 煩惱惡，[聖]1458 忿恨出，[聖]1549 愁憂或，[宋][宮]310 愁惱或，[宋][宮]1579 貪願往，[宋][宮]2103 山襄陵，[宋][明][宮]810 者，[宋][元][宮]398 月珠及，[宋][元][宮]589 瞋法而，[宋][元][宮]2066 既覽三，[宋][元][宮]2122 他心自，[宋]375 妊自害，[宋]2122 瞋恚作，[乙][知]1785 中云云，[乙]1796 等，[乙]1816 無住道，[元]2016 違於大，[元][明]285 羞恥除，[元][明]489 熱惱此，[元][明]635 慧無限，[元][明]2103 天師功，[元]99 慚愧色，[元]262 懈怠貪，[原]974 身此生，[原]1771 滅相，[原]下同 1825 甚於老，[知]598，[知]598 行次第。

歡：[三]200 喜悅前。

環：[乙][丙][戊][己]2092 捨宅，[乙]2192 中胎一。

茴：[元][明]1334。

集：[三]202 咸作是。

襟：[三]、－[宮]2060 莫二或。

拘：[三]186 怯弱無。

可：[宮]1451 障難持。

能：[宮]1509 瞋恚則。

入：[原]1862 胎二出。

生：[三][宮]397，[三]156 苦，[三]202，[三]1082 疑心，[聖]200 歡喜持，[聖]663 憂惱愁。

悚：[宮]2025 之至再，[宮]2102 群方所。

塔：[三]99 與。

聽：[聖]99 受偈作。

唯：[甲]1736 敬信其。

爲：[三][宮]309，[三]202 懊惱今。

咸：[明]310 憂戚。

行：[三][宮][丙][丁]848 忍辱不。

疑：[三][宮]2102 庶聞。

意：[三][宮]263 羸弱。

憶：[乙]2263 耳。

有：[甲]1717 諂曲一。

預：[甲]2195 疑。

悅：[三][宮]1451 既暢，[宋][元][宮]446 解脫佛。

增：[甲]1778 勝故自。

志：[三][宮]263 愛欲。

坐：[三]212 妊二命。

坏

杯：[三][宮]2121 水先飲，[三][甲]1039 椀滿盛，[宋][元][宮]2122 至九七，[宋]374 器電光，[原]909 盛

血右。

不：[宋]758 器不堅。

㞘：[元][明]721 嫩鐵，[元][明]721 軟聲觸。

坯：[三]2122 瓶易毀。

咶

舐：[三][宮]2121 其兩足。

壞

害：[明]1636 及彼陵。

懷：[甲][乙]2309 取捨，[甲]1719 此三如，[甲]1851 本識中，[明]1636 腐敗如。

懷：[甲][乙]2309。

境：[甲]1735 境故能。

壞：[宮]322 者擁護。

上：[甲]2128 也說文。

捨：[三][宮]721 自身功。

增：[三]1598 所以不。

壤

礙：[甲][乙]1822 故說名。

敗：[宮]1425 今。

報：[聖]953 那羅延。

彼：[聖]278 微塵出。

城：[甲]1782 諸。

摧：[甲][乙]1822 生草等。

德：[三][宮]1506 故滅諸。

動：[宋][宮]278 故菩薩。

斷：[三][宮]397 法性爲，[元][明]1509 一切煩。

垢：[三][宮]2122 上尊者。

惡：[甲]2792 賤病人。

故：[聖]1509 般若波。

怪：[三][宮]2122 之五夢。

恨：[甲]2212 爲殊勝。

橫：[三][乙]1092。

懷：[甲]1065 餓鬼有，[甲]1728 散外道，[甲]1728 亦起慈，[明]2149 目因緣，[聖]1723 良田，[聖]1723 書寫，[宋]1662。

懷：[高]1668 一切心，[宮]222 一切諸，[宮]318 不造異，[宮]901 當，[甲]、壞[甲]1781 於佛樹，[甲]1772 信故初，[甲]2017 履道，[甲][乙]1822 善，[甲][乙]2376 道爲戶，[甲][乙][宮]1799 願，[甲][乙]1816，[甲][乙]1822 多知世，[甲][乙]1822 法性故，[甲][乙]1822 劫引王，[甲][乙]1822 其勢力，[甲][乙]1822 世，[甲][乙]1822 雖不斷，[甲][乙]1822 至心品，[甲][乙]2194 存者三，[甲][乙]2309 施意十，[甲]853 諸怖，[甲]1744 故有難，[甲]1763 憶，[甲]1816 如日不，[甲]1816 怨遭苦，[甲]1828，[甲]1828 輕慢二，[甲]2039 殆甚然，[甲]2266 六分，[甲]2266 緣諦作，[甲]2339 素素即，[明][聖]1460 種子鬼，[明]1459 生種學，[三][宮]411 清淨心，[三][宮]632 亦無所，[三][宮][聖][另]342，[三][宮][聖]285 篤信心，[三][宮][聖]285 來至義，[三][宮]285 篤信而，[三][宮]294 淨想不，[三][宮]399 是爲不，[三][宮]402 愛樂菩，[三][宮]403 結心志，[三][宮]445，[三][宮]459 因緣若，[三][宮]589 愛欲亦，[三][宮]626，[三][宮]787

心毀謗，[三][宮]1464 婆氣力，[三][宮]1558 滅墮落，[三][宮]1559，[三][宮]1559 金剛座，[三][宮]2103 業理常，[三][宮]2122 瞋恨心，[三][聖]125 諸比丘，[三]201 殘害，[三]201 亦可，[三]201 志耐并，[聖]639 於聖種，[聖]1421 色割截，[聖]1542 苦性行，[聖]1544 母失愛，[聖]1579 信放逸，[聖][甲]1763 若執著，[聖]99 有諸功，[聖]125 廣接國，[聖]291，[聖]376，[聖]376 當知是，[聖]425 羅，[聖]514 無以忿，[聖]1421 心多作，[聖]1509，[聖]1536 是故名，[聖]1763 如，[石]1668 論宗故，[石]1668 相建立，[宋][明]220 此修非，[宋][元][宮]1662，[宋][元][宮][聖]446，[宋][元][宮][聖]446 結髮佛，[宋][元][宮]1577 彼不知，[宋][元][宮]1577 其，[宋][元]266 除疑網，[宋][元]603 冥現色，[宋]184 空，[宋]184 人正道，[宋]310 迦葉譬，[宋]1191 亂正，[宋]1694 冥現色，[醍]26 一切世，[乙]957 佛性不，[乙]1796 山襄陵，[乙]1822 顯，[乙]2194 波旬名，[乙]2194 存者三，[元][明]2154 顯，[元][明][宮]460 想顛倒，[元][明]310 善作所，[元][明]630 邪，[元][明]810 其無所，[元][明]1301 諸有祠，[元][明]1501 或復，[元][明]1508 其身亦，[元]125 此罪人，[元]2122 是爲最。

壞：[明]720 鎧。

環：[元][明]171。

毀：[三][宮]1425 其屋。

截：[三][宮][聖]272 一切諸。

境：[甲]1816 有隱顯，[聖]1454 彼淨行，[元][明]672。

就：[明]1217 之相。

據：[聖]1763 現在也。

塊：[知]741 地成澗。

離：[三]375 諸怨敵，[宋][宮]227 色行爲。

理：[乙]1816 對治又。

沒：[三][宮]650 一切法。

滅：[三][宮]2040 佛法有，[三]1341，[乙]2215 者是能。

惱：[乙]2810 爲性能。

破：[甲]2299，[三][宮]397 一切惡，[三][宮]721 稍墮漸，[三][宮]1425 沒溺寒，[三][宮]1425 其梵行，[三]211 不得寧，[三]1426 彼比丘，[元][明][聖]223。

器：[三][宮]1428 聽以毛。

瀼：[明]2131 之田能。

壞：[明]1648 所謂色。

壞：[甲]2128 也案屠，[明]1257 調伏於，[明]1610 滅此三，[明]2034 要因諸，[明]2154 勞師去，[三]993 簸曳帝，[宋]310 彼一切。

攘：[甲]2039 之大半，[三][宮]2103 竟無，[三][聖]375 不，[宋][明]2154 遂欲汎。

喪：[甲]1813 十乖四。

燒：[甲]2223 故一切。

攝：[知]1579 苦攝最。

瘦：[宮][甲]1805 國象力。

碎：[三]220 殑伽沙。

壇：[乙]2394。

唯：[三][宮]1546 緣。

爲：[元][明]268。

懈：[明]316 思惟善。

性：[甲][乙]1822 故又説。

鹽：[原]2248 呼男女。

異：[明]1579 無常之。

增：[宮]221 菩薩令，[宮]1509 法，[甲][乙]1822，[甲]1816 唯除金，[三]1 損四者，[聖]278 實際佛，[聖]663 國，[石]1509。

憎：[三][宮]1602 苦諦五。

重：[三][宮]1425 色。

衆：[聖]292。

諸：[宮]、懷[聖]1579 行二苦，[宮]397 貧窮諸，[乙]2370 善非器，[乙]2370 無量煩。

住：[三][宮]2122 五陰名。

懷

儇：[三]2060 慧奇拔，[三]2060 慧思願。

嚄

嗚：[宋]、謢[宮]263 呼所酷。

嚗：[三]152 啼曰。

懽

歡：[三][宮]635 悅於是，[三]152 稱善靡，[三]152 娛從欲。

驩：[宋][元][宮]2108 妓女聊。

懽：[三]、權一作懽夾註[明]2102 榮名終。

歡

敩：[三][宮]310 然三千。

等：[甲]2223 喜一切。

發：[三]123 喜受行。

付：[甲]1718 喜初三。

顧：[甲][乙]2391 視一切。

觀：[丁]2244 樂衆病，[福]375 喜以是，[宮]618 喜常志，[宮]611 喜已得，[宮]618，[宮]1545 悦而住，[宮]2103 邢子才，[甲][乙]1822，[甲]1821，[甲]2053 心於兆，[甲]2087 慶命諸，[甲]2261 喜等以，[甲]2261 喜讚歡，[甲]2299 喜地以，[甲]2404 喜守護，[明]400 喜，[明]402 喜，[明]649 喜踊躍，[明]1425 喜，[明]1425 喜而去，[明]1595 悦其餘，[三][宮]624 者莫若，[三][宮][聖]292 悦法善，[三][宮]607 喜爲憂，[三][宮]729 思正止，[三][宮]1434 聽是沙，[三][宮]1506 樂如此，[三][宮]1545 行相轉，[三][宮]1546 喜得，[三][宮]1547 樂三名，[三][宮]1607 喜時名，[三][宮]2053 桂茂青，[三][宮]2060 州初至，[三]125 喜專其，[三]192，[三]1549 喜已依，[聖]512 喜命雖，[聖]613 喜應時，[聖]1582 喜受諸，[宋][宮][聖]310，[宋][元]、勸[明][宮]226 樂三者，[宋]152 喜，[乙]912 喜顧視，[乙]2215 心深安，[乙]2376 歡，[乙]2397 喜藏摩，[元]186 喜神入。

壞：[甲]1736 喜敬信。

懼：[明]152 悦報，[三][宮]2043 喜心，[宋][元]278 喜發道，[宋]376 會時遊。

惶：[聖]2157 誠恐謹。

即：[甲]1239 喜。

戒：[甲][乙]1929 喜破惡。

敬：[乙]912 愛法。

舉：[宮]721 如是分。

懼：[三][宮]1462 喜而作，[三][宮]2060 受頂戴，[三]2110 於誕神。

欵：[乙]2092 附商胡。

難：[聖]210。

勤：[明]311 喜心，[三][宮]1548 喜若智，[聖]210 後歡。

權：[三][宮]616 心後世，[三][宮]1425 無有愛，[三][宮]1478 縱撗非，[三][宮]2060 共叙離。

勸：[宮][聖]425，[宮]232，[宮]310 喜爲得，[宮]425，[宮]626 樂當因，[甲]1721 喜，[甲]1717 喜地八，[甲]1718 喜諸佛，[甲]1816 喜耶由，[明]1497 喜勝，[三][宮]225 樂合，[三][宮]263，[三][宮]285 導無極，[三][宮]1459 授與，[三][宮]2102 莫美乎，[三][宮]2122 逸，[三]225 德定月，[三]291 悦群黎，[三]310，[三]2154 字誤，[聖]225 喜，[聖]294 悦安樂，[聖]1579 廣，[宋][明][宮]225 樂，[元][明][知]418 樂欲聞，[知]418 樂時佛。

歎：[宮]1673 梵世離，[宮]2122 笑先言，[甲]1723 喜放豪，[甲]1778 喜現身，[甲]1778 喜三昧，[甲]1816 喜六，[明]186 五名栴，[明]191 喜乃自，[明]310 喜，[明]813，[三][宮]1452 言慰問，[三][宮]2123 喜皆行，[三]

950 喜得一，[三]2063 悦復以，[宋]
[宮]721 喜心向。

惟：[宮]1505 喜如泉。

喜：[甲]1775 畏異生，[甲]1072
樂又法，[三][宮]721 樂，[聖][另]790
見惡忠。

欣：[宮]2122 喜樂噉，[宮]2122
喜之時，[三]1340 喜心發，[三][宮]
[石]1509 慶無量，[聖][另]310 欣。

欽：[乙]1822 敬故。

飲：[明]1636 樂想。

飲：[明]1341 喜善御。

娛：[三]190 樂。

樂：[三][聖]190 汝隨至。

躍：[三][宮]2121 使吾致。

譁

護：[甲]2130。

歡：[三][宮]2122 譁嘯調，[三]
152 亂德。

誼：[明]2102 鳥聒何。

誼：[三][宮]2102，[三][宮]2103
呹晟論。

驊

騹：[甲]2036 兒黃帝。

洹

白：[宋][元]186 一無失。

法：[另]1543 果攝彼。

含：[元][明]1509 果乃至。

和：[三][宮]313 竭佛授。

恒：[甲]2036，[明]5 後，[三]310
沙，[三][宮][甲]2044 水邊廣，[三][宮]

310 沙等諸，[三][宮]2060 河之正，
[聖]125 必盡苦，[宋][宮]2122 果臨
終，[宋]305 向攝取，[元]2122。

桓：[博]262 道，[宮]2040 精舍
緣，[甲]1719 諸王歡，[甲]1731 精舍，
[明]125 中有此，[明]2103 之裏恒，
[明]74 一須陀，[明]125 精，[明]125
舍住在，[明]1425 中食已，[三][宮]
280 佛陀師，[三][宮]497 因即與，
[三][宮]530 精舍與，[三][宮]585 眷
屬子，[三][宮]1421 中鑿渠，[三][宮]
2121 諸比丘，[三][聖]808 阿那邠，
[三][聖]1440 精舍目，[三]125 步入，
[三]154 佛告，[三]203 林求空，[聖]
125 精舍，[聖]200 而作是，[聖]643
爲佛作，[石]1509 道乃，[石]1509 是
人言，[宋][宮]1435 聽法，[宋][宮]
1435 中取臥，[宋][宮]1435 作比，
[宋][宮]2121 語比丘，[宋][宮]下同
1435 有好林，[宋][元]2061 圖經計，
[宋][元][宮]1435 是比丘，[宋][元][宮]
1421 觀察衆，[宋][元][宮]1421 門作
如，[宋][元][宮]1421 中鑿渠，[宋][元]
[宮]1421 諸比丘，[宋][元][宮]1425 精
舍有，[宋][元][宮]2122 遂造，[宋][元]
125 界仙人，[宋][元]196 道逢須，[宋]
[元]212 精舍勅，[宋][元]212 精舍門，
[宋][元]212 門外盡，[宋][元]2063 寺
道壽，[宋]374，[宋]下同 1435 作房，
[乙]2157 水南寺，[元][明]2016 月蓋
曲，[元]309 道今乃，[元]1421 不遠
見，[元]1421 門庭中，[元]1421 瞿曇
彌，[元]1421 中雨遍。

江：[三][宮][聖]627 河沙。

泥：[聖]2157 經或十。

涅：[宮]1521 又多羅，[甲]1717 夜乃至，[宋]730 佛度世。

槃：[聖]1425 處。

陀：[三][宮]1435 林詣諸。

丸：[宋][元]2061 經加之。

垣：[甲]1736 見道前，[宋][元][宮]1421 門飢渴。

園：[三][宮]1425 樹。

薗：[甲]2300 精。

曰：[三]361 者其，[知]266 便離發，[知]598 後舍利。

桓

抵：[原]2897 達菩薩。

和：[三][宮]378 竭者亦。

恒：[三][宮]2102 施行其，[宋]、園[元][明]2122 阿，[宋][元][宮]2122 家兒，[宋][元]2122 孝龍，[元][明]、[宮]2103。

洹：[甲]2035 精舍時，[明]1428 中至佛，[明]2016 精，[明]2123 有一醉，[明]2151 寺供給，[明][聖]383 更辦種，[明][聖]1428 精舍忽，[明][聖]下同 1428 精舍乘，[明]91 門外有，[明]99 中有兩，[明]146 阿難邠，[明]200，[明]201 往請世，[明]212 精舍然，[明]1421 具以白，[明]1428，[明]1428 精舍時，[明]1428 園中住，[明]1428 中授與，[明]1463 精舍大，[明]1546 精舍善，[明]1546 林詣安，[明]1546 林竹林，[明]2040 王子常，[明]

2040 作幻梵，[明]2041 去舍衞，[明]2122，[明]2122 多靈物，[明]2122 佛以大，[明]2122 精舍到，[明]2122 精舍時，[明]2122 精舍爲，[明]2122 精舍重，[明]2122 林來詣，[明]2122 沒詣阿，[明]2122 門大石，[明]2122 末利白，[明]2122 十二年，[明]2122 寺後譙，[明]2122 寺禮佛，[明]2122 寺有釋，[明]2122 圖二卷，[明]2122 圖經百，[明]2122 文殊依，[明]2122 中即往，[明]2122 中僧，[明]2122 中有大，[明]2122 中有兩，[明]2122 住晡時，[明]2123 精舍本，[明]2123 遂造，[明]2123 中即往，[明]2123 住晡時，[明]下同 1428 門諸比，[明]下同 2122 寺感通，[三][宮]353 林告長，[三][宮]376，[三][宮]1425，[三][宮]1425 精舍如，[三][宮]1425 精舍時，[三][宮]1425 精舍中，[三][宮]1425 門間立，[三][宮]1428 邊過而，[三][宮]1428 不遠行，[三][宮]1428 精舍到，[三][宮]1428 中，[三][宮]1428 中問訊，[三][宮]1435 門間欲，[三][宮]1435 門間煮，[三][宮]1435 聽法詣，[三][宮]1435 推尋求，[三][宮]1435 中處處，[三][宮]1463 精舍不，[三][宮]1464，[三][宮]1464 爾，[三][宮]1464 今日欲，[三][宮]1464 日已過，[三][宮]1464 歲坐掃，[三][宮]1464 先請佛，[三][宮]1464 語諸比，[三][宮]1509 皆今大，[三][宮]1547，[三][宮]2041，[三][宮]2121 聽佛説，[三][宮]2121 自，[三][宮]2122 佛爲説，[三][宮]

2122 精舍尊，[三][宮]2122 舍住在，[三][宮]2122 寺每於，[三][宮]2122 爲大眾，[三][宮]2123 阿難見，[三][宮]2123 中，[三][宮]下同 1435 門邊曬，[三][聖]、恒[聖]200 當與汝，[三]133，[三]152 樹圍五，[三]200 燒，[三]200 中見佛，[三]202 精舍功，[三]205 道其消，[三]1435 門間經，[三]2153 寺譯出，[聖]125 因語彼，[聖]125 因在如，[聖]125 因知舍，[聖]125 因知世，[聖]125 因座上，[聖]222 因諸四，[另]1435 因，[宋][宮]1428 因化作，[宋][宮]2122 因所有，[宋][元][宮]2121 因便自，[宋][元][宮]2121 因在普，[宋][元]125 精，[元][明][宮]1435 詣佛，[元][明]1339 爾時世，[元][明]1435 打，[元][明]1435 竟多有，[元][明]1435 門邊經，[元][明]1435 中處處，[元]1435 耕地放。

嗽：[明]2122 寺。

盤：[三][宮]2059 桓孝龍。

任：[宮]2060。

栩：[明]2123 精舍眾。

垣：[原]1899 牆。

植：[宮]2034 黃初元，[三]2154 詳定見。

絙

亘：[三][宮]2103 靈網於。

圜

員：[三][宮]2109 戸帝王。

圓：[甲]1751 下光中，[三][宮]2122，[三][宮]2122 木作如，[聖][另]1721，[乙][丙]2092。

寰

還：[三][宮]2123 苦三業。

環：[明]2122 苦三業，[宋][元][宮]1522 中神恊。

宇：[三][宮]2103 外咸。

衆：[甲]1736 中神獨。

宗：[甲]2261 中道名。

環

瓌：[甲]2068 偉德感。

還：[宮]2102 之説耳，[宮]2122 相，[明]165 清淨嚴，[三][宮]721 如，[三][乙]1145 往來相，[宋][宮]2121 授與世，[元][明]2060 鳴囀入。

懷：[甲]、瓌[乙][戊][己]2092 所居之。

壞：[甲]2231 也伊等，[宋]23 無端緒，[乙]2261。

寰：[明]2108 中之遊，[三]2053 中之中，[三]2103 中之遊，[三][宮]2103 中之幽，[三][宮]2103 中之中，[三][宮]2108 海望風，[三]2110 中與虛，[三]2145 中之固，[宋][元][宮]1546 中之固，[元][明]2060 中事，[元][明]2145 中又善，[元]2103 中與虛。

珂：[三]99 釧斷壞。

琅：[甲]2035 階白雲。

理：[乙]2394 置耶以。

鐶：[丁]2092 諸王服，[宮]2122

大同本，[甲][乙]1822 等相異，[明]
2060 代有，[明]2121 非世所，[三]152
投其水，[三][宮][乙]895 釧瓔珞，[三]
[宮]1435 是兒端，[三][宮]2121 往羅
悦，[三][宮][下同 768 與之語，[三]
[甲]1080 釧七寶，[三][乙]1092 釧種
種，[三]1069 皆用部，[乙]1821 等相
異，[元][明]606 臂釧步。

　　羽：[甲]1225 用承珠。

　　珠：[乙]2425 齒如眞。

闠

　　闠：[宋][元]1635 闠之所。

鬘

　　鬘：[甲]2394。

睆

　　莞：[三][宮]2059 然笑曰。

　　睅：[明]190 熟視而。

緩

　　皺：[宋]、赧[元][明]25 皺。

　　後：[甲]1728 於水王。

　　後：[甲]1112 不得高。

　　解：[元][明][宮]271 結使縛。

　　經：[宋][元]、緣[宮]1581 方便
不。

　　綾：[甲]1816 懈怠孏，[原]、受
[丙][丁]1141 帶白帶。

　　摯：[三]2122。

　　緵：[宮]2078 而不遲，[宮]2078
人皆不。

　　緣：[宮]1451 洗鉢稍，[宮]1451

作諸惡，[三]1559 事如先。

　　瑗：[石]1509 則傷。

幻

　　處：[甲]1851 變曰異。

　　多：[三]984 龍電摩。

　　法：[三][宮][聖]223 不生不。

　　坊：[三]374 合散是。

　　化：[宋][明][宮]397 如來如。

　　劫：[甲]2217 或於，[三]681 等
無量。

　　句：[宮]397 方術是，[三][宮]
1548 變多，[三][宮]1548 變若，[元]
1465 偽之人。

　　空：[宮]268 未曾見。

　　夢：[三][宮]638 悗。

　　迷：[三][宮]534 惑人民。

　　平：[宋][宮]671 等喻我。

　　巧：[三][宮]2102 說吾以。

　　却：[元][明]288 意菩薩。

　　是：[三][宮]481 以權方，[聖]222
幻不離。

　　術：[元][明][宮]374 和合諸。

　　所：[另]1509 作種種。

　　行：[甲]2263 智，[三]221 示人。

　　玄：[三][宮]285 無本以。

　　眩：[三]194 惑我我，[三]1464 惑
誑人。

　　以：[甲]、幻[甲]1782 化者宣。

　　幼：[宮]2121 端正無，[和]293 如
浮泡，[甲]2067 歸緇服，[甲]1512 如
化亦，[甲]2128，[明]201，[明]1593
等顯依，[明]1648 諂故名，[宋]291 不

與衆，[宋]816 與化無，[宋]2087 宜修勝，[宋]2121 法忽有，[元]69 法是故。

予：[宮]2103 術猶能。

約：[丙]2397 化云云，[甲]2261，[明]1656 實不有，[三][宮]1589 相。

奐

煥：[三][宮][甲][丙]2087 然，[宋][宮]2102 之美貝，[宋][元]2110 像設嚴，[宋][元]2110 瞻星測。

宦

官：[甲]1007 或求富，[甲]1728 萬倍入，[甲]2035 者冠加，[甲]2274 七所依，[明]2060 而後居，[三][宮]2060 遂家于，[三][宮]2060 寓居，[三][宮]2103 固非所，[三][宮]2103 於朝廷，[元]2061 者仇公。

宿：[明]、官[宮]1451 國王初。

浣

澣：[三]375，[三]375 答言是，[三]375 一覺不，[三]375 衣一是。

淨：[甲]2378 亦如。

染：[宮]1809 浣已納，[三]1435 尼薩耆。

完：[甲]1921 具獨一。

洗：[甲]2378 故衣，[三][宮]1455 衣，[三][宮]653 縫著若，[三][宮]1428 衣晒乾，[三]2111 而延壽，[聖]1454 染打故。

衣：[三][宮]1435 已絞捩。

院：[甲]1007 衣澡浴，[聖]1425 治床褥。

棖

槵：[三]2149 子經一，[三]2153 子經一。

患

病：[甲]1775 故隨其，[三][宮]1425 不，[三][宮]2042 如日將，[三]201 得諸財。

串：[甲]2266 習故二。

惡：[宮]2123，[甲]1813 爲戒亦，[三]1341 五種諍，[三][宮]279 無有自，[三][宮][聖]1460，[三][宮]285，[三][宮]327 何等爲，[三][宮]1464 去如是，[三][宮]1509 雖得美，[三][宮]1546 與厭患，[三][宮]1672 多衆苦，[三][宮]2112，[三][聖]26 有力快，[三]100 諸比丘，[三]154 如彼梵，[三]201 譬如人，[三]201 是故先，[三]212，[乙]1909 不言作。

法：[三][知]418 有人想。

過：[甲][乙]1822 故猶如。

還：[三]201 渴尋時。

害：[三][宮]1550 是老死，[三]1335 悉皆除。

恒：[三][宮]2122 常。

幻：[三][宮]616 如上説，[三]842。

槵：[三]2149 子經一，[元][明][甲][乙]901 子柴然。

恚：[宮]374 如魚呑，[三]754 亦除非。

惠：[三][宮]729。

慧：[宮][聖]425 業依聞，[甲]1925 即當轉，[三]737 以何別。

盡：[三]99 色離。

苦：[三][宮]2121 投河水，[三][聖]375 其少，[宋]374 其少食，[宋][元]2121 投河。

離：[元][明]、[宮]1545 便。

慮：[甲]2230 之鄉良。

念：[三][宮]1464 身無氣。

勤：[宮]683。

生：[甲][乙]1709 皆由彼。

失：[宋][元][宮]、[聖][知]1579 故。

思：[甲]2128 累力僞，[元][明]1579 已能厭。

違：[甲][乙]1822 故緣之。

悉：[甲]1958 等何者，[甲]2266 於疏無，[甲]2299 爲主統，[三][宮]618 形不必，[另]1428 零落佛，[乙]1822 冷煖爲，[原]2410 皆消滅。

喜：[三][宮]2121 樂相應。

恙：[三][宮]2059 至京傾。

衣：[三][宮]1425。

以：[另]1428 縷綖。

愚：[甲]2299 爲目三，[乙]、惠[乙]2249 意同歟，[元]1521 因緣家。

遇：[三]2063 疾曰我。

怨：[三][宮]314 況如來。

災：[甲]1828 中第二。

忠：[甲]1721 爲主統，[元]1478 當自愼，[元]2112 子孫昌。

逌

換：[三][宮]2103 服苟異。

換

變：[甲]2195 舊質卽。

懷：[乙]2227 衣斷食。

浣：[三][甲]903 衣一月。

渙：[元][明]2103。

貿：[聖][另]1442 易波逸。

摸：[甲]2266 改前後。

授：[甲]895 彼法不。

喚

愛：[宋]1435 問牽挽。

呼：[宮]624 提無離，[三][宮][聖]1425 是比丘，[三][宮][聖]1425 言，[三][宮]606 不休息，[三][宮]607 是亦不，[三][宮]1425，[三][宮]1425 比，[三][宮]1425 闡陀比，[三][宮]1425 大德上，[三][宮]1425 迦梨，[三][宮]1425 來，[三][宮]1425 來已佛，[三][宮]1425 難陀優，[三][宮]1425 是，[三][宮]1425 是比丘，[三][宮]1425 衆多比，[三]202 聲左右，[三]375 與共交，[三]375 衆盲，[三]982 人名字，[聖]1425。

讙：[宮]729 呼。

換：[宮]1998。

哭：[三][宮]1425 佛知而。

令：[原]1309。

請：[三][宮]1435 比丘。

聲：[三][宮][聖]1425 入白衣，[三][宮]1425 蛇出蛇。

嗾：[元][明]2121 狗競共。

嘆：[宮]310 音聲而，[三][宮]1507 魚聞佛。

歎：[三]100 而說偈，[三]2110 婦女。

唯：[聖]790 曰知爲。

唊：[甲]2193 言佛離。

笑：[三][宮]1435 下賤種，[聖]643 舉手唱。

搖：[三][宮]1503 三若不。

嵏

峻：[丙]2120 隔窠并。

渙

喚：[丙]2087 那，[甲]1805 坐不坐。

煥：[甲]1821 若冰消，[三][宮]2060 然標詣，[三][宮]2103 渾升，[三][宮]2108 下覆載。

豢

養：[三][宮]2122 猪無異。

煥

奐：[明]2060 弘敞實，[明]2122，[明]2122 瞻星潤，[三][宮][聖]1595 靡息征，[三][甲][乙]2087 重閣軬，[元][明]2103 之美豈。

渙：[明]2060 矣冰消，[明]2102 然冰，[三]、淡[宮]2060 然袪滯，[三][宮]2102 然神之。

瑍：[三][宮]2034 景元元。

懦：[宋][元]、宛[明]2087 焉。

燠：[元]2122 然備悉。

槵

桦：[甲][乙]2194 以助。

患：[甲]951 木葉黑，[明]、槵金銀鐵[甲]894 鉛錫熟，[明][甲]951 木苦，[三][甲]950 及迦羅，[宋][宮]2122 子經云，[宋]1103 子木柴。

擐

串：[三]、[聖]190 已抱項，[三][聖]190 白瓔珞，[三][聖]190 著慈者。

撮：[甲]2068 孝。

環：[甲]2217 大悲甲。

披：[三][甲]950 身甲眞。

肓

盲：[明]2102 豫在有，[三]2103 非勇力。

育：[乙]2092。

荒

莀：[三][宮]2103 刣臻異。

菓：[甲]2128 郭反或。

虎：[宮]397 他方賊。

華：[三]2059 夏服。

慌：[三][宮]461 於貢高，[三][宮]598 成于智，[元][明]474 不。

惑：[三]、或[知]418。

流：[宮]309 往度衆，[宮]309 之道無，[宋][元]2087 裔自餘。

忘：[元][明]598 爾時海。

慌

荒：[宮]425 救濟衆，[甲][乙]1239 失性悶，[三][宮]425 入所應，[乙]1239 忙怖，[元][明]1509 迷。

悗：[聖]627。

恍：[宮]310 忽悉空，[三][宮]、慌惚慌忽[聖]481 惚悉空，[三][宮]398 惚故諸，[三][宮]481 惚虛詐，[三][聖][宮]234 惚之間。

皇

鳳：[甲]1912 其實山，[明]2059 樓西起，[明]2122 鼓下我，[三][宮]534 吉鳥拘，[三][宮]2103 不言成，[三][宮]2104 不。

廣：[明]2103 晋破國。

后：[聖]2157 代共實。

黃：[甲]1969 覺之道，[甲]2882，[三][宮]2060 老士女，[三][宮]2103 帝昇龍，[三][宮]2112 帝，[三][宮]2112 帝是也，[三]2110 帝之遇。

凰：[三]2122 樓西起，[三][宮]2122，[三][宮]2122 異學道。

遑：[宮]2103 筵美敷。

農：[三][宮]2102 緬邈政。

宋：[明]2149 朝傳譯。

唐：[明]2122 朝終南，[明]2149 朝。

王：[甲]1729 五帝之，[甲]1909 太子殿，[甲]2434 也又玄，[明]152 下爲帝，[明]2149 梵摩經，[三][宮]263 后者，[三][宮]2103 非五帝，[三][宮]2122 穆后之，[三][宮]2122 聖人歟，

[宋]186。

星：[宮]2122 祚既興，[甲]2255 言如是。

宣：[三][宮]2060 造塔形。

元：[甲]2067 末年矣。

重：[原]1851 繁難計。

黃

白：[甲][乙]2393 色。

筆：[甲]1795 即笙簧。

藏：[三]2122 中或安。

草：[甲]1059 是也白。

赤：[宋]99 髮婦。

董：[甲]2128 郭反下。

廣：[甲]1709 供養也。

菓：[聖][另]1459 葉蓮花。

黑：[甲][乙]981 色者當，[甲]2401 三色第，[原]2219 色即雜。

花：[三][宮]1571 二解別。

皇：[宮]2112，[宮]2112 帝述，[宮]2112 帝太公，[明]2154 初元年，[三][宮]2103 帝金匱。

蝗：[三][乙]1008 蟲暴惡。

即：[乙]1723 此。

鸜：[三][宮]1579 命命。

莽：[明]2103 新以建。

美：[三][宮]1625 等相隨。

莫：[聖]303。

青：[宮]397 色赤衣，[三]984 色。

色：[三][甲][乙][丙]1075 常能想。

昔：[三][宮]2102 魚以。

雄：[明]953 或復一。

熏：[甲]2262 緣黃時。

薰：[甲]2266 赤白影。

元：[原][甲]910 五年入。

責：[三]1425 欽婆羅。

重：[宮]607 乘色亦。

徨

傍：[三]152 王宮術。

惶：[三]2053。

凰

皇：[宮][聖]292 衆生無，[明]2016 其實山，[三][宮]721 子樹婆，[三]2145 凰樓西，[聖]294 孔雀異，[宋][宮][聖]292 王頻申。

隍

陛：[宮]2053 深闊極。

喤：[元]1451 廣修施。

垣：[甲]2087 聖迹繁。

遑

皇：[三][宮]2103 俯仰慚。

惶：[甲][乙]1909 怖莫知，[甲][乙]1909 三達洞，[甲][乙]1909 威震大，[三][宮]2060 墮地尼，[三][宮]2060 懼乃更，[三][宮]2060 懼憲乃，[三][宮]2060 無，[三][宮]2122 怖不知，[三]2103 百司戰，[元][明][宮]263 若茲，[元][明]263 馳走親。

違：[三]20。

星：[三]420 遊。

徨

偟：[三]152 餉過食。

徉：[三]2125 綠篠之。

惶

偟：[聖]2157 悲喜交。

遑：[三][宮]310 戰，[三][宮]2122 懼屬紘，[三]1331，[三]2063 憂懼更，[宋][元][宮][聖]1579 推究，[宋][元][宮]2102，[宋][元]2103 群司，[元][明]152 務猶自。

煌：[三]2145 眩存乎，[聖][另]285 慌，[元]2122 懼遂捨。

蝗：[乙]1796 等種種。

憬：[甲]2183 法師。

懼：[甲]2036 懼失據。

忙：[聖][甲][乙][丙]1199 怖奔走。

惺：[甲]2261 所逼數，[三][宮]1435 心受語。

性：[三][宮]2034 悟經出。

憧：[三][宮]2104 我未發，[三]100 惶諸根。

煌

惶：[甲]1722。

獷

礦：[宋][宮]、懭[元][明]2060 屬時越。

潢

黃：[宋][甲]1335。

滿：[甲]2128 汗行潦。

蝗
橫：[三][宮]1521 衰惱之。
蟥：[宋][元]384 災。
蠅：[元][明]153 蟲翅所。

熿
煌：[明][聖]225 珍琦無。

磺
礦：[三][宮]2060 不加鑿。

獷
廣：[高]1668 不狹開。

蟥
蝗：[三][宮]1435 虫殘賊，[三]26 不熟人，[三]1336 陀羅尼。

簧
橫：[三][宮][聖]566 吹簫笛。
篁：[宋]190 所有一。

怳
慌：[三]211。
恍：[三][宮]1509 惚無所，[三][宮]2103，[三]103 惚無我，[乙]2296，[乙]2296 兮而有。
恇：[宮]1595 然失圖。
悦：[甲]2120 然靈。

恍
惚：[宮]2121 惚夢與，[三][宮]2122 惚夙夜。

慌：[元][明]2016 焉而有。
怳：[三][宮]1562，[三][宮]1593 然失圖，[三][宮]2102 惚，[三][宮]2103 惚喪神，[三]2145 惚之間，[三]2154 惚之間，[宋][元][宮]222 忽，[宋][元][宮]2122，[宋][元]2061 疑。
愧：[甲]1239 惚被賊。
洸：[明]2076 然，[乙]2092。
悦：[甲]2068 然如人，[宋]1027。
祝：[宋][宮]309 惚如空。

晃
兜：[三][宮][聖][另]410 彌梨四。
光：[甲]1840 等并虛，[三][宮][西]665 耀比蜂，[三][宮]433 紫磨金，[三]158 明説。
幌：[明]2123 垂陰錦，[三][宮]2122 垂陰錦。
見：[聖]425。
悦：[明]1450 如眞金。

熀
晃：[三][宮]635 然大明。

櫎
獷：[三][宮][別]397 故無有。

灰
不：[宮]810 盡不塵。
烸：[三][宮]1435 是盡形。
花：[甲]2412 欲。
火：[明]1276 作彼人，[三][宮]2122 拾取中，[宋]1103 取粳米。

山：[甲]2299。

屍：[三]310 人所不。

炭：[宮]2122 石分，[三][宮]1647
盡亦如，[三][宮]2034 墨，[三][宮]
2034 墨問東，[三][宮]2040 塔既，
[三][宮]2122 還國起，[三]2106 又覓
老，[聖]1646 是中有，[宋][元][宮]
2109 問東，[乙]1744 斷故以。

無：[三]2123 上。

醎：[三][宮]657 河中。

炎：[三]721 汁而灌。

夜：[三][宮]2122 聖人理。

災：[三][宮]411 水。

灭：[甲]2299 陋覩斯。

炙：[宮]1552，[三][宮]1521，[三]
201 棘刺上，[聖]1462 亦如是，[原]
2196 種金寶。

虺

卉：[三][宮]2122 之智猶。

強：[元][明]820 盛神寄。

蛇：[三][宮][聖]1462 有主世，
[聖]613 忽然吞。

虵：[三][宮]2122。

蚖：[宮]721 之，[三][宮]310 蛇
蜈蚣，[三]193 甚可畏。

恢

怪：[甲]2053 恢器宇，[三]2102
誕雜化，[三]2110 以白侃。

烌

煨：[甲]2075。

揮

暉：[三][宮]720 霍狀貌，[三]945
十用涉，[三]2145 首萬類。

輝：[甲]2219，[甲]1826 爝火遂，
[三]2145 光此壞。

麾：[三][宮]742 涕商人，[三]220
冀殄凶，[三]1341。

流：[三]196。

爲：[明]、撝[甲]1119 想結虛。

撝：[三][宮]2112 確實論，[三]
[宮]2122 嗤笑之，[三][宮]2122 科域
令，[三][宮]2122 空樹有，[三][宮]
2122 某日當，[三][宮]2122 示其儀，
[三][宮]2122 應附立，[三]2122 方便
須，[宋][明]969 落日故。

偽：[三][宮]2122 男女思，[聖]、
[乙]2157 末學令。

暉

禪：[甲]2183 林寺本。

暉：[甲]850 映，[甲]2217 疏聲
聞。

揮：[明]2076 時豈該，[元]、輝
[明]291 曜緣覺。

輝：[宮]310 發復爲，[宮]263，
[宮]263 曜眾，[甲]2219 發猶如，[甲]
2300 天，[明]403 而照曜，[三][宮]263
曜照，[三][宮]2104 論，[三]152 靡，
[三]184 赫，[三]187 耀如金，[三]2106
煥前至，[三]2112 全生遠，[宋][宮]、
耀[元][明]330 晃昱色，[宋][元][宮]
1452，[宋][元]2087 達曙其，[元][明]
461 從口出，[元][明]2112 天十四。

曜：[三]、耀[宮]2121 世尊咸，[三]193 冀待小，[三]196 天地五，[三]2063 尼，[三]2063 尼傳九，[聖]291 赫，[聖]291 曜照無。

爔：[三][宮]425。

耀：[宮]263 順來，[宮]425 佛梵天，[宮]425 曜無所，[宮]425 至德頂，[甲]2401 三十，[三][宮]1499 於，[三]135 赫晃若。

暈：[乙]2192 色是故。

惲：[宮]2078 禪師其。

澤：[三][甲]955 我今說。

照：[聖]200 曜。

煇

燀：[甲]2128 也蒼頡。

輝

揮：[宮]1799 坐寶蓮，[甲]1735 諸有威，[明]2060 道業遂。

暉：[宮]477 燿若干，[宮]560 還，[甲]1782 如頻婆，[明][和]293 映，[三][宮]279 發焰與，[三][宮]279 若綺雲，[三][宮]414 相映蔽，[三][宮]665 無諸痛，[三][宮]815 無邊不，[三][宮]1559 此等云，[三][宮]2102 何急急，[三][宮]2103 德合理，[三][宮]2112 霧液聚，[三][宮]2122 用若冥，[宋]2110 日月乃，[宋][明]、渾[元]192 世失榮，[乙]1909 光明神。

輝：[甲]1831 昏旦。

色：[三][宮]2122 彩炳曜。

煒：[三][宮]2121 晃光耀。

曜：[三][宮][聖]324 眾會身，[三][宮]2103 律師講，[三][宮]2103 統獨濟，[三][宮]下同 477，[三]26 暐曄夜，[宋][元]2103 魚目共。

爔：[甲]1120 變同薩。

耀：[丙]866 摩訶威，[甲]1782 華有極，[甲]1881 理事齊，[甲]1924 丈六金，[甲]2053 龍猛重，[甲]2053 是仰亦，[甲]2053 掩丕釗，[甲]2399 之色寶，[明]293 吐焰金，[明]2053 天靡測，[三]193 喻日未，[三][宮]606 次，[三][宮]674 空中入，[三][宮]2040 所以釋，[三][宮]2041 幽明然，[三][宮]2053 慧日其，[三][宮]2053 之後，[三][宮]2103，[三][宮]2121 暐曄顏，[三][宮]2122 日月以，[三]76，[三]2154 崇於，[乙]2207 於稱名，[乙]2394 光大精，[乙]2394 之色寶。

麾

哀：[宋]、揮[元][明]541。

幢：[三]1 蓋報曰。

摩：[三]1202 之，[宋][元][宮]1442 利劍，[元][明]2102 成務此，[元]1464 螺鼓作，[元]2053 旗以此。

魔：[明]1636 斫罪人，[三][宮]2102 庭群，[聖]1436 軍陣合。

翬

暈：[明][甲]1216 黑煙色。

徽

被：[三][宮]324 如來至。

暉：[三]2145 及律集。

嘉：[明]2122 元年九。

微：[宮]2053 於曩哲，[甲]2053 前典伏，[甲]2128 燄燄然，[三][宮]2053 塵表譽，[三][宮]2060 緒豈非，[三][宮]2103 風永滅，[三][宮]2103 御，[三][宮]2104 遠之猶，[宋]、美[甲]2087 網寶車，[宋][宮]2059，[宋][宮]2103 風載述，[乙]2120 長往教。

眞：[三][宮]2059 待以師。

徵：[宮]2060 號標無，[宮]2102，[甲]2837 即看此，[三]2154 於建初。

隤

憜：[三][宮]2059 於治政。

囘

迴：[聖]125 顧。

曲：[三]76 然。

圍：[三][宮]285 繞鐵圍。

回

廻：[甲]2362 心已去，[宋][元]2061 去送至。

迴：[甲]2035 向，[甲]2339 心向，[甲][丙]、遍[乙][丁]2089 渡海向，[甲]2035 身西向，[甲]2035 泰山譯，[甲]2035 圓悟云，[宋][元][宮]1646 向問曰。

間：[甲]2300 如弟文。

逈：[乙]2296 悟之賓。

頗：[元][明][宮]2122 往返舍。

曲：[甲][乙]2296 粹爲釋。

向：[乙]2092 家暢聞。

因：[甲]2035 綴，[甲]2299 得果相，[三][宮]2122 起臨階，[元][明][宮]332 提生女。

廻

返：[甲]、遍[丙]1075 如卓。

過：[三][宮]673 度一切。

茴：[三]1033 香子和，[三]1033 香子搵，[三]1039 香葉和。

轉：[甲]2792。

茴

槐：[三][甲]1333 香細辛。

廻：[宋]1058 香白。

迴：[甲][乙]897 香及天，[宋][宮]901 香子，[宋][元]1092 香子天，[宋]1092 香子煎。

菌：[乙]2408 打。

迴

安：[甲]2337 置過去。

遍：[甲][乙]850 有金剛，[三]363 照耀百，[原]1230 換。

典：[甲]2087 記。

遏：[三][宮]743 之乎日。

過：[宮]1631 故説一，[甲][乙]1822 者若等，[甲]1724 心又損，[三]278 粒，[三]639 大地悉，[宋][元][宮]1611 轉故又。

還：[三][宮][聖]383 來問世，[三][宮]2122，[三]156 顧，[元]2016 本寺語。

佪：[宮]282 入三昧，[三][宮]282，[宋]、徊[元][明]361 意終不，[宋][元][聖]26 顧告，[宋]624 轉是爲。

徊：[三][宮]611 念用，[三][宮]2121 未決節。

懷：[聖]189。

囘：[明]316 過失乃，[明]316 向相高。

回：[宮]1548 轉服僧，[甲]1735 差別，[甲]1735，[甲]1736 向，[明]2087 不息無，[明]2087 駕之日。

茴：[明][甲]1227 香花酪，[三][甲]1227 香花於。

逥：[三][宮]2121。

洄：[明][宮]310 澓鬪訟，[三][宮][另]1442，[三][宮]380 復無遮，[三][宮]618 三惡道，[三][宮]2121 波惡風，[三][宮]2123 有，[三]99 澓諸水，[三]374 澓惡人，[元][明]380 亦復不。

會：[甲]2261 以明半，[乙]1723 修大因。

迴：[元][明]2145 悟大覺。

廻：[甲]1758 身，[甲]1795 殊對待，[甲]1884 互無礙，[甲]1913 互教門，[甲]2219 然清淨，[聖][甲]1733 向及十，[聖]1733 超言表，[聖]1733 向三處，[乙]2391 每方面。

來：[明]2076 師曰有。

迫：[甲]1828。

且：[原]2319 觀智轉。

曲：[宮][聖]1428 身。

三：[明]1450 參提婆。

四：[三]、回[宮]2121 坐向。

通：[甲]1733 前二行，[三][宮]2104 孫盛之。

退：[三][宮]403 轉何謂。

圍：[明][和]261 苦海難。

巡：[甲]2120 臺恭修。

搖：[三][宮][知]384。

因：[聖]285 轉。

用：[甲]1873 心也。

匝：[甲][乙]2390。

周：[三]196 匝三界，[另]1543 旋。

轉：[甲]2312 生死故。

洄

洞：[甲]1728 波仁王。

囘：[甲]2129 流深處。

廻：[三][宮]606，[三][甲]1332 波六趣。

迴：[宮][聖]278，[三][宮]294，[三][宮]310 澓之所，[三][宮]1646 澓不自，[三][宮]2122，[三][宮]2123 處遇，[三]156 波涌澓，[宋][元][宮]1521 澓所轉，[宋][元][宮]1546 澓難失。

迴：[宋][元][宮]784 流所住。

泗：[元]、洄澓迴覆[聖]1425 澓處伏。

恛

廻：[三][宮]2053 惶終期。

悔

懊：[明]1450 恨從。

懺：[三]、海[另]1463 已乃名，[三][宮]1470 應作，[三][宮]402 願尊證，[三][宮]1808 不能，[三][宮]1809 言大德，[三][宮]2060 潔淨方，[三]2106 我至二，[乙]2795。

瞋：[三][宮]1425 具以上。

煩：[明]1636 惱亦。

福：[甲]2266 者樂清。

根：[三]1583 四者捨。

怪：[宮]2121 出中，[乙]1796 永除猶。

恡：[三]201 恨心咄。

海：[宮]2123 無知方，[和]293，[三][宮]2042 於是比，[三]721 愛河廣，[三]1340 不能，[宋][宮]2060 法罪事，[宋][宮]2060 於晚學，[宋][元][宮]753 死亦苦，[元]1428 過是法。

恒：[三][宮][聖]1537 苦不調，[三][宮]397，[聖]225 若。

晦：[三][宮]2102 且寶聖，[宋]1331 悔聞我。

誨：[宮]1523 之中現，[甲]1782 因，[甲]2128 婬劉曰，[明][宮]403 其罪豐，[明]629，[三][宮][聖]310 常違反，[三][宮]754 從善入，[三][宮]1428 言彼作，[三][宮]1443 言還我，[三][宮]1545 謝，[三][宮]1549 過請衆，[三][宮]1646 名無恭，[三][宮]2121 王曰使，[三][宮]2123 六臣當，[三]125 我我今，[三]1549 心以彼，[聖]756 爾時世，[聖]125 過自今，[聖]172 何及且，[聖]1462 心雖，[聖]1471 與共和，[宋][元][宮]1443 之法廣，[宋][元]

[聖]1453 窣吐羅，[宋][元]1428 而不，[宋]212 不及。

惑：[另]1721 也善哉。

假：[原]、海[甲]2299 中無。

愧：[甲]2266 者意云，[原]、愧[甲]1782。

料：[三][宮]553。

恪：[元][明][宮]420 之心無。

亂：[三][宮]1455 懷憂若，[三][宮]1488 親近善。

沒：[聖]1509 佛告須。

梅：[明]1636 二對治，[元]1421 過，[元]2122。

拇：[甲]2039 朋至斯。

惱：[三][宮]721 火所燒，[三]397 我大，[宋][宮]660 是時菩，[元][明]310，[元][明]2122 熱四守。

睡：[乙]2425 眠貪瞋。

說：[甲]、悔[甲]1782 心八。

為：[三][宮]721 火所燒。

侮：[甲]1813 於後進，[明]2102 今日過，[三]、海[宮]2102 於何地，[宋][元][宮]723 傲謗賢。

戲：[三]157 疑。

嫌：[甲]1830 也即嫌，[原]2262 也即嫌。

懈：[宋][明]374。

性：[知]1579 等乃至。

罪：[宮][聖]1428 若犯罪。

作：[三][宮][聖]1425 已應胡。

毀

敗：[乙]2087 無憂王。

謗：[明]220 正法，[三][宮]392
證入無，[三]2111 聞之者，[三]
310，[聖]1579 天梵世。

此：[甲]2312 謗者只。

段：[甲]1805 並以若。

發：[宋][別]397。

誹：[明]765 謗他人，[三]1331
經墮鬼。

壞：[三]125 不可承，[三][宮]310
於空性，[三][宮]376。

解：[聖][甲]1733 法三護。

慢：[明]1687。

涅：[明]1553 戒行。

缺：[三]1341 減復，[聖]1428 壞
必能。

散：[甲][乙]1822。

時：[三][聖]125 世。

數：[三]17，[三]201 敗生處，
[聖]639。

所：[宋][元]263 斯人者。

務：[甲]1828。

瑕：[三][宮]1521 疵二。

曉：[三][宮][聖][另]342 壞慧乎。

信：[甲]1736 者彼等。

形：[三][宮]1425 訾。

厭：[甲]2018 自性之。

議：[三][宮]1581 四者苦。

之：[甲]1786 他自。

致：[明]2123。

滯：[三][宮]401 辯才無。

皺：[宋]、[元][明]32。

呰：[宮]397 破戒具。

卉

虺：[三]2123 之智猶。

木：[三][宮]2121。

森：[原]973 林無有。

屵

會：[甲]1067 諸尊印。

恚

芯：[明]1452 而告曰。

表：[宮]1605 爲，[乙]2404 心然
念。

瞋：[明]293 癡，[明]26 語言訶，
[三][宮][聖]586 癡相行，[三][宮]585
怒而眾，[三][宮]586 癡於何，[三]
[宮]765 及愚癡，[三][宮]1545 尋三
無，[三]1532 恨競訟，[聖]211 解不
復，[聖]586 癡相網，[宋]1694 即瞋
到。

癡：[三][聖]190 無明黑。

毒：[宮]1509 毒即，[宮]1509 有
二，[甲]1728 亦應有，[明][和]261 熾
盛墜，[明][和]261 蛇亦，[三][宮]2123
熾盛此，[三]143 心相向，[三]202 憎
妬怒，[元][明][宮]614 當急除。

懟：[三][宮][聖]397 語三者。

惡：[宮]2121 無常或，[元][明]
1494 即設方。

法：[元]1581 恨於諸。

忿：[三][宮]383 而作是，[三]
[宮]2122 拔劍欲。

恨：[三][宮]274 不。

患：[明]210 亦除不，[三][宮]2123 經宿不，[宋]1545 有貪。

惠：[甲]2128 涓反毛，[甲]1816 心，[甲]2250 心還生，[甲]2266 害等，[元][明]397 者不與。

慧：[明]1602 性，[明]657 愚癡 慳，[三]278 所縛心。

凌：[甲]2362 過故不。

念：[明]13 念無有。

努：[三]185 無瞋。

怒：[甲]1973 惡毒等，[三]375 害，[聖]224 罵詈不，[乙][丁]2244 毀，[乙]2408 之心摧。

生：[宋][宮][聖]425 是曰忍。

思：[明]1537 界是不。

寺：[宮]603 使縛爲。

悉：[甲]1785，[甲]1830 隣近，[甲]2266 亦爾慢，[明]2123 二，[三][宮]2103 責其精。

喜：[三]212 樂不以。

憙：[原]、喜[甲][乙]1796 憂怖 而。

想：[三]721 而來我。

心：[三][宮]1451 智者事。

言：[宮][聖][另]1435 沙門釋，[三]196 曰君毀。

業：[宮]722 沈淪苦。

意：[宮]1521 睡眠，[三]125 盛 者。

有：[三][宮]1547 有漏癡。

責：[聖]397 於衆生。

者：[聖]1428。

志：[甲]、悉[甲]2348 伽，[聖]

1547 使者如，[宋]152 悔和心。

著：[三][宮]1494 增諍訟。

總：[甲]1724 纙事三。

惠

恩：[三][宮]2040 難報吾。

慧：[三][宮]723。

彗

慧：[甲]2128 聲慧，[甲]2128 聲 也彗。

篲：[三]、彗星 1570 星。

替：[丙]1184 字數現。

晦

悔：[宋]2060 迹下，[乙]2396 隨。

誨：[明]2076 機禪師。

旬：[三][宮]2060 朔或有。

惠

布：[明]1538 施由斯。

慈：[甲]864 金剛般，[甲]2084 氏 讚之，[甲]2217，[三]5。

德：[原]2196 莊云如。

定：[甲]2167 向禪師。

東：[甲]2266 有深推，[原]1771 有弗于。

惡：[甲]1782 因必。

觀：[乙]2263 文若。

過：[甲][乙]2254 云若以。

華：[乙]2385 行忍安。

懷：[元][明]2154 帝代永。

患：[聖]2157 靜圓寂。

會：[原]1700 此中初。

慧：[德]26 施比丘，[宮]279 施隨順，[宮]278 施饒益，[宮]279 利，[宮]397 施是名，[宮]397 施所愛，[宮]397 施於一，[宮]500 濟眾之，[宮]632 解是印，[宮]636 不離十，[宮]1799 振搜訪，[宮]2102 重必略，[甲]2035 法師四，[甲]1733，[甲]1733 故清淨，[甲]1733 能知二，[甲]1736 故，[甲]2129 也即定，[甲]2181 觀，[甲]2181 暉，[甲]2191 故次有，[甲]2196 奢薄六，[甲]2219 與虛，[甲]下同 1828 未至，[明]220 施心乘，[明][和]293 如來妙，[明]1550 遠，[明]1687 當揀擇，[明]2102 解唯云，[明]2102 柯以覆，[明]2104 日理域，[明]2104 元奏云，[明]2131 辨云明，[三]213 施獲福，[三][宮]1509 行威儀，[三][宮]1591 施雖行，[三][宮]1604 外宣神，[三][宮][甲]2053 等咸憂，[三][宮][聖][另]310 不行猶，[三][宮][聖]224 般若，[三][宮][聖]225 是闍士，[三][宮][聖]231 最勝故，[三][宮][聖]318，[三][宮][聖]381 故亦不，[三][宮][聖]1552 增上故，[三][宮][知]1581 成熟此，[三][宮][知]1581 陰巧便，[三][宮]263 我等不，[三][宮]285 德本巍，[三][宮]309 淨從三，[三][宮]309 施，[三][宮]310 而行忍，[三][宮]598，[三][宮]606 流布，[三][宮]626 好願那，[三][宮]636 無有脫，[三][宮]683，[三][宮]810 明不可，[三][宮]1451 俱生處，[三][宮]1552 何以故，[三][宮]1562 學所興，[三][宮]1579 貴弘福，[三][宮]1579 施能斷，[三][宮]1579 施無量，[三][宮]2034 基述注，[三][宮]2034 簡二十，[三][宮]2034 若，[三][宮]2058 性好平，[三][宮]2059 開及，[三][宮]2060 超姓王，[三][宮]2060 成傳，[三][宮]2060 璀禪師，[三][宮]2060 風於雞，[三][宮]2060 福寺昔，[三][宮]2060 及大業，[三][宮]2060 及竟陵，[三][宮]2060 連環世，[三][宮]2060 流，[三][宮]2060 輪，[三][宮]2060 殊廣想，[三][宮]2060 儀法師，[三][宮]2060 雲之濡，[三][宮]2102，[三][宮]2102 雲東漸，[三][宮]2102 旨但道，[三][宮]2103 愛內隆，[三][宮]2103 燈道音，[三][宮]2103 惠命竊，[三][宮]2103 炬於前，[三][宮]2103 流東被，[三][宮]2103 心朗識，[三][宮]2103 雨明珠，[三][宮]2103 雨微垂，[三][宮]2103 雲於落，[三][宮]2103 之炬照，[三][宮]2104，[三][宮]2104 元問有，[三][宮]2105 上人當，[三][宮]2109 臺之業，[三][宮]2121 常以，[三][宮]2121 所在乃，[三][宮]2122 靖禪師，[三][宮]2122 日今已，[三][宮]2122 若斯之，[三][宮]2122 手，[三][宮]2122 寬宋命，[三][宮]2123 之陰德，[三][宮]下同 2060 之力矣，[三][聖][知]下同 1581 斷思慧，[三][聖]158 汝爲菩，[三][乙]2087 仁義，[三]1 財，[三]6 教已遍，[三]23 之行者，[三]155，[三]158 乃至捨，[三]184 法甘露，[三]185 甘露珍，[三]187，[三]187 明了七，[三]187 唯此，[三]212 眾德具，[三]

220 善現是，[三]227 解脫解，[三]227 甚深長，[三]264 雲含潤，[三]399 順此七，[三]682 根常悅，[三]2106 達有經，[三]2110 字文和，[三]2125 堅防等，[三]2145 白元信，[三]2149，[三]2149 觀謝靈，[三]2149 靜，[三]2153，[三]2154 等傳聶，[三]2154 遠素欽，[三]下同 1096 月與常，[聖]416 施彼，[聖]1562 與異相，[聖]99 財法施，[聖]99 施常懷，[聖]225 是爲無，[聖]278 惠王或，[聖]310 施永捨，[聖]310 施於尸，[聖]397 施，[聖]626 施菩薩，[聖]1579 捨正求，[另]765 他名爲，[宋]220 來分割，[宋]220 捨善現，[宋]220 施彼是，[宋]220 施心無，[宋][宮]309 不毀法，[宋][宮]2060 郵焉無，[宋][宮]2066 順給，[宋][宮]2103 兼九，[宋][宮]2103 未能報，[宋][宮]2122 施從餓，[宋][宮]2122 自致煩，[宋][明]374 施勤修，[宋][明]1550 遠於，[宋][元][宮]221 施安樂，[宋][元][宮]1458 方藥無，[宋][元][宮]1499 捨正求，[宋][元][宮]1579 以荷乘，[宋][元][宮]1692 固違情，[宋][元][宮]2103 命訓，[宋][元][宮]2103 遠，[宋][元][宮]2104 真爲檀，[宋][元][宮]2122 施後生，[宋][元]374 施今者，[宋][元]2040 五穀豐，[宋][元]2103 淨折疑，[宋][元]2106 進釋弘，[宋][元]2110 爲先玄，[宋]374，[宋]374 施我，[宋]374 施於人，[宋]481 身命無，[宋]2063 帝特加，[宋]2087，[宋]2110 覃遐劫，[宋]2153 帝代白，[宋]2154 帝代優，[乙]2192 曰大聖，[元][明]2103 詎是恒，[元][明]2146 印三昧，[元][明]2146 遠於廬，[元]2122 明梁季，[元]2122 信爲明，[原]1064 菩薩本，[知]598 大財。

憓：[三][宮]2060 審其逆。

譿：[三][宮]2060 雅相欽。

惑：[原]1743 以。

柬：[甲]2167 化寺超。

壞：[原]1966 感法師。

叡：[三]慧[宮]2102 澤暫灑。

瑟：[甲][乙]2390。

思：[甲]2290 唯有修，[聖][另]1451，[另]1442 施福增，[元]明、與[明]100 我精細，[原]1832 及識餘。

息：[甲]、直[乙]1796 略。

悉：[宮]399。

喜：[甲]1929 破塵沙，[明]1579 捨無。

心：[甲]2036 炬俾夫。

宣：[三][宮]2102 遠廣然。

意：[甲][乙]1822，[甲]1911 用世間，[甲]2249 云釋非，[三][宮]627 世尊，[乙]1830 但汝所，[原]2410 業體。

與：[三]125 衣須食。

在：[甲][乙]2190 於中汗。

中：[甲]2401 以慧。

忠：[丙]2164 高。

重：[宋][宮]399 施仁愛。

注：[三][宮][別]397 法財三。

專：[元]639 彼故云，[元]2145 澤所感。

喙

喘：[元]2102 息咸受。
蠡：[甲]2187 亦譬此。
啄：[三][宮]2122 如鋒飛。

湏

顧：[三][宮]2045 受對。
瞬：[三][宮]2045。
頁：[甲]2128 危聲頁。

賄

財：[明]1636 者是則。
賂：[三][宮]263 乃爲擊。

會

曾：[甲]、－[乙]1736 七會各，[甲]1719 通取要，[甲]1998 解方便，[甲]1795 不自知，[甲]2067 無痛惱，[三][宮]1635 無疲倦，[三][宮]2121 見我横，[乙]2396 出各各。
層：[乙]867 八葉蓮。
答：[甲]2263 申也，[乙]2263 此難覺。
當：[三][宮]2121 歸無常。
佛：[三][宮]657 法之首。
骨：[乙]1772 不現是。
歸：[三]203 當至死。
含：[甲]2266 釋義演，[甲]2270 取而説，[聖][另]1721 有向理。
合：[甲]1736，[甲]1816 亦猶諸，[甲]1841 釋并出，[甲]2217 有五句，[甲]2434 之謂約，[三][宮][聖]627 同而無，[三][宮]585 爲一味，[三][聖]

291，[三]211，[聖]211 居譬如，[聖]1723 化身遂。
後：[明]2076 馬氏滅。
慧：[甲]1816 生，[甲]2730 一乘妙。
集：[丙]1172 同音説，[三][聖]100 業緣故。
今：[甲]1877 意而言，[甲]2195 論具煩，[甲]2195 云滿慈，[甲]2195 云於所，[三]201 作是。
金：[甲]1512 旨得理，[聖]2157 方。
俱：[乙]1909 如此。
膾：[三][宮]2121 市肆及。
來：[三][宮]318。
令：[甲]2261 釋違文，[三][丙]982 委的更。
命：[甲]2082 當有死，[三]196 零落。
念：[甲]1717 理使事，[甲]1961 相投必，[三]1435 一比丘，[乙]2394 耳以爲，[原]2339 中十地。
貧：[宋]2122 多有通，[知]741 於道場。
禽：[聖]2157 明聖前。
僧：[三][宮]2123 者覩。
舍：[三][聖]99 中牧牛，[聖]99 中作是，[宋]475 中有，[元][明][宮]374 博弈之。
舍：[甲]2035 朝夕問，[三]375 博弈之。
生：[宮]263 誦斯經，[宮]635 皆，[甲][乙]1821 無五畢，[明]293 皆生歡。

聖：[三][宮]627 吾身誓。

施：[三]1 施邪見。

食：[宮]2122 後造始，[甲][乙]1822 而，[甲][乙]1822 由斯所，[甲][乙]2087 城中之，[甲]1239 之人若，[甲]2089，[明]1690 歸當潰，[明]2060 慈恩申，[三][宮]703 往到會，[宋][元]310 堂而住。

示：[乙]1736 法身是。

釋：[甲][乙]2263 將得，[乙]1736 義四即。

首：[乙]2263。

數：[宮]2029 十五日。

說：[宮]2122。

私：[甲]2195 云教理。

貪：[宮]817 者心性，[甲]1828 若非實，[三][宮]309，[三][宮]310 身則，[三][宮]588 爲，[三][宮]633 樂或得，[三][宮]2123 必離，[三]14 有痛因，[三]32 受是，[三]68 當捨其，[三]210 不著名，[聖][知]1581 菩薩不，[聖]222，[聖]222 彼菩薩，[宋]5 聖衆逐，[知]1579 遇容色。

陶：[乙]1736 南。

天：[宋]211 人見佛。

爲：[甲]1112 平等無。

位：[明]400 即從座。

文：[宋][宮]2034 像。

聞：[元][明]322 覩其景。

心：[甲]2012 也悟也。

痒：[聖]481 有。

依：[乙]1978。

意：[甲]2323 同也又。

引：[甲]1736 一大悲。

用：[甲]2266 故文今。

余：[甲]2250 之。

餘：[甲]2195 釋種種。

院：[甲]2217 談義之。

云：[甲][乙]2263 耶。

在：[三]125 一處彼。

掌：[甲]2214 千電持。

眞：[甲]1828 得眞境。

重：[乙]1736 普光。

衆：[宮]374 令彼身，[三][宮]271 甚多我，[三][宮]397 中有諸，[宋]、諸[宮]309 大衆虛。

尊：[三][宮]884 大毘盧，[乙]2391，[乙]2391 中金剛。

座：[元][明]291 菩薩其。

彙

寓：[三][宮]2122 齊悅謹。

撘

簹：[三]125 汝誦。

誨

海：[明][和]293 鬥隨順，[三][乙]1092 證蓮華，[三]2149 譯。

呵：[宋][元][宮]1464 責羅。

化：[三][宮]2045。

悔：[博]262 阿逸多，[宮]1549 心而不，[甲]2087 然我檀，[明]945 垂泣叉，[明]1453 罪捨置，[明]2076 邊隅正，[三]212 過猶馬，[三][宮]1597 故於一，[三][宮]1421 六群比，[三]

[宮]1458 之時不，[三][宮]下同 1579
四者若，[三]192 謝汝，[三]322 改往
修，[三]811 過，[三]1331 今身災，
[三]1341 爲食何，[三]1464，[聖]210
人懃，[聖]397，[聖]485 與威力，[宋]
[宮]322 法憲時，[宋][明][乙]921 應
當如，[宋][聖]125 其中遠，[宋][元]
[宮]310 以善道，[元][明]152，[元]
[明]397 是故無。

晦：[明]2076 創，[明]2076 機大
師，[三][宮]2103 言道誠。

講：[聖]425，[元][明][宮]266 如
幻如。

教：[三][宮]534 天下是。

詰：[甲]2362 彼言汝。

誆：[聖]279 示於汝。

論：[三][宮][聖]1421 即還致，
[三][宮]1536 語路語。

每：[三][宮]263 思想。

授：[聖]1428 比丘尼。

説：[三][宮]754 全其軀。

悟：[明]2076 動寂元。

詣：[三][宮]1809 所去處。

誘：[聖]1421 以。

語：[三][宮]1425 若僧時。

慧

悲：[宮]278 光普照，[甲][乙]
2328 德論迹，[甲]1772 久離戲，[宋]
[明]1128 菩，[宋][乙]866 味善巧，
[宋][元]269 如來神，[元][明]624 治
道。

變：[三][宮]2122。

慈：[甲]1782 氏當知，[聖]1582
心復有，[乙]2397 悲是又，[原]、唯
慧[乙]2397 而無悲。

達：[宮]585。

道：[燉]262 速成就，[三][宮]
2122 眼往來。

德：[敦]262，[甲][乙]1929 神，
[甲]1709 無量皆，[甲]1781 業以得，
[三]、僡[宮]2060 重中，[三][宮]286，
[三][宮]434 淺者無，[另]1721，[宋]
[宮]1509 恒勝今，[乙]2396 佛四如。

等：[宮][聖]397 觀法平。

定：[甲]1067 説法印，[乙][丙]
1201 羽亦如，[原]1851 慧能治。

惡：[甲]1816 所治二，[甲]1816
眼二乘，[甲]1828 行名謗，[三]220 境
於阿，[三][宮]671 人所食，[三]1568
復知曜。

而：[聖]397 行是名。

法：[三][宮]268 貧窮智，[三]
[宮]2060 勇傳三，[三]187 光除諸，
[聖]268。

果：[甲]1978 功德音，[三][宮]
[聖]292 實。

迴：[甲][乙]1204 喜即迴。

恚：[甲]2266 於一時，[明]99 力
羸爲，[明]1560，[宋]184 降伏諸。

惠：[宮]722 廣聞，[宮]722 酒失
最，[明]723。

彗：[甲]1763 星問也。

惠：[丙]862 契置弟，[博][敦]262
雲含潤，[宮]1579 施作如，[宮]2078
操修冬，[宮]285，[宮]598 法義，[宮]

1551 相應淨，[宮]2059 舉又爲，[宮]2060 光抑其，[宮]2060 尚不勝，[宮]下同 1551 根慧力，[和]293 日輪破，[和]293 令斷諸，[和]293 命以，[和]293 殊勝，[和]293 眼常明，[甲][乙][丙]2003 寂山應，[甲]853 拳置眉，[甲]1932 云法性，[甲]1936 門元甕，[甲]2128 八不戲，[甲]2128 也從心，[甲]2196 法名爲，[明]193 戒自守，[明]1450 廣慧，[明]2059 文宣悉，[明]2103 義比瑤，[三][流]360 癡欲所，[三][流]360 利群生，[三]2146 悔過經，[三]2146 行經一，[三]2146 遠，[三]2149 祐，[三]2154 嚴清河，[三]2154 譯，[三][宮]、捨[聖]1579 捨易養，[三][宮][甲]2053 炬，[三][宮][甲]2053 遠辱晉，[三][宮][聖]292 場恒善，[三][宮][聖]1579 施終不，[三][宮][聖]2060 善傳九，[三][宮]263 誨仙人，[三][宮]310 競自思，[三][宮]310 施仁愛，[三][宮]378 戒使清，[三][宮]461 羅漢假，[三][宮]461 無起施，[三][宮]585 諸所有，[三][宮]626 利無有，[三][宮]635 戒與不，[三][宮]656 等養育，[三][宮]665 施具十，[三][宮]1488 施任，[三][宮]1488 施一切，[三][宮]1507 不值良，[三][宮]1550 遠於，[三][宮]1579 施，[三][宮]1581 施不作，[三][宮]1585，[三][宮]2034 定普遍，[三][宮]2034 悔過經，[三][宮]2053 立本釋，[三][宮]2053 立聞而，[三][宮]2059 傳禪經，[三][宮]2059 深，[三][宮]2059 嵩筆受，[三][宮]

2059 嵩道，[三][宮]2059 疊慎慧，[三][宮]2059 文宣並，[三][宮]2059 姓劉不，[三][宮]2060 拔表聞，[三][宮]2060 超僧智，[三][宮]2060 感慧頤，[三][宮]2060 智者本，[三][宮]2060 光傳三，[三][宮]2060 命，[三][宮]2060 寧，[三][宮]2060 忍等度，[三][宮]2060 榮傳十，[三][宮]2060 通通素，[三][宮]2060 序，[三][宮]2060 遠結契，[三][宮]2060 早通經，[三][宮]2103 自佛樹，[三][宮]2104，[三][宮]2104 始甚有，[三][宮]2108，[三][宮]2122，[三][宮]2122 報何以，[三][宮]2122 常樂行，[三][宮]2122 燖吳諸，[三][宮]2122 帝，[三][宮]2122 風，[三][宮]2122 廣州刺，[三][宮]2122 滿在塔，[三][宮]2122 施不作，[三][宮]2122 施空無，[三][宮]2122 施乃能，[三][宮]2122 施若干，[三][宮]2122 施時樂，[三][宮]2122 施樹福，[三][宮]2122 通等六，[三][宮]2122 祥，[三][宮]2122 要下京，[三][宮]2122 益生靈，[三][宮]2122 元西華，[三][宮]2122 遠家二，[三][宮]2122 則晉，[三][宮]2122 字文和，[三][宮]2123 導存亡，[三][宮]2123 心不疲，[三][宮]下同 2060 乘道宗，[三][宮]下同 2060 璡姓吳，[三][甲]1227 悲，[三][聖]627，[三][聖]1441 無慧，[三]26 施如是，[三]99 明燈世，[三]186 界久覩，[三]186 仁愛，[三]198，[三]198 無嫉，[三]198 無所著，[三]206 弟子威，[三]291，[三]1331 無窮，[三]1336 貧窮謙，[三]

1579 捨未調，[三]1589 愷以，[三]2060 順傳三，[三]2063 解率，[三]2063 勝尼傳，[三]2063 宿尼寺，[三]2063 形並以，[三]2063 遠，[三]2063 湛等十，[三]2087 濟有緣，[三]2087 利隨，[三]2088 叡遊蜀，[三]2088 嚴曰佛，[三]2103 徹等忽，[三]2106，[三]2122 普廣二，[三]2125 德慧，[三]2125 鍔長我，[三]2125 巇隥綱，[三]2145 五目於，[三]2146 經一卷，[三]2146 嵩等譯，[三]2149 覺共威，[三]2149 宋齊，[三]2151 表筆受，[三]2151 善毘尼，[三]2151 遠請入，[三]2153 簡譯出，[三]2153 簡於鹿，[三]2153 明經一，[三]2153 嵩譯出，[三]2153 印三昧，[三]2154，[三]2154 表永明，[三]2154 法於闚，[三]2154 簡一十，[三]2154 簡譯，[三]2154 皎高僧，[三]2154 經一云，[三]2154 景道整，[三]2154 愷，[三]2154 朗嘉尚，[三]2154 明比丘，[三]2154 菩薩造，[三]2154 宋齊，[三]2154 智再譯，[聖]278 光明除，[聖]310 施天人，[聖]310 相當勤，[聖][甲]1851 知生死，[聖]200 博通獨，[聖]200 與衆超，[聖]210，[聖]210 然不復，[聖]222 印三昧，[聖]223 根是名，[聖]1522 之妙宅，[聖]1582 行亦爾，[聖]1585 如眼識，[聖]1585 爲體，[聖]1733 覺，[聖]1733 順如來，[聖]1733 現前名，[聖]1733 行慧行，[聖]1788 故，[聖]1788 謂善根，[聖]1788 聞慧，[聖]2034 覺共威，[聖]2034 印三昧，[聖]2157 觀欲請，[聖]2157 簡所出，

[聖]2157 簡一十，[聖]2157 解，[聖]2157 愷筆受，[聖]2157 立一部，[聖]2157 靈法崇，[聖]2157 三昧經，[聖]2157 宋齊録，[聖]2157 童女經，[聖]2157 童女所，[聖]2157 莊嚴戒，[另]1442 眼明，[另]下同 1721 但入此，[另]下同 1721 其義不，[宋]291 道場成，[宋]2153 菩薩經，[宋][宮]1530 爲性慧，[宋][宮]2060，[宋][宮][聖]2034 三昧經，[宋][宮]309 施六，[宋][宮]622 智，[宋][宮]848 手金剛，[宋][宮]848 者，[宋][宮]2034 上菩薩，[宋][宮]2034 印三昧，[宋][宮]2053，[宋][宮]2053 性三藏，[宋][宮]2053 雲，[宋][宮]2060 階漸治，[宋][宮]2060 解與勒，[宋][宮]2122 辯通達，[宋][宮]2122 人不謂，[宋][明]、法[元]2146 慈，[宋][明][宮]2122 觀沙門，[宋][明][宮]2122 炬以照，[宋][明][宮]2122 明於百，[宋][明][宮]2122 爲七財，[宋][明]2146 遠，[宋][元]、而[明]291，[宋][元]2061 照禪師，[宋][元][宮]1551 分別當，[宋][元][宮]1546 果説斷，[宋][元][宮]1546 身所攝，[宋][元][宮]1550 性故説，[宋][元][宮]1551 者説決，[宋][元][宮]2053 立本釋，[宋][元][宮]2060 澄傳十，[宋][元][宮]2060 恭者益，[宋][元][宮]2122 邃隨廣，[宋][元][宮]下同 1546 解脱俱，[宋][元][宮]下同 1546 解脱乃，[宋][元][明]2154 智一部，[宋][元]1441 力慚力，[宋][元]1559 樂住釋，[宋][元]2060 進姓鮑，[宋][元]2061，[宋][元]2106 果釋，

[宋][元]2125 各稱，[宋]63 聞，[宋]101 道弟子，[宋]285 堂尊，[宋]474 說法無，[宋]2034 見僧祐，[宋]2060 學知名，[宋]2061 明傳，[宋]2063，[宋]2106 進者少，[宋]2122 如少精，[宋]2125 舟而提，[宋]2146 無長猥，[宋]2146 遠問，[宋]2150 經，[宋]2151 夙成研，[宋]2152 有在解，[宋]2153，[宋]2153 徹妙經，[宋]2153 經一卷，[宋]2153 嚴於楊，[宋]2153 印三昧，[宋]2154 藏洪遵，[宋]2154 會等同，[宋]2154 鑒通微，[宋]2154 經或無，[宋]2154 經見祐，[宋]2154 經同本，[宋]2154 菩薩糅，[宋]2154 僧祐等，[宋]2154 夙成研，[宋]2154 印經，[宋]2154 遠法師，[乙]872 破之，[乙]下同 912 手舒五，[元][明][宮]374 施修，[元][明][宮]2034 生使西，[元][明][宮]2122 施人，[元][明]1，[元][明]310 淨戒及，[元][明]330 普慈以，[元][明]657 澤皆令，[元][明]2060 兼九道，[元][明]2154 菩，[元]374 施，[元]1546 亦是通。

會：[甲]1721 清淨一，[明]1013 無涯底，[明]1536 安住成。

積：[宮][聖]425 如來所。

急：[宮]2122 而，[三][宮][知]1581 性是故，[三][宮]285 消塵。

今：[三]、念[聖]211 老見佛。

盡：[宮]1509 二諦世。

經：[甲]2300 藏決定。

決：[三]186。

決：[宮]656 道意有，[三][宮]532 語於人，[三][宮]656 有若干，[三][聖]210 世間悍，[三]174 修清淨，[元][明]318 成佛人。

覺：[元][明]2016 禪師延。

覽：[三][宮]2122 光神足。

了：[三][宮]2122 才辯出。

兩：[甲][乙]1821 非餘，[原]1781 次明所。

妙：[宮]278 皆由初。

明：[甲]2881 辯才壽，[聖]200 博。

能：[甲][乙]2261 障聖慧。

念：[三][宮]1646 問曰念。

憑：[元][明]2059 高。

其：[明]2059 弟子僧。

契：[宮]866 何況下，[三][甲]1123 觸地如。

請：[三][宮]721 進慈心。

拳：[甲]1173 固已進。

銳：[元][明]656 無有難。

瑟：[甲][乙]2394 拏是黑，[甲]1304 三，[甲]2300 影釋曰。

僧：[三]2154 叡僧敦，[三][宮]2034 琨筆受，[三][宮]2059 嵩，[三]2145 叡僧敦。

善：[元][明]26 見滅如。

上：[元]675 學佛言。

身：[聖]222 有佛土。

勢：[三][宮]286 力如是。

壽：[宮]1536 安住成。

思：[甲]1828 修修，[甲]1709 身受心，[聖]210 成，[乙]2261，[乙]2263 為體者，[原]1851 依法正，[原]1849

方，[原]2362 相。

謂：[明]1542 緣心法，[明]1562
三而猶。

聞：[三][宮][聖]1509 亦無。

穩：[甲][乙]2394。

息：[知]26 多作不。

悉：[甲]2299 不。

習：[甲]2305 復有。

象：[宮]1577。

心：[甲]1721 命即此，[甲]1851
知見覺，[甲]2036 者不可，[甲]2313
豈非最，[三]1982 難遇聞，[原][甲]
1980 難。

興：[宮]445 王如來。

修：[甲]1820 爲帆檣。

慫：[三][宮]2122。

亦：[甲]1921 有方便。

意：[宮]1595 故以定，[甲]950 菩
薩虛，[甲]1715 初善入，[甲][乙]2394
上首諸，[甲][知]1785 大經云，[甲]
1512 思惟籌，[甲]1724 故知今，[甲]
1912 下檢校，[明]815 其，[三]212 不
著於，[三][宮][聖]234 佛說，[三][宮]
263 於時大，[三][宮]374 八者具，[三]
[宮]402 菩薩言，[三][聖]375 八，[三]
440 佛南無，[元][明]848 當離疑，[原]
1851 三爲。

愚：[甲]2196 三滅無。

緣：[乙]2254 故非修。

閱：[聖][另]1428 星現或。

掌：[甲][乙]850 復如前。

者：[甲]1828 遍計所，[明][和]
261，[三][宮]278 離一切，[聖]639 修

忍辱。

知：[三][宮]1548 寂靜行，[原]、
慧知[甲][乙]1796 無。

直：[甲]1921 俱寂空，[甲]1921
眼之明。

智：[甲][乙]1866 導悲而，[甲]
1775 空故知，[甲]1851 故見眞，[甲]
2401 者，[明]293 者受生，[明]1450
善解脫，[三][宮]414 解脫解，[三][宮]
598，[三][聖]397 神通如，[三]264，
[乙]1736 眼如來。

忠：[三][宮]2059 虔爲道。

專：[三][宮]2121 意聽我。

蕙

惠：[明]2145 以振俗，[三][宮]
2102 風貧道。

㰤

渴：[三][宮]、唱[聖]376 患欠。

吐：[三][宮]2122。

餓：[三][宮]1443 變吐乾。

諱

某：[明]2103 稽首和。

謂：[乙]2309 即勝軍。

譯：[甲]1816 堅遂改。

澮

會：[甲]2128 澮也字。

檜

捨：[乙]2408 法云。

篲

彗：[宋][宮]2060 門庭以。

撢：[宋][元]1441 僧中心。

箒：[三]125 除去污，[三][宮]1451 揩不應，[宋][元]2122 令。

穢

疵：[三]186 猶如安，[宋][宮]、玼[元][明]403 無邪心。

惡：[三]1428 賤此身。

法：[元][明][宮]598 皆歸離。

垢：[三][宮]278。

化：[甲]1964 土欲修。

換：[原]1863 本形名。

譏：[三]190 嫌彼國。

淨：[甲]2314 土生。

淨：[甲]2230 等云云。

爛：[三][宮]2121 鳥。

勞：[宮]309 爾時世。

劣：[三][宮]263 無力如。

亂：[明]25 園及歡。

滅：[宮]425，[三][宮]1536 意業故。

膩：[三][宮][聖]397。

染：[三][宮]1552 污隱沒。

熱：[三]26 無煩柔。

辱：[宋][元]683 修福事。

識：[甲]1782 故此經，[三][宮]2122 之封理。

歲：[甲]1771 損一地。

瑕：[三][宮]263 垢黑冥。

行：[三]2121 寂滅端。

妖：[宮]656 惡無生。

也：[宮]263 亦不誹。

翳：[元][明]658 何者是。

污：[三][宮]638。

質：[甲]2299 體何名。

續

繢：[三][宮]2104 瑰奇。

績：[甲]1911 莊嚴虛，[三]1585 功資素，[元]2061 之至乾，[元][明]2060 出，[元]2122 類形相。

經：[三][宮]2060 之以流。

緇：[三][宮]2122 素。

繪

幡：[宋]、旛[元]、旙[明]186 綵展轉。

惠：[三][宮]600 捨信解。

續：[三][宮]2060 之。

繒：[宋][元][宮]882 於幰像。

鰾：[甲]2128 經作俗。

衣：[三]360 蓋幢幡。

繢：[宮]2103 繢當有。

諸：[宮]901。

闡

慣：[明]489 闡趣寂，[三][宮]1545 闡愛多，[聖]1723 闡獨處，[元][明]665 闡寂靜。

昏

晨：[明]2087 夕飛雪。

惛：[明]293 睡以智，[明]1613 沈謂心，[三][宮]1552 昧略緣，[三][宮]

1613 沈掉，[三][聖]99 志迷亂，[三]402 醉迷亂，[三]2123 沈則其，[宋][宮]721 夜右脇。

婚：[甲]2035 師極辭。

惛：[甲][乙]1822，[三]156 濁。

皆：[元]2123 塞見諸，[原]1851 通。

民：[宮]2059 子縱惑，[宮]2060 明得其，[甲]1918 熟如罿，[三]2060 主制御。

喧：[三][宮]2103 握手入。

玄：[三][宮]2122。

昏

昏：[甲]2128 也聲也，[三][宮]665 火，[三][宮]665 冥無所。

惛

淳：[三][聖]189。

昏：[甲]1782 沈睡眠，[明][和]293 酒色不，[明]1537 沈睡眠，[明]1537 沈謂身，[明]1602 沈睡眠，[明]下同 1537 沈睡眠，[三][宮] 1586 沈，[三][宮]1562 掉恒唯，[三][宮]1562 滯義如，[三][宮]310 醉之人，[三][宮]618 鈍耽睡，[三][宮]721 醉流三，[三][宮]1421 而，[三][宮]1537，[三][宮]1559 迷心歡，[三][宮]1562 眠俱行，[三][宮]1562 沈品麁，[三][宮]1562 行捨止，[三][宮]1579 夢云何，[三][宮]1590 熟如在，[三][宮]2102 經姬公，[三][宮]2103 茂，[三][宮]下同 1462 云何不，[三][宮]下同 1562

掉及餘，[三][宮]下同 1562 沈順等，[三]184 迷却踞，[三]187 沈睡眠，[三]187 醉諸群，[三]945 未能誦，[三]1014 菩薩施，[三]2087 捷對請，[三]2087 然苦夢，[三]2154 漠乃，[乙]1909 迷六識。

昏：[宮]2103，[三][宮]1501 沈睡眠，[三]2103 塞觸。

婚：[另][倉]、昏[石]1509 而臥。

惛：[宮]1544 沈睡。

恨：[聖]1579 沈纏若。

婚

嫁：[三]24。

娶：[聖]200 爾。

之：[三][宮]1458 意爲媒。

葷

臭：[三][宮]2122 味悉捨。

熏：[三][宮]2122 辛酒肉，[宋][元][宮]2122 辛等皆，[宋][元][宮]2122 辛讀，[宋][元]1057 辛酒肉。

薰：[宮]440 辛當在。

勳：[聖]1646 辛及。

薰：[甲][乙]913 穢之火，[另]1459 辛，[宋][元][宮]2122 辛，[宋][元][宮]2122 辛皆便。

惛

昏：[三][宮]721 醉亦，[三]187 睡無所，[三]187 醉貪瞋，[乙]1822 滯義。

睯

昏：[甲][乙]1799 擾擾。

惛：[甲]1828 下掉相。

闇

門：[甲]2128 從乃非。

閻：[甲]2128 音昏，[乙][丙]2092 寺寵盛。

渾

混：[甲]1881 成一塊，[明]2102，[乙]1736 然不分，[乙]1736 三教之，[乙]1736 同無別，[乙]1736 萬化即，[乙]1736 一古今。

溷：[三]2123 亦復。

津：[甲]2299 反法。

潭：[甲]1709 濁之心。

運：[三]2110 槌生風。

陣：[三][宮]2122 餘馬並。

魂

鬼：[三]2110 神所營，[三]556 魄耶六。

塊：[宋][元]151 神當不。

魄：[甲]2207 王仁煦，[三][宮]2122 厭伏，[三]945 遞相。

餛

餫：[三][宮]1435 飩餅閣。

掍

混：[明]1636 聚及佛。

混

叫：[甲][乙]1929 濫破增。

渾：[甲]1735 一古今，[甲]2006 然藏理。

琨：[元][明]2110 風彩映。

溟：[原]1851 無心分。

總：[原]、總[甲]2006 一家。

溷

綱：[甲]1924 中穢相。

圂：[三][宮]2045，[三][宮]2123 中或如，[三][宮]2123 猪，[三]212 爲浴池，[宋][元][宮]703 臭穢盈，[宋][元][宮]2123 欲噉食，[宋][元][宮]2123 中住諸，[宋]35 之體坐。

洄：[元][明]2060 流通資。

豁

額：[乙]912 然無一。

壑：[甲]2837 能自覺，[宋]294 然大悟。

霍：[三]155 然意解，[三][宮]385 然悟此。

廓：[敦][流]365 然大悟，[三]189 然而覺，[三]643 然意解。

落：[甲]2036。

確：[甲]1775 然大悟。

說：[宮]1591 脫空是。

轄：[宋]2122 然。

欲：[甲]2006 開金剛。

攉

略：[三][宮]2122 何事不。

確：[宋][元]、櫂[明]2112 而論之，[元][明]2060 今古條。

佸

活：[甲]2039 山高耶。

活

瘥：[三]2059 洛。

法：[甲]1811 共房及，[明]1525 求資生。

垢：[宮]624 二以漚。

浩：[丙]2120 書。

淨：[元][明]649 命於乞。

括：[甲]2128 官豁反，[甲]2266 國，[三][宮]2053 國居縛。

理：[宮][聖]1425 頓弊。

命：[三][宮]2122 繫念聖，[三]1 是爲飢。

舌：[甲]2128 反聲聒。

恬：[三]2110 子弟合。

沃：[宮]310。

有：[三][宮]374。

治：[宮]1435 帝治者，[宮]2042 理即作，[宮]2122 地獄中，[甲]1735，[三][宮]398 六曰邪，[三][宮]493，[三][宮]588 等於邪，[三][宮]657，[三][宮]810，[三][宮]1425 反見罵，[三][宮]1646 病，[三]201 或更餘，[三]210 生無賊，[三]2122 之佛言，[聖]1460 爲死勝，[聖]200 時有比，[聖]231 以是因，[聖]1425 便共俱，[聖]1436 爲死勝，[聖]1763 結心四，[另]1442 雖令彼，[另]1451 不，[宋][宮]468 我當何，[宋][宮]1435 帝治，[乙]1821 命故舊，[乙]1821 天愛，[乙]1821 心心，[元][明]190 身但當。

火

八：[德]1563 方一風。

本：[三]212 所燒。

出：[甲]2250 葬文正。

大：[丁]1958 葬法以，[敦]361 英長者，[宮]1545 當知我，[宮][博]262 從四面，[宮]286 劫盡而，[宮]415 衆生怡，[宮]630 星月明，[宮]657，[宮]721，[宮]721 毒，[宮]721 極怒急，[宮]848 天方一，[宮]1425 求覓都，[宮]1428 熾然生，[宮]1486 山，[宮]1505 適還爲，[宮]1596 損能，[宮]2040 祠唯水，[宮]2058 熱應以，[宮]2060 聲叫駭，[宮]2122 毒從鵁，[甲]、光[乙]1909 佛南無，[甲][丙]1141 光逐日，[甲][乙]867 有情衆，[甲][乙]2174 溫氣病，[甲][乙]2263 父母極，[甲][乙]2309 焰光，[甲][乙]2390 動之小，[甲][乙]2390 界略說，[甲][乙]2393 神祠牛，[甲][乙]2397 之聲音，[甲]893 山，[甲]897 爐其閣，[甲]923 頭結界，[甲]950 力盛，[甲]1007 爐各好，[甲]1203 相右旋，[甲]1248 終，[甲]1731 是穢火，[甲]1731 亦如，[甲]1782 風空者，[甲]1816 珠出，[甲]1823 小星迸，[甲]1828 地獄者，[甲]1840 爲質爲，[甲]1863 若由，[甲]1864 能焚乾，[甲]2035 風名，[甲]2087，[甲]2087 災宜，[甲]2128 丙聲或，[甲]2128 經文

作，[甲]2202 焰四邊，[甲]2214 者則是，[甲]2223，[甲]2250 災亦與，[甲]2261 體，[甲]2262 災大劫，[甲]2263 中有父，[甲]2266 德故，[甲]2266 滅無明，[甲]2266 亦得餘，[甲]2270 有無，[甲]2271 也其焰，[甲]2296 劫起時，[甲]2309 熱爲風，[甲]2339 宅內此，[甲]2390 二空，[甲]2392 下安心，[甲]2412 輪也次，[久]1486 聚此苦，[明][宮]841 屎尿無，[明][甲]1101 焰杵攦，[明][元][乙]1092 食時請，[明]293 王，[明]310 河入彼，[明]721 而燒我，[明]1225 院密縫，[明]1549 精，[明]1582 毒，[明]2110 劍上貫，[三]120 雹，[三]682 衆色耶，[三]1647 草，[三][宮]440 奮迅智，[三][宮][丙][丁]848 因陀羅，[三][宮][石]1509 因繫，[三][宮]263 光，[三][宮]272 光燈明，[三][宮]397 護緊那，[三][宮]397 熱，[三][宮]414 幢，[三][宮]440 衆佛南，[三][宮]440 自在佛，[三][宮]566，[三][宮]606 箭射象，[三][宮]629 泥犁火，[三][宮]731，[三][宮]784 火來已，[三][宮]848 輪中翼，[三][宮]1421 祠有，[三][宮]1462 鑽，[三][宮]1486 橫動何，[三][宮]1488 遂燒百，[三][宮]1505 飛，[三][宮]1521 弱而有，[三][宮]1521 癭餓鬼，[三][宮]1539 愛所有，[三][宮]1546 炙地獄，[三][宮]1626 寶空水，[三][宮]1644 燒燃光，[三][宮]1646 因經中，[三][宮]1650 災患，[三][宮]2060 明何爲，[三][宮]2121 兩山自，[三][宮]2121 山欲相，[三][宮]

2122 急之呪，[三][乙]865 熾盛，[三][乙]953 警覺名，[三][乙]1092 光焰左，[三]125 光，[三]186 獄，[三]190 雨，[三]229 地皆依，[三]607 風吹舍，[三]682 從生處，[三]682 輪耶，[三]682 亦應滅，[三]721 甚惡爲，[三]721 甚於火，[三]992 害龍王，[三]1092 寒乃出，[三]1132 屈初分，[三]1227 壇囓，[三]1300 十四影，[三]1336 反波娑，[三]1591 異業力，[三]2053 坑東北，[三]2110 仙外道，[三]2145 明於幽，[聖]120 如是士，[聖]125 山來，[聖]224 火即時，[聖]231 焰三昧，[聖]271 風大名，[聖]292 炬，[聖]376，[聖]376 斷食投，[聖]423 燒然地，[聖]613 出燒前，[聖]953 護摩於，[聖]953 聚所有，[聖]953 一切處，[聖]953 用，[聖]1199 屈上節，[聖]1428 或呪行，[聖]1452 何能爲，[聖]1509 從梵，[聖]1509 劫起復，[聖]1509 劫起時，[聖]1509 能照，[聖]1509 然故不，[聖]1549，[聖]1549 因緣或，[聖]1552 息故，[聖]1670 氣一出，[聖]1721 有強弱，[聖]1723 無間故，[聖]2157 經一卷，[聖]2157 羅沙門，[宋]、六[元][明]2110 字言佩，[宋][宮]848 天印當，[宋][宮]2060 合掌虔，[宋][宮]2121，[宋][元]848 方等曜，[宋][元][宮]2123 驚恐，[宋][元]657 燈星宿，[宋][元]1227 壇進毒，[宋][元]1257，[宋][元]1257 難時擁，[宋][元]2122 化骸骨，[宋]99 與婆羅，[宋]187 增盛願，[宋]1092 焰，[宋]2145，[乙]、槃本亦同

897 尊曼荼，[乙]2408 指如，[乙][丙]
2394 壇之北，[乙]866 天已即，[乙]
1110 法供養，[乙]1263 法取玉，[乙]
1287 甲每誦，[乙]2164 頭金剛，[乙]
2263 雖有不，[乙]2385 指豎合，[乙]
2390 輪，[乙]2391 端，[乙]2391 入，
[乙]2391 指押二，[乙]2408 等花葉，
[乙]2408 交立，[乙]2408 壇只，[乙]
2408 壇火壇，[乙]2408 頭金剛，[乙]
2408 約普賢，[元]1229 惡風起，[元]
[明][宮]278 山或名，[元][明]152 葬
之，[元][明]157 鬘菩薩，[元][明]157
智大力，[元][明]440，[元][明]956 食
法速，[元][明]2087 利反摩，[元]670
因故如，[元]896 燃念誦，[元]2122 然
咽喉，[原]、[甲]1744 劫起燒，[原]
1205 地中，[原]1251 指牙入，[原]1862
藏檀，[原]2408 端送，[原]2408 中節，
[知]266 燒無，[知]741 車爐炭，[知]
1579 聚，[知]1579 乃得燒，[中]440
步佛，[中]440 光明。

吷：[原]851 摩利支。

夫：[明]1443 或抽火。

父：[丙]2381 婆羅門，[甲]2128
母也謂，[知]384 之具使。

故：[宮]671 不燒。

光：[宮]1611，[甲]2408 光即火，
[三][宮]459 若晝日，[三][宮]606 及
星宿，[三]154 無明今，[三]2106 追
之遂，[聖]397 味在彼，[乙]2408 謂
火，[元]447 佛南無。

害：[明]1331 四面起。

灰：[宮]1549 燒火或，[三][聖]

125 地獄火，[元][明]953 中誦真。

惠：[甲]2219 下合法。

尖：[三][宮]721 極利揩，[原]
1979 石地獄。

來：[甲]1008 聚熾盛。

龍：[三]185 所害佛。

厶：[甲][乙][丁]2092 鳳之曲。

滅：[甲]2837 盡金性。

木：[另]1428 熾然見。

内：[宋]99 隨時恭。

欠：[甲]2399 字佛眼。

清：[乙][丙]2397 辨等義。

犬：[甲]、吠[乙]850 摩利。

燃：[原]2196 故常精。

人：[甲]952 食，[甲]2128 羅界，
[宋][元]2122 驚恐，[宋]721 增長，
[宋]1694 能消却，[元][明]1435 在不
淨。

日：[原]1308 燋之其。

如：[明]1650 燒金鬘。

色：[甲]2323 火大也。

上：[原]1248 出南面。

少：[三][宮]1592 時現四，[元]
99 種。

生：[宋][元][宮]2121 糗蜜所。

食：[三][宮]2122 鬼由禁。

樹：[三]186 煙淨衆。

水：[宮]278 爲化是，[甲][乙]
2385 釋云如，[甲][乙]2390 下第二，
[甲]1072 盈滿金，[甲]2036 出如黑，
[甲]2128 作熾俗，[甲]2400 天多聞，
[明][宮]1425 淨若有，[明]1450 好者
自，[三][宮]397 災當出，[三][宮]462

不知方，[三][宮]720 中王見，[三][宮]1425 作淨有，[三][宮]1488 劫起時，[三][宮]1509 未與般，[三]155 自分一，[三]197 右脇出，[聖]383 身下出，[聖]663 不滅云，[乙]2385 輪鉤屈，[乙]2385 指背而，[乙]2390 第二節，[元][明]401 燒焦一，[元][明]658 輪是故，[原]1856 所攝飢，[原]853 初節應，[知]741 二曰大。

炭：[三][宮]1463 自炙但。

天：[明]192 祠天畢，[三][宮]721 世世間，[三]133 最爲首，[宋]2122，[元][明]2121 即還滅。

五：[知]741 釘十六。

烟：[三]190 左廂。

炎：[宮]1646 能變生，[甲]1717 帝時臣，[三][宮]1509 捫摸日，[三][宮]1648 皆不作，[聖][另]1459 不聞漿，[聖]1428 娑伽陀，[宋][宮]、焰[元][明]671 滅種，[乙]2878 炭問，[原]1205 羅諸天。

焰：[明]2076 裏蓮莫，[三]192 盛孰能，[宋][元]310 佛南無。

燄：[三]1 如火。

也：[宮][另]1458 若爲戲。

衣：[三]375 王今求。

又：[甲][乙]1069 以。

災：[甲]2367，[三][宮]2111 之所焚，[三][聖]125 害。

之：[乙]2408 屈風，[元][明]、大[宮][宮]2122 爲忳音。

自：[三][宮]2122 然終日。

或

彼：[三][宮][聖]278 稱如。

必：[宮][聖]1435 能說法，[三][宮]2053 定相留。

便：[原]973 與三昧。

不：[三][宮]2122 可轉時。

成：[宮]1571 業果故，[宮]848 起五神，[宮]1544 先有不，[甲]2035 辨妙行，[甲][乙]1069 六月，[甲][乙]1821 非一造，[甲][乙]1822 諸所有，[甲][乙]2227 衆，[甲]893 纏塗，[甲]893 已用本，[甲]973 就中，[甲]1709 大捨故，[甲]1782 五忍中，[甲]1816 六義天，[甲]2128 作申恕，[甲]2250 住調伏，[甲]2255 執實五，[甲]2261 實等或，[甲]2261 因行，[甲]2266 非一不，[甲]2266 故或於，[甲]2266 離，[甲]2266 疎所，[甲]2270 眞能破，[甲]2299 四義即，[明]1570 許果與，[三][宮]765 堅持，[三][宮]1545 現法受，[三][宮][聖]1579 順樂受，[三][宮]632 爲實是，[三][宮]1543，[三][宮]1559 三十六，[三][宮]1562 顯俱生，[三][宮]1579 未得退，[三][宮]1648 得自在，[三]206 爲得苦，[三]361 以三昧，[三]1598 法身等，[聖]1788 相即是，[聖][另]302 莊嚴足，[聖]1458，[聖]1509 時起慳，[聖]1548 多是名，[另]1543 二色愛，[宋][元]2087 斷髮或，[宋]26 有是處，[乙]1796 以寂靜，[元][明]825 多作功，[元][明]950 誦所在，[元][明]1509 衆生或，[元]1509 一或二，[元]1579 復爲於，[原]1773 佛經，

[原][乙]871 聚即入，[原]2223 正等。

城：[三]1341 名伊梨，[宋][宮]221 教化衆。

誠：[三][宮][甲][乙][丙][丁]848 心思念。

出：[元][明]2034 無。

此：[明][乙]1261 是宿業。

答：[三][宮]1547 曰初禪。

大：[丁]2244 山或摩。

代：[宋]2034 三十。

道：[宋]220 令證得。

第：[丁]1831 三或。

多：[甲]1705 云十，[甲]1833 非常非。

而：[明]125 剥其皮。

二：[聖]125 有一人。

弍：[甲]2266 者於隨。

伐：[明][聖]1462 應。

非：[聖]1548。

匪：[甲]1786 但用一。

復：[三][宮]1459 似雞，[三][聖]157 見似熱，[聖]1763 有説言。

感：[甲][乙]1822，[中][乙]1822 果全無，[甲]1710 前諸倒，[甲]2261 但被小，[甲]2299 穢文中，[三]311 著常居，[另]1509 思惟是。

庚：[甲]2039 小名一。

故：[甲]1911 言八地，[甲]1846 云素怛，[甲]2299 於地前，[甲]2323 前説善，[宋]190 爲癡故。

迴：[三]1340 復妄行。

惑：[丁]1831 現便強，[宮]1562 於取位，[宮][甲]1912 不盡或，[宮]

[甲]1912 著如膠，[宮]618 絞風起，[宮]618 來復去，[宮]799 起瞋恚，[宮]1425，[宮]1509 者，[宮]2102 微隱難，[宮]2122 受他，[甲]、或[甲]1851 是聖人，[甲]、或永或求[甲]1816 永，[甲]1717 無事理，[甲]1723 斷或伏，[甲]1821 墮邪定，[甲]1828 不俱如，[甲]1828 談擇以，[甲]1829 觀先所，[甲]1832 論云，[甲]1973 盡萬行，[甲]2249 相應定，[甲]2255 漏，[甲]2266 五地等，[甲][乙]1822 力引生，[甲][乙]1822 終不起，[甲][乙]1705 前已空，[甲][乙]1816 障，[甲][乙]1821，[甲][乙]1821 此經中，[甲][乙]1821 起生得，[甲][乙]1822 癡相應，[甲][乙]1822 令下生，[甲][乙]1822 乃至縁，[甲][乙]1822 是因所，[甲][乙]1822 五識無，[甲][乙]2254 能與不，[甲][乙]2263 障纏故，[甲][乙]2296 耳目凡，[甲]1719 者下中，[甲]1724 苦在故，[甲]1729 次下漸，[甲]1733 等心起，[甲]1733 佛深智，[甲]1733 滿，[甲]1733 永盡二，[甲]1733 者是達，[甲]1735 病所纏，[甲]1735 有刹土，[甲]1736 既不招，[甲]1736 忘能了，[甲]1736 依諸欲，[甲]1775 齊其所，[甲]1781 者聞法，[甲]1785 言有上，[甲]1795 曰道無，[甲]1805 證道同，[甲]1813 猛利亦，[甲]1816，[甲]1816 皆如理，[甲]1816 名疑悕，[甲]1816 業故教，[甲]1816 障雖，[甲]1823 愛俱或，[甲]1828 法或於，[甲]1828 法滅時，[甲]1828 法滅相，[甲]1828 方便

故，[甲]1828 能，[甲]1828 上隨義，[甲]1828 未成，[甲]1828 相雜前，[甲]1830 加行道，[甲]1830 取一切，[甲]1851 分爲四，[甲]1863 死死不，[甲]1863 無以，[甲]1913 即是漸，[甲]2035 衆，[甲]2053 尤譏沈，[甲]2254，[甲]2255 滅故名，[甲]2266，[甲]2266 斷方得，[甲]2266 而修上，[甲]2266 觀眞如，[甲]2266 九及疑，[甲]2266 前後文，[甲]2270 同，[甲]2288 從，[甲]2290，[甲]2299 是由無，[甲]2299 心心相，[甲]2366 説甚多，[甲]2792 亂，[甲]2792 之，[甲]2837，[明][宮]606 來不可，[明]1563 於，[明]2103 隱首露，[三]1559 生中火，[三]1585 斷然後，[三]2145 亂眞言，[三][宮]345 音聲者，[三][宮]1461 九永斷，[三][宮]1462 我心可，[三][宮]1551 熱及覺，[三][宮]1559 境釋曰，[三][宮]1579 相應領，[三][宮]2103，[三][宮][聖]324 諸天，[三][宮][聖]639 繋屬魔，[三][宮][聖]1562 寂靜不，[三][宮][聖]1562 現前彼，[三][宮][石]1558 得斷時，[三][宮][知]266 事思想，[三][宮][知]598 相興成，[三][宮]292 而生不，[三][宮]309 世愚士，[三][宮]330 便盡明，[三][宮]376 二道諸，[三][宮]393 者入正，[三][宮]402 倒如來，[三][宮]477 斯是等，[三][宮]485 著，[三][宮]618 塵碎是，[三][宮]627 於財寶，[三][宮]656 善權非，[三][宮]722 有如樹，[三][宮]1421 言是我，[三][宮]1460，[三][宮]1463 比丘心，[三][宮]1478 於

清淨，[三][宮]1505 二愚此，[三][宮]1506 智，[三][宮]1509 此二事，[三][宮]1545 無記法，[三][宮]1558 方，[三][宮]1559，[三][宮]1559 成此人，[三][宮]1559 處長惡，[三][宮]1559 是具縛，[三][宮]1562 愛亦，[三][宮]1562 爲以出，[三][宮]1562 謂見斷，[三][宮]1562 想亂倒，[三][宮]1562 業之道，[三][宮]1562 正見此，[三][宮]1563，[三][宮]1563 名爲五，[三][宮]1563 先已斷，[三][宮]1563 業所依，[三][宮]1571 已破故，[三][宮]1571 應，[三][宮]1585 斷然後，[三][宮]1587 不得滅，[三][宮]1592 聞思諸，[三][宮]1593 障令不，[三][宮]1595 俱時生，[三][宮]1595 滅時無，[三][宮]1595 永不起，[三][宮]1604 起滅亦，[三][宮]1617 戲論故，[三][宮]1648 於二道，[三][宮]1648 於因縁，[三][宮]1656 狼所食，[三][宮]2031 八破本，[三][宮]2034 想更相，[三][宮]2045 人執迷，[三][宮]2059 滋損益，[三][宮]2102 造三破，[三][宮]2104 者見其，[三][宮]2122 心塗萬，[三][聖]1585 不緣下，[三]76 返流求，[三]158 想若生，[三]184 言佛，[三]185 五，[三]212 暢疑遣，[三]220 變異便，[三]310 除，[三]664 人智慧，[三]681 謂摩尼，[三]682 亂彼境，[三]813 虛妄不，[三]1560 不欲發，[三]1563 復説有，[三]1568 趣之，[三]2060 亂百姓，[三]2102 樂之地，[三]2103 攸遵主，[三]2145 非深奧，[三]2145 非之願，[三]2145

人間顏，[三]2145 於未，[三]2145 振止何，[三]2146 經一卷，[三]2154 所，[聖]1733 情明，[聖]1851 分，[聖][甲]1733 衆生令，[聖][甲]1723 氣臭大，[聖][知]1579 他教導，[聖]1509 迷悶無，[聖]1562，[聖]1562 彼應許，[聖]1562 有靜慮，[聖]1579 不定，[聖]1646 説苦行，[聖]1763，[聖]1763 滅，[另]1442 癡狂心，[石][高]1668 著一切，[宋][宮]1509 此以爲，[宋][宮]2102 人入，[宋][明][聖]481 曉無爲，[宋][元][宮]2102 通夢之，[宋]945 計涅槃，[宋]1509 言世，[宋]2109 者問曰，[宋]2111 曰佛記，[乙]2249 得裏，[乙]2249 互可相，[乙]2249 具因緣，[乙]2249 可此，[乙]2249 已斷始，[乙]1709 離無所，[乙]1775 者聞病，[乙]1816 所緣所，[乙]1816 愚夫異，[乙]1822 想亂倒，[乙]1832 障解脫，[乙]1929 意在此，[乙]2249，[乙]2249 道故不，[乙]2249 道寧云，[乙]2249 功德亦，[乙]2249 後住初，[乙]2249 既遍行，[乙]2249 五除無，[乙]2249 者性相，[乙]2249 至現在，[乙]2249 中可有，[乙]2263，[乙]2263 障未斷，[元]1579 有於，[元][明]2122 喪，[元][明]2145 經一卷，[元]1579 應彼心，[原]、或與惑而[聖]1818 與無解，[原]1828 變異欲，[原]2196，[原]1212 惟願天，[原]1744 説之爲，[原]1763 之，[原]1818 障結習，[原]2196 不不名，[原]2196 不侵高，[原]2196 是無有，[原]2196 無堪性，[原]2196 因緣，[原]2216 方便萬，[原]2286 人而爲，[知]598 有作則。

獲：[甲][乙]867 悦意。

及：[明]1559 著姑姨，[三][宮]1585 邪教力，[三]1544 有過去，[元][明]664 以一衣。

幾：[甲]2036 終夜不，[三][宮][聖]1541 次第非，[三][宮]1542 有爲或。

加：[明]1672 受大苦。

減：[宮]618 晝減夜。

漸：[三]682 細如毫。

皆：[甲]2261 敎，[乙]2408 火舍。

戒：[宮]1912 先曾受，[宮][甲]1805 一向略，[宮][甲]1805 律都無，[宮]1552 一，[宮]2059 言梵，[宮]2123，[甲]1828 不壞等，[甲][乙]2207 言清也，[甲][乙]2250 在盡智，[甲][乙]2393 儀引，[甲][乙]2394 勿令諸，[甲]1744 爲兩雙，[甲]1782 證眞，[甲]1802 香法音，[甲]1813 之中先，[甲]1821，[甲]1828，[甲]1828 及外器，[甲]1828 衰損苦，[甲]1828 在中故，[甲]1828 者是彼，[甲]1828 中勤修，[甲]2244 老子語，[甲]2261 取等非，[甲]2266 由身發，[甲]2336 定慧解，[甲]2337 中略本，[甲]2401 齊爾所，[明]156 是迦旃，[明]2154 八卷亦，[三][宮]1559 日夜釋，[三][宮]221 以，[三][宮]397 婆，[三][宮]1462 因捨受，[三][宮]1464 曾聞此，[三][宮]1525，[三][宮]1552 以希望，[三][宮]1562 爲角勝，[三][聖]1440 未結作，[三]54 不敢妄，

[三]186 化貪形，[三]193 所長養，[三]1424，[三]2154 羽弟子，[聖]1462 覆藏六，[聖]1463 自白僧，[聖]1548 自，[乙]2394 是也云，[元][明]425 侍者曰。

誡：[三][宮]2121 悔白言。

苦：[甲]1830 苦依盡。

滅：[甲][乙]1822 此釋同，[甲][乙]2309 時苦，[甲]1839 有不聞，[甲]2266 不見耶，[甲]2266 境界依，[三]、威[宮]767 教人作。

名：[甲]1512 爲菩薩。

戒：[原]905 鼓角。

若：[博]262 有人禮，[宮][另]1458，[甲]2006 躊躇轉，[甲]2394 於彼捨，[明]1428 殺父母，[明]1571 生住如，[明]2123 見苗，[三][宮][聖][另]1458 聞而不，[三][宮]415 樂聞諸，[三][宮]724 爲帝，[三][宮]1428 爲強力，[三][宮]1458 爲日分，[三][宮]1458 囑牧，[三][宮]1581 有親屬，[原]1832 難汝宗。

色：[聖]1543 梵天。

聖：[元][明]1545 有説聖。

失：[甲][乙][丁]2244 不失從。

時：[三][宮]1530 能説者，[三][宮]2122 動清昇。

識：[甲]2266 同世親。

世：[甲][乙]1822 所著是，[明]、明註曰或北藏作世1551 緣縛者，[明]1551 緣縛。

市：[元][明]2016 中何物。

式：[宮]1805 合須牒，[甲]1736

旌美跡，[甲]2270 論軌等，[甲]2434，[三][宮]2034 希續繼，[三][宮]2087 招僧侶，[三][宮]2122，[三][宮]2123 昭浮榮，[三]2110 用金人，[宋]866 新鑽者，[原]2410 用要文，[原]2271 可不立。

是：[甲][乙]1822 阿羅漢，[明]1549 作是説，[明]1631 有丈夫。

説：[甲]2266 緣六塵。

遂：[三]159 致無常。

歲：[甲][乙][丁]2244。

所：[三]453 誦戒契。

儻：[聖]1435 得病願。

威：[三][宮]443 力如來。

爲：[三]26。

謂：[甲]1816。

文：[三]2122 先有雷。

問：[明]1552 云何知。

我：[宮]896 言無有，[甲][乙]2250 某甲歸，[明]45 劣弱者，[明]2154 作瞻波，[三]375 時復説，[三][宮][知]384 欲，[三][宮]286 於是中，[三][宮]1548 作輔臣，[三]187 當爲轉，[三]1563 此無想，[三]1579 當自責，[聖][三][甲][乙]953 等加彼，[宋]220，[乙]1171 分明蓮，[元][明]681 生欲自，[原]、[乙]2263 等詞作。

無：[三]220 復中夭。

勿：[宮]279 生慳吝，[三][宮][另]1442 王見我。

咸：[甲]2087 放光明，[三]155 聞化佛，[三]2063 謂已，[宋][元][宮]2030 延請僧，[宋][元]2061 瞻覩數，[宋]

2108 精麁同，[元][明]398 見現在。

一：[甲]1960 與濡語，[三][宮]2034 云無量，[三]2149 云月明。

夷：[甲]2339 齊。

以：[明]2123 裁荷葉，[宋]1550 離欲或。

亦：[甲]2176 云婆陀，[甲]2157 加呪字，[甲]2157 名分別，[甲]2157 云，[甲]2157 云聞城，[三][宮]618 有修行，[三]2154 名斷十，[三]2154 云法海。

因：[聖]1541 非不善。

用：[甲]908 金剛杵。

有：[丁]2244 云馬頭，[三][宮]278 墮諸惡，[三][宮]1542 隨心轉，[三][宮]374 不信者，[三]186 生卑，[聖][甲]1763，[石]1509，[宋][元]2154 云奈女。

又：[甲][乙][丙]1866 分十二，[甲]2157 二卷七，[甲]2157 六十卷，[三][聖]1579 非達須。

於：[甲][乙]1822 餘境中，[明]415 大弟了。

欲：[三]453 發平等。

曰：[三][宮]1539 已斷爲。

哉：[甲]2299 對第八。

載：[甲]2255 目。

者：[元][明]1545 不退者。

呪：[明][甲]1094 酥或油。

成：[甲]2323 唯識了。

貨

寶：[明]220 洲諸有。

貸：[甲]2002 今朝短。

賀：[明]220 洲諸有。

化：[甲]2087 多聚此，[聖]125 本。

賃：[甲]2089 往福州，[甲]2299 略之今。

貿：[甲][乙]1796 無上法，[甲]1782，[甲]1782 得千，[明][宮]309 或有樂，[三][甲]1097，[三][明][乙]2087 遷津，[三]54 賣財，[三]1331 那名，[三]1331 蒲恥瘖，[三]1331 字淨自，[宋][元][西]、明註曰貨南藏作貿 665 之。

他：[三][宮]721 所使昇。

行：[元][明]190。

胤：[三]211。

鴛：[三]1331 迦羅闍。

資：[甲]2339 羅國彼。

惑

礙：[三][宮]398。

辨：[甲][乙]2263 辨四句。

病：[丙]1246 人病人。

成：[宮][聖]481，[宮]421 無有疑，[甲][乙]1821 怨已今，[明]720 若干色，[三]、或[聖][另]1522 二者與，[三][宮][聖]481 戒清定，[三]2154 經一卷，[另]1721 也三次。

麁：[甲]1828 現愛盡。

倒：[三][宮]2122 雖發微。

地：[甲]1722。

斷：[甲][乙]2250 至及等，[甲][乙]2254 三。

惡：[聖]663 一切人。

梵：[三]22 志所。

感：[宮]1558 如種等，[宮]1595 等熏習，[宮]1599 故前因，[宮]2102 故知解，[宮]2103 矣晉文，[宮]2121 死王畏，[和]293 苦暗，[甲]1772 令總不，[甲]1804 報法今，[甲]1928 淨即是，[甲][乙]2250 及二轉，[甲]1735 九植種，[甲]1735 自在方，[甲]1781 無不應，[甲]2035 汝惠故，[甲]2036 衆制可，[甲]2196 無堪任，[甲]2259 皆假也，[甲]2259 任，[甲]2261 於一切，[甲]2266 方，[甲]2290 也今何，[甲]2299 不現前，[明]316 愛見，[明]201 亂尸利，[明]293 既勝地，[明]2016 異熟生，[明]2102 豈能運，[三][宮]2102 固無以，[聖]425 所行，[聖]1763 而聞也，[聖]1763 故一往，[聖]1859，[宋][元]1559 力盛時，[宋]1558 故疑故，[宋]1617 是故邪，[乙]1796 故名離，[乙]1822 發能牽，[元][明]310 愛，[元][明]1595，[元][明]2122 之未。

悔：[三][宮]1425 爲得爲，[聖]1721 者第。

慧：[甲]1828 生麁細。

混：[乙]2397 亂末學。

或：[丙]2777 亦不滅，[德]26 於諸善，[敦][燉]262 亂我身，[宮]1559 別方便，[宮]1595，[宮]1602 斷，[宮]2122 倒交興，[宮][甲]1912 根本下，[宮]310，[宮]603 所不解，[宮]1548 我過去，[宮]1550 無明不，[宮]1558 退及界，[宮]1562 於起滅，[宮]1595 無

餘，[宮]2034 經一卷，[宮]2059 鮮卑，[宮]2122 滅爲道，[宮]2122 人也，[甲]、戒[乙]1821 令不，[甲]1708 諸功德，[甲]1778 豈可方，[甲]1778 潤惡業，[甲]1782 同衆毒，[甲]1830 分愛爲，[甲]1832 共相無，[甲]1832 異熟識，[甲]2036 恥聞其，[甲]2249 言故，[甲]2266 共相無，[甲]2887 復父孤，[甲][乙]1822 滅樂，[甲][乙]1816 且如釋，[甲][乙]1821 不善法，[甲][乙]1821 防定心，[甲][乙]1821 苦果無，[甲][乙]1821 相應者，[甲][乙]1822，[甲][乙]1822 必三世，[甲][乙]1822 故非無，[甲][乙]1822 故染不，[甲][乙]1822 經説若，[甲][乙]1822 雖爲因，[甲][乙]1822 因，[甲][乙]1832 由他定，[甲][乙]1866 唯一頓，[甲][乙]2194 名爲行，[甲][乙]2194 三有難，[甲][乙]2254 有同時，[甲][乙]2261 進離染，[甲][乙]2261 相應三，[甲]1512 未斷故，[甲]1708 可金剛，[甲]1709 爲似緣，[甲]1717 破行成，[甲]1717 三者，[甲]1718 生解此，[甲]1723 苦，[甲]1736 苦依盡，[甲]1763 盡照周，[甲]1782 甚過失，[甲]1799 斷絕眞，[甲]1816 但，[甲]1816 起無定，[甲]1816 生疑佛，[甲]1821 唯一故，[甲]1828，[甲]1828 斷已命，[甲]1828 即於此，[甲]1828 眼等處，[甲]1828 由神通，[甲]1829 眼等處，[甲]1830 本先明，[甲]1830 等，[甲]1830 攝耶此，[甲]1851 名爲初，[甲]1863 可有不，[甲]1921 二破

思，[甲]1921 也然鈍，[甲]1922 終不斷，[甲]2128 也，[甲]2157 經亦云，[甲]2217 也賞勸，[甲]2217 證理行，[甲]2239 染障而，[甲]2254 爲全未，[甲]2261 顛倒僻，[甲]2261 生，[甲]2261 爲法若，[甲]2262 亦，[甲]2266 不起五，[甲]2266 方得入，[甲]2266 立故亦，[甲]2266 於諸有，[甲]2266 與上地，[甲]2266 約有學，[甲]2290 爲父母，[甲]2299 聽不，[甲]2339 與行，[甲]2366 七生也，[甲]2395 常由蘊，[久]397 多貪財，[久]397 星四者，[明]681 者妄分，[明][宮]603 意不如，[明][宮]1558 善，[明][甲]2053 者不能，[明]194 食不田，[明]201 肉眼，[明]1546 所以者，[明]2110 塹高築，[三]201 手羅現，[三]212 聞彼稱，[三]1559 至得人，[三][宮]721 常樂欲，[三][宮]1559，[三][宮]1559 生差別，[三][宮]1562，[三][宮]1562 彼所繫，[三][宮]1562 滅樂修，[三][宮]1562 世間道，[三][宮]1563 覆，[三][宮]1563 先舉勝，[三][宮]2060 不調欲，[三][宮]309，[三][宮]606 轉甚蹈，[三][宮]630 樂，[三][宮]1442 證阿羅，[三][宮]1461 熱已息，[三][宮]1505 復相量，[三][宮]1521 惱衆生，[三][宮]1530 名纏隨，[三][宮]1541 諦不了，[三][宮]1545 定所攝，[三][宮]1545 上地聖，[三][宮]1545 與他，[三][宮]1549 不聰明，[三][宮]1550，[三][宮]1551 於緣不，[三][宮]1552，[三][宮]1558 三，[三][宮]1559，[三]

[宮]1559 品未畢，[三][宮]1559 所污，[三][宮]1559 爲境若，[三][宮]1562 彼所記，[三][宮]1562 處謂無，[三][宮]1562 此唯約，[三][宮]1562 得隨生，[三][宮]1562 苦不正，[三][宮]1562 爲顯示，[三][宮]1562 無燒理，[三][宮]1562 無勝用，[三][宮]1563，[三][宮]1563 從彼無，[三][宮]1563 對治種，[三][宮]1563 淨心及，[三][宮]1563 具因緣，[三][宮]1563 生爲，[三][宮]1563 展轉力，[三][宮]1566 故無過，[三][宮]1591 可翻餘，[三][宮]1593 是有覆，[三][宮]1595 此義亦，[三][宮]1595 毘那，[三][宮]1595 說名麁，[三][宮]1595 所能動，[三][宮]1595 欲應知，[三][宮]1604 苦皆無，[三][宮]1660 破繫，[三][宮]2034 八萬四，[三][宮]2053 病諸且，[三][宮]2060 妄發心，[三][宮]2111 人又曰，[三][宮]2111 曰釋，[三][宮]2111 曰順以，[三][宮]2122 倒我見，[三][宮]2122 婬慾，[三][宮]2123 事喜敗，[三][石]2125 孔顏如，[三][知]418 爲不，[三]152 信矣群，[三]161 失道徑，[三]186 言佛未，[三]193 無智，[三]193 欲失志，[三]201 盜以爲，[三]201 著相好，[三]212，[三]677 麁重結，[三]744 著，[三]1464 王，[三]1559 滅盡故，[三]1595 在出觀，[三]2125 於螟蛉，[三]2145 殆若以，[三]2145 無不至，[三]2149 取捨兼，[三]下同 1656 爲慢，[聖]675 功德林，[聖]1522 深法衆，[聖]1579 相應所，[聖]1595 所

縛，[聖]1602 等，[聖]1763 作七十，[聖]411 有情於，[聖]627 當饌餚，[聖]627 而心乖，[聖]627 亂於緣，[聖]627 王又答，[聖]675 人眼彼，[聖]1425 莫知所，[聖]1428，[聖]1428 安寢冥，[聖]1451 心皆不，[聖]1522 二者與，[聖]1548 箭覆，[聖]1562，[聖]1562 過又言，[聖]1562 名斷律，[聖]1562 全無爲，[聖]1562 時三緣，[聖]1562 種能爲，[聖]1563 因老死，[聖]1582 世人持，[聖]1585 成有漏，[聖]1585 故然不，[聖]1585 皆容現，[聖]1585 苦名取，[聖]1585 前後此，[聖]1859 是以，[聖]2157 論二卷，[聖]下同 606 遙見野，[另]1435，[另]1442 年滿二，[另]1453 我某甲，[石]1509，[石]1509 不能行，[石]1509 顛倒凡，[石]1509 人，[石]1509 人眼復，[石]1509 失，[石]1509 憂畏萬，[宋][宮][甲]895 以西爲，[宋][宮]277 著諸色，[宋][元]1485 二心起，[宋][元][宮]1548 心不決，[宋][元][宮]1559 根差別，[宋]184 墮冥中，[宋]374 未足可，[宋]677 相眞，[萬]26，[乙]2249 以非，[乙][丙]2777 而無私，[乙]1723，[乙]1723 業，[乙]1723 不得立，[乙]1723 故勝，[乙]1723 既未盡，[乙]1723 障因果，[乙]1744 及一切，[乙]1816 可，[乙]1816 亂，[乙]1821，[乙]1821 方得起，[乙]1821 名一法，[乙]1821 破戒，[乙]1821 助忍與，[乙]1822 同但計，[乙]1822 唯一故，[乙]1822 也，[乙]1822 有一，[乙]2194 不能翳，[乙]2261，[乙]2309 隨執一，[乙]2309 有五乘，[元]1593 及，[元][明]2111 曰若輪，[元][明][宮]2111 曰聞眞，[元][明]671 妄見，[元][明]945 計畢竟，[元][明]1563 能爲障，[元][明]2111 曰教跡，[元]206 意欲殺，[元]1563，[元]1579 品力一，[元]2016 造業即，[元]2145 異，[原]、[甲]1744 者謂人，[原]、感[甲]2270 遣迷是，[原]1960 者不細，[原][甲]2339 是總觀，[原]1960 增七三，[知]266，[知]414 得解無，[知]598 起想隨，[知]1579 盡得涅，[知]1587 具三種。

惑：[甲]2266 其理極。

戒：[丁]2244 犯，[宮]1648 令現知，[宮]309 復次最，[甲]1833 是不相，[甲][乙]1833 時願云，[甲]1708 分齊謂，[甲]1828 二取出，[三]、或[宮]2034 羅云經，[三][宮]1579 所緣加，[三][宮][另]1459 衆，[三][宮]420 世人調，[三][宮]1558 苾芻此，[三]810 及恩愛，[三]1579 所緣境，[三]1579 所緣由，[聖]1788 取見及。

亂：[明]22 失志無，[三][宮]534 天下沮，[三]186。

迷：[甲]2371 當體即，[甲]2371 也意十。

滅：[甲]1782，[甲]2339 亦爾智，[聖]278。

難：[三][宮]276 而。

惱：[乙]2263 潤生者。

戚：[聖]1585 受名。

慼：[三][宮]630 惱意了。

生：[元][明]309 轉轉滋。

式：[甲]2196 故名王。

隨：[甲]2266。

弍：[三][宮]2059 焉。

爲：[甲]1786 上上。

我：[甲]2339 相應，[三][宮]623 無所念。

習：[甲][乙]2219 云云今。

咸：[甲]1717 通，[甲]2035 言六師。

心：[明]278 無有是。

行：[明]1579 所緣尋，[三]267。

義：[原]2317 起故今。

有：[甲]1821 再斷，[甲]1833 前後者。

愚：[宮]664 癡。

欲：[宋][元]2121 所染説。

哉：[宮]310 菩薩所，[宮]2102 倒見之，[甲]2299 今何以。

總：[乙]2309 名順決。

禍

殆：[原]2409 胎於未。

惡：[甲][丁]2092 之。

福：[宮]2112 福，[甲]1706 莫大於，[甲]2290 二不相，[三][宮]2102 謬加體，[三]526 人心，[石]1509 不朽所。

楇：[明]1451 哉我於。

苦：[三]192 因號泣。

猛：[甲]2087 然。

難：[乙]1266。

偶：[宋]152 興。

耦：[宋][宮]、偶[元][明]632 亦

非不。

視：[宮]2060 作其兆。

損：[三][宮]2102 盈鬼神，[聖][甲]1723 生故。

婆：[元][明]2122 呵。

頑：[三]152 子自喪。

殃：[三][宮]2122 豈是忠。

置：[宋][元][宮]、買[明]2123 之。

罪：[三][宮]425 福所由，[三][宮]2123。

蔓

捉：[三]、篗[宮]607 不可。

懂

畫：[元][明]2102 然所據。

霍

崔：[宋][宮]2109 光廢之。

豁：[三][宮]456 然無所，[三][宮]2122 然意解。

藿：[甲]2130 葉香也。

爤：[三][宮]638 然，[宋]2102 然大悟。

權：[三][宮]2102 然。

挓：[元][明]153 其身猶。

獲

成：[三][宮]700 此大利。

丞：[三]2149 趙郡李。

得：[宮]263 斯大乘，[宮]657 大果報，[宮]2121 報不同，[甲][乙]1211 故即，[甲]1222 金錢一，[明]1014 功

德報，[三]、復[宮]1563 得，[三][宮]
268 善利得，[三][宮]1507 甘露尋，
[三][宮]2060 俱舍疏，[三][宮]2121
自，[三][宮]2123 大，[三]311 值安樂，
[三]360 極長生，[聖]200 道果爾，[聖]
200 道果由，[聖]211，[聖]223 福德，
[元][明]642 自然智。

復：[和]293 有無量，[明]1408 功
德上，[明]310 得廣大，[明]865 如是，
[三]895 得人身。

猴：[甲]2349 著鎖，[乙]2379 九
位列，[原]1308 冠手執。

後：[三][宮]1563 得，[三]199，
[宋]374 得煖故，[宋]375 得。

候：[甲]1921 欲相。

攜：[元][明]212 持云何。

護：[宮]1598 得清淨，[宮]347 道
果此，[宮]411 無貪所，[宮]425 無所
得，[宮]719 財物，[甲][乙]2396 其，
[甲]923 五法身，[甲]1736 菩薩第，
[甲]1782 妙體離，[甲]1805 又受戒，
[甲]1816 神，[甲]1828 不可以，[甲]
1932 彼意順，[明]1092 大福聚，[明]
201，[明]201 財利，[明]212 善報，
[明]384，[明]402 大利益，[明]643 如
是福，[明]1097 無上菩，[明]1153 神
通到，[明]1283 安樂心，[明]2034 此
寶任，[明]2153 果報經，[三][宮]、得
[知]741 是謂，[三][宮][聖]224 持以
是，[三][宮]224 得極大，[三][宮]384
持亦非，[三][宮]403 法眼斂，[三][宮]
585 斯經典，[三][宮]589 超，[三][宮]
656 持菩薩，[三][宮]1442 豐草隨，

[三][宮]1470，[三][宮]1536 他國善，
[三][宮]2122 其長壽，[三][宮]2122
致何等，[三]125 持設從，[三]212 持
金銀，[三]212 禁戒法，[三]291 世而
放，[三]381 將養一，[三]950 成就
虛，[三]1335 吉利，[聖]292 致如來，
[宋][宮]301 周匝皆，[宋][宮]351，
[宋][元]2155 身命濟，[宋]2149 命也
如，[元][明][乙]1092 世間最，[元][明]
635 捨行無，[元][明]765 法利定，[元]
1582 福德作，[知]741 罪福。

壞：[元]380 得不可。

穢：[三][宮]310 爾時廣，[三][宮]
1546 實彼，[三][宮]2122 無有是，[三]
23，[三]895 子已薰，[宋]201 無有是，
[宋]2061 何善果。

極：[甲]1842 者闞宗。

盡：[聖][丙]、摩[乙]1199 得無。

攫：[三][宮]553 持之處。

獵：[丙]2381 魚捕利。

獰：[宋][元]、獵[宮]321 安隱無。

權：[甲]1921 如實觀，[三]2060。

推：[原]1212 一切惡。

設：[三][宮]666 福如是。

攝：[甲]1782 體即第。

是：[宮]229 安隱得。

受：[三][宮]1558 苦他罪。

雙：[石][高]1668 之心乎。

誰：[元][明][宮]735 得如願。

狹：[聖]1537 益齊此。

應：[聖]2157 聞定冊。

擁：[三][宮][聖][另]342 迹是。

猶：[甲]2195 無差別，[宋][宮]403 其果一。

語：[元][明]345 之信於。

獄：[宮]330 殃譬喻，[元]1053 福。

願：[三][宮]1525 得今身。

證：[三][宮]1554 此滅已。

隻：[宋]632 未常有。

諸：[三][宮][聖]376 惡之業，[宋]、請[明][甲][乙]921 悉地。

莊：[原]、機[甲]1782 出朽宅。

捉：[三]、攫[宮]606 草右手。

作：[原][甲]1980 善根清。

濩

灌：[甲]2035 澤縣李。

護：[宮]279 彌覆大，[和]293 繁華鮮，[甲][知]1785 遍覆三，[三][宮]2111 人咸見，[宋][宮]2103 而抽叢，[宋][元]2061 合奏大，[乙]2194 大武。

鑊：[三][宮]2058 湯鐵丸，[三][宮]2121 湯，[三]176 湯，[三]212 湯舉聲。

穫

獲：[三][宮]1425。

濩：[宋][宮]2103 至如太。

懗：[三][宮]2122 於貧賤。

藿

霍：[三]190 香葉王，[宋][元][宮]2122 菜依。

蠖

適：[宋][宮]、滴[元][明]2103 動。

矐

豁：[宋]212 然，[宋]212 然大悟。

臛

羹：[三]375 下種種。

曤：[另]1442 彼獻雞，[另]1442 鉢便溢。

曤：[三]951 呼各。

爥

忽：[元][明][聖]211 然不。

豁：[三]212 然啟悟。

霍：[宮]309 然大，[三][宮]384 然覩大，[三][宮]585 然不現，[三][宮]630 然除盡，[三]1043 然音解，[聖][另]342 然不知，[宋]、歡[宮]263 然而無，[元][明]632 然無色。

炬：[宋]234 然心解。

爐：[宮]、霍[聖][另]342 然無迹。

曤：[三][宮]1549 然無。

矅

霍：[三]1336 然開。

曤：[甲][乙]2393 吃索二，[甲]2128。

鑊

鑊：[三][宮]2122 獄獄卒。

灌：[己]1958。

鏟：[甲]2362 遂墮。

護：[宮]384，[宮]606，[元][明]721 罪人入。

濩：[宮]384 死而復。

鑊：[三][宮]1442 斧我當。

鎖：[三]1579 骨乃至。

鐵：[甲]2068 融銅持，[三]643 百羅刹，[三]1050 獄彼有，[三]1130 夜叉若，[宋]、護[元][明]2088 國一名，[宋][宮]721 利如剃，[宋][元][宮]、鐵床[明]2121 鐵鉤擘。

鏃：[三][宮]2121。

鑽：[宋]721。

癯

霍：[三][甲]1323 亂風黃，[三]988 亂煩熱，[三]1182 亂。

靋

虉：[三]2087 靡伽藍。

J

机

仇：[三]1343 拏竭泚。

儿：[明]2122 左右侍。

凡：[宋]、几[元][明][宮]742 於佛前，[宋]、几[元][明]264 案從舍，[宋][宮]、几[元][明]1421，[元][明]2145 而卒顏。

軌：[甲]2400 或本同。

杭：[聖]1721 爲人爲。

機：[甲]1924 爲緣熏，[甲]1924 有染德，[甲]2036 金童玉，[明]101 爲骨聚，[明]185 上以天，[明]984 利机，[明]1425 地上應，[明]1435 不應受，[明]1486 上，[明]1641 等心及，[明]2102 枕寢興，[明]2112 而對曰，[明]2145 山頃之。

几：[宮]1486 寶器七，[明]2016 承足商，[明]1 案時女，[明]6 一切四，[明]2087 凡百庶，[明]2087 上，[三]152 持耳者，[三]375 復以七，[三][宮][博]262 案，[三][宮][博]262 承足，[三][宮]263 楊諸所，[三][宮]1428 淨洗應，[三][宮]1428 浴床若，[三][宮]1442 褥專念，[三][宮]1545 而待廣，[三]361 自然劫，[三]375，[三]945 迴，[三]945 引手於，[三]2154 側口授，[元][明]624 坐佛前，[元][明]664 杖困頓，[元][明]1425 上，[元][明]1425 信心故。

朹：[甲]1813 等亦有。

扎：[宋][元]、剳[明]2110 等經并。

瓵：[三][聖]1441 褥瓦器。

杖：[三]190 在菩。

枕：[宮]901 其像左，[三][宮][聖]1428，[三][宮]1428 上地敷，[三][宮]1507 都無愛。

枳：[甲]2035 昭宗。

肌

肥：[宮]2121 皴僂脊，[三][宮]607 肉盟血，[三][宮]611 肉稍盡，[三][宮]2121，[三][宮]2122 失天妙，[三]732 肉壞敗，[三]1579 髓腦膜，[三]2122 嗛腹若，[聖]210 縮死命，[宋][宮]2121 失天妙，[乙]2425 膚厚實。

飢：[宮]2121 餓，[明]664 膚，[明]2103 之膳古，[三][宮]2060 骨相。

几：[三][宮]2122 亦如。

亂：[聖]613。

朋：[宮]2103 減呻吟。

肉：[三][宮]2104 一言之。

顏：[三]2060 容損人。

劀

割：[甲][宮]2087 劀佛像。

剖：[甲]2087。

飢

飽：[三]、胞[宮]743，[另]1442 而取命。

餓：[宮]2122 渴累年，[甲]1203 死，[明]26 餓羸乏，[明]190 渴不惱，[明][乙]1092 饉，[明]99 若蚊虻，[明]1464 饉乞求，[明]2122 困衆生，[三]173 饉，[聖]425 不渴不，[元][明]158 饉之劫。

肌：[宮]2123 之饍古，[三][宮]746 肉離骨。

饑：[甲]2035 饉之難，[明]、飢渴餓飢渴因[聖]200 渴不能，[明]196 渴委厄，[明]1545 暫得食，[明]1546 渴夢中，[明]1595 渴至飲，[明]80 饉心不，[明]189 人遇百，[明]189 人終不，[明]190 儉如是，[明]190 渴，[明]190 者，[明]196 渴道化，[明]200，[明]200 餓時梵，[明]212 渴給以，[明]513 渴無所，[明]1421 乏故又，[明]1442 饉乞食，[明]1442 困當死，[明]

1509 寒惡虫，[明]1529 渴如蜂，[明]1662 饉時路，[明]2060 餒銜泣，[明]下同 1509 寒冷熱，[明]下同 1509 渴寒熱，[三][宮]736 渴不能，[三][宮]2123 饉世受，[三]199 餓大恐，[三]199 死，[元][明]156 饉穀米，[元][明]229 饉道菩，[元][明]468 饉種種，[元][明]下同 1435 儉比丘，[元][明]下同 1435 儉作是，[元][明]下同 1581 饉非人。

渴：[甲]1828。

餒：[三][宮]2102。

熱：[元][明]2060 冬則忍。

飲：[明]722 渴恒相。

飲：[甲][丁][己]2089 渴請檀，[明]293 渴衰羸。

踊：[三]154。

屐

跂：[聖]1425 梨車童，[聖]1509 摧五欲。

履：[甲]2227，[三][宮]1443 靴鞋及，[聖]1509，[另]1459，[宋][元][宮]1421 革屐不。

跂：[宮]657 及上寶，[三][宮]2122 價，[三]下同 1441 比丘當，[聖]1425 法者佛，[聖]1427 人說法，[聖]1436 不應爲，[石]1509 初已有。

庇：[三][宮]1466 說法突，[宋][元][宮]1464 不應爲。

屍：[三]、縱[宮]1470 入三者，[元]1425 并覆頭。

基

枅：[明]310 栱白玉。

碁：[宋][宮]、朞[元][明]2060 月道風。

機：[丙]2777 萬行之，[甲]1799 全破乘。

堦：[三]2104。

擧：[元]2016 諸佛之。

連：[原]2319 師意釋。

墓：[宮]2122 具述平。

其：[宮]2059，[甲]1723 隤，[三][宮]397 我，[三][宮]397 我反麼，[三][宮]2053 爲釋迦，[三]2122 塔見在，[另]1451 次安塔，[宋][元][宮]、一[明]397 犂反二，[宋]2060 欲於十，[宋]2088 左右小，[乙]2215 因明疏，[乙]1239 下遶壇，[元][明][宮]1579 神襲聖。

棊：[宮]2060 上氣發，[明]1644，[明]1644 道四門，[三][宮]1644 道四門，[三]984 栗，[宋][明]1644 道四門，[元]2060 連學人。

碁：[甲][乙]2194 趾巳，[甲]2087 大石，[甲]2290 圖畫方。

台：[乙]2391 大。

臺：[甲]1969 坐叉手，[元][明]373 坐叉手。

文：[三][宮]2109 祇園鹿。

敧

崎：[三][宮][另]1451 服。

攲：[明]1451 遮身而，[三][宮]1451 及下裙，[三][宮]1452 八副僧，[三][宮]1452 香泥污，[宋][元]、鼓[明]682 危如朽。

敁

敁：[三]1644 仄無有。

唧

唧：[甲]850 怛囉，[甲]1072 帝娑噂，[甲]1232 擬那野，[明]919 以，[明]931 多，[明]1000 多母怛，[元][明]1384 鉢蘭那。

郞：[乙]897 迦那花。

儒：[乙]867 唧。

質：[甲]1000 置，[明][甲]1175，[明][甲]1175 多，[三][甲][乙]1125 多母，[原][乙]、郞[丙]917 唧多。

箕

基：[宋][元][宮]2102 穎專有。

亢：[三]1300 四心五。

其：[三]2060 坐憲司。

蹟：[三]2110 踞父兄。

擊

喫：[三][宮]606 罪人罪。

狄：[甲]2129 反字林。

繁：[甲]1969 十萬億。

激：[三]1644 水之具，[元][明]2016 瀑水轉。

墼：[甲]2128 也或作。

繫：[甲][乙]1821 起故。

隷：[甲]2426 三喝無。

摩：[聖]2157 鼓大聲。

牽：[宮]542 耶祇頭。

設：[三]2122 以。

聲：[甲]2119 法鼓，[聖]1537 鼓放箭。

繫：[丙]2092 爲數段，[宮]1530 發鏡智，[宮]323 害不嬈，[宮]1545 火不應，[甲]2290，[甲]1830 發義習，[甲]1921 發煩惱，[甲]2261 發第八，[甲]2296 目互示，[明]、縛[宮][聖][石]1509 閉繫斫，[明]261 之，[明][宮]637，[明][石]1558 父母，[明][乙]1092 罰一切，[明]1421 甘露法，[明]1545 者便發，[明]1547 鼓吹貝，[明]1558 變生，[明]1563 動，[明]1563 動身引，[明]1648 搏現諸，[明]2122 火出霹，[明]2123 犍稚，[三][宮]1562 展轉相，[三][宮]1563 故生非，[三][宮]2122 如此非，[三][宮][聖]397，[三][宮]606 或口受，[三][宮]626 當念是，[三][宮]1463 牽向淨，[三][宮]1545 起故，[三][宮]1552 聖道故，[三][宮]1571 發生死，[三][宮]1674 身命良，[三][宮]2060 講，[三][宮]2060 贊生自，[三][宮]2123 阿須倫，[三]263 之捉其，[三]939 人或，[三]984 等願守，[三]1257 彼龍身，[三]1257 龍身亦，[三]1331 人魄鬼，[聖]279 無上法，[宋][宮]2060 其，[宋][元][宮]624 應時無，[宋][元][宮]1579 者所謂，[宋]270 大法鼓，[宋]992 掌歌讚，[宋]1130 穀而，[宋]2102 賞於譽，[乙]1822 起故今，[元]2016 但起波，[元][明][宮]1562 故生，[元][明]1545，[元][明]2060 稱爲法，[元]

1562 聲因而，[元]2122 於山，[原]1803 縛名自。

譏

譏：[甲]2792 過罪生，[甲]2792 嫌之事。

幾：[甲]2426。

稽

計：[三][宮]2060 多。

啓：[三][宮]401 首，[三][乙]1092 請，[三]154 首面見，[元][明][甲]951 召發願，[元][明][乙]1092 請觀世，[原]916 請章。

緝

輯：[三][宮]1579 天維散，[三][宮]2103 結一方。

葺：[甲]1799 綖敬儀，[元][明]190 家內所。

揖：[宮]2122 續毳時。

畿

城：[三][宮][甲]2053 見禁囚。

璣

機：[三][宮]2121 地獄五，[宋][宮]2122 稱。

機

撥：[甲]2434 無因果。

塵：[甲]2006 遠遠。

根：[甲][乙]1866 異解。

規：[原]、規[甲]2006。

國：[三][宮]2053 務繁劇。

杭：[甲]2261 於入正。

慧：[三]2059 道。

机：[宮]1428 傾倒地，[甲]1735 立壽即，[甲]1765 利益，[甲]1765 所説教，[甲]1786 乃舉六，[甲]2017 冥應若。

璣：[明]2076 不動寂。

譏：[宮]656 辯如族，[宮]2060 諫變適，[三][宮]2122 憤滋甚，[元][明]1692 嫌恥知，[原]、譏[甲]1781 小唯然。

幾：[甲]2036 分張太，[甲]2128 聲，[三][宮]2108 生禍亂，[三][宮]2122 契成大，[三]1543 者尚其，[三]2103 而盡諦，[聖]1421，[聖]1512 時出定，[宋][元][宮]2060 精窮理，[乙][丙]2092 以懌名，[元][明]2103 成，[元][明]2103 三疏向，[元][明]2103 通微妙，[元][明]2103 新學時。

境：[甲]1834 名爲應。

踞：[宋]、幾[元][宮]2102。

攞：[乙]2397 緑拔苦。

減：[甲]2261。

擬：[甲][乙][丙][丁][戊]2187 也如斯。

棄：[原]、捨[甲]2337 二乘名。

器：[甲]2335 之者不。

擾：[原]、擾[甲]1781 其心所。

任：[甲][乙]2396 緑未開。

攝：[甲]2271 用引信。

身：[甲]1728 但見一。

識：[甲][乙][丁]2092 通達過。

悟：[甲]2195 乎頓悟。

性：[甲]1709 類有五。

儀：[甲]2362 漸教漸。

義：[乙]2296 答二照。

柷：[甲]2261 在會故。

拽：[原]2409。

轉：[甲][乙]2328 有寛狹。

墼

繫：[聖]1435 間有。

甓：[三][宮]2040 縱廣三。

塹：[宮]1428 欲墮處，[宮]1509 又如木，[另]1428 若木頭，[宋][元][宮]1428 上草敷，[宋][元][宮]2122 變成瑠，[宋]26 彼。

戰：[甲]2039 則雷馳。

積

猜：[三][宮]2102 道自昔。

柴：[宮]1425 與華果。

稱：[宮]310 集無量，[甲]1828。

動：[明][宮]278。

頓：[乙]1709 集。

廣：[明]120 聚一彈。

慧：[宋]627 菩薩曰。

即：[甲]2006 功理契，[明]1507 彌。

藉：[甲]1785 聚如水，[三][宮]2121 來白尊。

計：[三]2110 有一十。

跡：[三][宮]288 而正，[三][宮]585 其於中。

績：[宮]263 顯著尚，[三][宮]

2059 及受具。

漸：[甲]、漸積[乙]1211 集福德。

精：[宮]579 行高廣，[三][宮]2102 無，[三]2145 誠曩代，[原]2271 要所以。

情：[甲]1964 未除定。

攝：[宋][元]1566 聚故如。

慎：[三][宮]2122 聞里內。

熟：[三]192。

薪：[三][宮]2121 其身上。

續：[甲][丙]2218 生答。

炎：[三]1982 佛南無。

移：[明]2131 性云，[聖]125 在乎地。

用：[明]1450 貯財物。

猶：[三]157 如大山。

於：[明]1538 受用子。

預：[三][宮]2102 奉淵謨。

責：[甲]2748 之辭何。

債：[三]2060 情歎，[聖]210 惡入火。

植：[甲]1929。

種：[甲][乙]2328 成爲性，[甲]1003 集無量，[明]293 集種種，[明]293 聚皆如，[聖][知]1581 聚攝無，[聖]397 集無，[聖]1579 集可愛，[宋][元][宮]1649 聚與禪。

諸：[三][宮]286 三昧乃，[三]157 功德山。

漬：[明]2154 無垢施，[三][宮][聖]627 修。

薪：[三]64 若彼穀，[三][宮]2058 薪耶旬，[三][聖]26 彼大錢，[三][聖]

26 居士於，[三]1 而火不，[三]1 火積，[三]1 燃以，[三]6 火至輒，[三]26 火在夜，[三]26 猶如大，[三]2063 薪引火。

激

隔：[三][宮]541 而死死，[三][宮]2121 欲死向。

擊：[明]2102 異端遂，[三][丙]1211 出和雅，[三][宮]639 發他人。

懈：[三]118。

擊：[三][聖]1440 勵懈怠。

傲：[宮]2060。

徼：[三][宮]2122 之間莫，[三]7 起，[三]206 修姦變。

教：[聖]1763 是則昔。

結：[三]185 即選國。

凝：[三]620 血氣發。

邀：[甲]2039 弘通令。

積

積：[聖]660 處坐，[宋][元]6 上而闍，[宋][宮]2060 欣然。

懈

傲：[三][宮]754 慢耽著。

激：[三][宮]1646 切若以。

禨

璣：[甲]2129 漢祖功。

擊

繫：[宮]1435 之牽是，[明]1442 撅，[宋][宮]2103 像者二。

繡：[三][宮]731 大嬰痛。

雞

谿：[乙]901 娑囉啅。

難：[明][乙]1254 支儞鬼，[三][宮]2122 生輒失，[三]1579 住於兩，[乙]2087 園僧伽。

野：[原]、鷄[乙][丙]1098 二合麼。

雉：[甲]1828 等用也。

鴠

鷂：[甲]2270 鳩行外。

鵵：[甲]1831 之斂羽。

譏

詃：[宋]、談[元][明][宮]2122 高僧之。

機：[宮]221，[甲]1763 嫌戒，[三][宮]310 宣慧二，[聖]1442 笑諸苾，[聖]1462 佛已如，[聖]1462 嫌生。

饑：[明]293 苦諸無。

幾：[宮]397 論如，[三][宮]443 光如。

戒：[宋]21 亦。

誡：[宋]、識[元]21 亦不毀，[宋]21 亦不毀。

謾：[元]847 嫌聲聞。

慊：[三][宮][聖]1425 云何沙，[聖]1425 云何沙。

識：[甲]1806 以猪狗，[聖]1544 毀，[另]1442 我等六，[宋]2149 復彰於，[原]1818 衆經歎。

説：[宮]1425 云，[甲]2269 苦樂此。

嫌：[三][宮]、慊[聖]1425 云何沙。

議：[原]1763 論第八。

饑

餓：[聖]157 鬼畜生，[宋][元]2061 之際揭。

軏：[宮]263 寒吾。

飢：[博][敦][煌]262 國來忽，[宮]263 乏求食，[宮]263 渴飽滿，[宮]263 渴負重，[宮]263 虛衆情，[宮]385 渴道飲，[甲]1763 人爲喻，[甲]2035 民，[聖]1721 饉世作，[聖]125 儉皆共，[聖]278 饉時一。

躋

儕：[宋][元][宮]2103 比肩。

濟：[三][宮]2102 之仁壽，[宋][元][宮]2103 仁壽引。

鷄

鴿：[三]1545 園等數。

鶴：[宮]2121 足山時。

雉：[宮]1545 覩，[宮]2060 肉自口，[三][宮]2060 隨，[三][宮]2103 鳳條分，[宋][元]2110 雄周大。

齎

持：[三][宮]2085，[三][宮]2104 靈寶眞，[聖]200 飲食各。

賜：[三][宮]2053。

貴：[三][宮]403。

賷：[甲]2261 竚目擊。

賣：[三][宮]2121 此鹿汝，[聖]1425 持華，[乙]2092 舍利骨。

齎：[宮][聖]279 中皆，[甲]2128 傳作賷，[明]、臍[和]293 佛所次，[明]2121 食但將，[三][宮]279 菩薩摩，[聖]376 法來詣。

臍：[宮]、齎[聖]279 中放大，[宮]1509 不，[三][宮]279 菩薩摩。

喪：[聖][另]1442 持供養。

賞：[甲]2006 以遍示，[聖][另]1442 勒。

索：[三][宮]2123 其價數，[聖]200 此花爲。

眞：[明]2034 來見道。

資：[三][宮]2122 安爲首。

羈

羈：[三][宮]1509 羈乘騎。

羈：[三][宮]2122 煩勞外。

羇

羇：[甲]2017 是非焉。

敬：[三]、部[宮]2123 折頭燋。

羈

縛：[三]190。

羈：[甲]1823 旅客二，[三][宮]2122 羈制想，[三]2087 旅，[三]2087 旅異，[三]2087 貧周給，[三]2087 遊履影，[宋][元]2061 鞅因入，[元][明]2103 旅感奚。

羈：[丙]2092 樂山愛，[三][宮]2059，[宋][元]2061 勒。

羈

羈：[三][宮]2102 旅如還，[三]2154 糜。

羈：[三]2145 見束教，[三]2145 時務而。

及

叐：[明]985。

拜：[甲]2285 四法八。

被：[三]152 逿邇。

彼：[明]1257 眞言。

變：[甲][乙]2309 化天唯，[甲]1778 無爲是，[甲]1782 寶方菩，[甲]2202，[甲]2261 現身土，[甲]2263 外處，[甲]2266 化神通，[甲]2266 金酪等，[甲]2266 似所詮，[甲]2305 似色等，[甲]2305 爲我相，[乙]2296 是故名，[乙]2309 骨鎖等。

并：[聖][另]1435 作汝分。

不：[宮]672 現於外，[三][宮]1545 與出家，[三][乙]1092 住二乘。

叉：[三][宮]379 餘諸聲，[聖]953 諸。

禪：[甲]1828 欲界後。

成：[甲]2217 佛身喻。

次：[丙][丁]866 畫金，[丁]866 畫所有，[甲][乙]2219 此文來，[甲]1828 解頌文。

達：[三][宮][聖]1421 遂往。

大：[甲]2291 闍梨，[三][宮]1458 小銅，[三]848 迅利。

逮：[三]152 劍爲明。

刀：[明]437 至爲諸。

得：[明]1552 小。

諦：[甲]1828 正斷寂。

度：[宮]656 諸法自，[明]264，[三]1593 成熟衆。

多：[三][宮][甲]901 說是。

哆：[三][宮]2121 寺與。

二：[甲]1736 安隱。

法：[宋][元]1604 大智大。

反：[宮]224 於聲聞，[宮]606 相隨則，[宮]310 禮聖衆，[宮]374 無常，[宮]461 邪之行，[宮]485 如是見，[宮]607 跳場驚，[宮]618 一切惡，[宮]657 還置此，[宮]1435 爲彼故，[宮]1509 造色三，[宮]1562 人天是，[宮]2122 來世永，[甲]、一及[宮]1579，[甲]、－[乙]1724，[甲]1820 損衆生，[甲]2035 重衣即，[甲]2255 起相生，[甲][乙]1822 上三邊，[甲][乙]1736 覆相成，[甲][乙]1816 著涅，[甲][乙]1821，[甲][乙]1822 是盡，[甲][乙]2254 難以過，[甲][乙]2263 異識必，[甲][乙]2296 妄，[甲]853 破壞作，[甲]893 此，[甲]1709 結非，[甲]1709 顯無爲，[甲]1719 隨物輕，[甲]1736，[甲]1816 十地位，[甲]1816 釋何以，[甲]1828 解，[甲]1830 非囂動，[甲]1912 棄而不，[甲]2128，[甲]2128 或作鋸，[甲]2128 聲下雙，[甲]2128 說文粟，[甲]2255 者即而，[甲]

2266 八信，[甲]2266 化受用，[甲]2266 青爲黃，[甲]2266 殊勝惠，[甲]2266 修習力，[甲]2270 立論主，[甲]2381 外道若，[甲]2778 明常住，[明]221，[明]1450 諸婇女，[明][宮]670 詰問，[明]291 淨居天，[明]894 鉤左手，[明]1523 涅槃故，[明]1636 餘比丘，[三][宮][甲]901 被殃害，[三][宮]227 詰責者，[三][宮]263 轉增劇，[三][宮]342 計有常，[三][宮]589 倚禪，[三][宮]606 見謂爲，[三][宮]606 見一城，[三][宮]729 律之雜，[三][宮]768 得重，[三][宮]813 懷若干，[三][宮]1459 鼻唯，[三][宮]1571 俱名諦，[三][宮]1647 此三義，[三][宮]1647 苦譬如，[三][宮]2059 張奴與，[三][宮]2103 其致匪，[三][宮]2121 墮地獄，[三][宮]2121 縛於魔，[三][乙][丙][丁]865 於口，[三]26 念不向，[三]397 說淺事，[三]1301 與我結，[三]1424 說餘部，[三]1484 照見一，[三]2063 元嘉六，[聖][另]342，[聖]1421 粥怛鉢，[聖]1425 自讚歎，[聖]1723 頂而出，[聖]1763 之，[聖]1763 質責之，[另]1721，[另]1721 力無，[宋]220 我所由，[宋]1545 初二靜，[宋][元]、返[明]186 本，[宋][元]1579 斷滅勝，[宋][元]1602 受用，[宋][元][宮]2104 至如何，[宋][元]1541 業隨轉，[宋][元]1558 苦集世，[宋][元]2109 養生濟，[宋]211 意，[宋]553 作音樂，[宋]653 大神音，[宋]721 餘業報，[乙]1086 印刺於，

[乙]2157 婁陀怒，[乙]2296 庶莫假，[乙]2376 難可建，[乙]2878 如此之，[元]837 以夢見，[元][明]26 念不向，[元][明]1331 作不善，[元][明]1421 轉，[元][明]1602 出世道，[元]1425，[元]1428 藥著口，[元]1428 衆僧多，[元]1545 離一品，[元]2108 無子，[元]2110 宗廟蒸，[原]、[甲]1744 異故名，[原]1776 望從來，[原]1776 責就初，[原]2271 由因喻，[原]1776 報捨此，[原]1776 問汝豈，[原]1776 欲毀壞，[原]1851 身如佛，[原]1851 照自己，[原]2248 流生，[知]266 大道意。

返：[甲]2748 報則不。

非：[乙]2261 愧取。

佛：[明][乙]1133 一切諸。

父：[聖]663 王國土，[宋]664 王國土，[知]1785 王國土。

縛：[甲]2263 麁。

各：[甲]853 密印如，[三][甲]901 自清齋，[三]2145 一卷無。

根：[元][明]1563 前三根。

故：[宮]1451 至盛，[甲]2250 軌，[甲]2266 不正煙，[明]985 牛膝草，[三][宮]1522 諸佛法。

顧：[三]、傾[宮]2059 何以旌。

後：[乙]1723。

化：[甲]1736 法二皆。

灰：[甲]2339 身滅。

或：[明]789 安臂，[三][宮]1442 癡狂心，[聖]663 以一。

芨：[甲]2196 興云帝。

汲：[宋]1435 僧食訖，[宋]2106 澄亡安，[元][明]384 無量阿。

即：[甲]1969 因位容，[明]883 瞻仰，[明]2122 寶臺也，[原]2271 違共現。

極：[明]1421 後坐而，[明]1545 未離欲，[三][宮]2066 是知麟。

集：[三]192 五穀。

加：[甲][己]1958 相與俱。

兼：[甲][乙]1822 違捨壽。

見：[甲]997 供養此，[明]1542 彼相應。

皆：[明]893 作曼。

今：[宮]895 生驢欲。

經：[三]2059 一卷無。

具：[明]158。

了：[聖]397 知衆生。

力：[甲]2801 決定勝。

令：[三][宮]673 諸聲聞，[三]1579 生。

錄：[三][宮]2034 寶唱。

曼：[三]512 命存在，[宋]5 佛在時。

乃：[東]643 往林中，[宮]309 與他人，[宮]1425，[宮]1428 所生，[宮]1509 觸觸能，[宮]1804 多事現，[甲]1717 開權實，[甲]1735 起勝行，[甲]1782 極顛倒，[甲]2035 吾入城，[甲]2083 受罪事，[甲]2313 分大小，[甲][乙]2391 至供養，[甲]893，[甲]895 成所謂，[甲]1229 可與他，[甲]1333 以米酒，[甲]1775 諸邪見，[甲]1816 伏分別，[甲]1816 攝伏心，[甲]1816

至佛果，[甲]1828 名所依，[甲]1830
聖有學，[甲]1830 時等遍，[甲]1830
緣起經，[甲]1863 初二地，[甲]1863
菩提，[甲]2035 令行方，[甲]2068 畢
供養，[甲]2068 解放於，[甲]2068 妻，
[甲]2196 八卷云，[甲]2250 不可説，
[甲]2261，[甲]2261 五度等，[甲]2266
部行獨，[甲]2266 解二量，[甲]2266
取本對，[甲]2266 瑜伽本，[甲]2266
至廣説，[甲]2270 至相符，[甲]2401
至滿落，[甲]2414 至地獄，[甲]2414
至諸，[甲]2434 三種世，[甲]2434 唯
有自，[甲]2775 後秦也，[明]244 諸
菩薩，[明]2030 勅其身，[明][乙]994
誦眞言，[明]81 不決定，[明]201 以
空貴，[明]201 諸，[明]1225 轉輪寶，
[明]1450 得餘法，[明]1595 如來一，
[三]193 至諸虫，[三]361 爾時有，
[三]1566 至起滅，[三][宮]1522 得菩，
[三][宮]1545 離初靜，[三][宮]2059
解放於，[三][宮]225 至，[三][宮]310
班宣是，[三][宮]310 至未證，[三]
[宮]374 至多燈，[三][宮]376 至須臾，
[三][宮]519 昔摩，[三][宮]606 令長，
[三][宮]638 至補，[三][宮]657 獲甚
深，[三][宮]748 以，[三][宮]1545 以
利根，[三][宮]1584 至盡壽，[三][宮]
1599 淨若有，[三][宮]1648 至將送，
[三][宮]2040 大士應，[三][宮]2053，
[三][宮]2060 至盧阜，[三][宮]2060
終相因，[三][宮]2085，[三][宮]2102
不憶相，[三][宮]2121 至於斯，[三]
[宮]2122 起笑曰，[三][宮]2122 入，

[三][宮]2122 至樓至，[三][宮]2122
至三界，[三][宮]2123，[三][甲]1229
至七遍，[三][聖]125 能於怨，[三]25
大割截，[三]88，[三]125，[三]186 使
最尊，[三]201 於今者，[三]203 以種
種，[三]224 至阿惟，[三]291 至緣
覺，[三]375 至多燈，[三]460 於愛
欲，[三]682 心境界，[三]793，[三]
895 自損外，[三]1013 逮深忍，[三]
1161 至論，[三]1211 功德付，[三]
1331 致於鳳，[三]1340 有如是，[三]
1519 以醍醐，[三]1646 煖等，[三]
1667 以，[三]2106 期未至，[三]2122
以大，[三]2122 幽顯同，[三]2123 以
解，[三]2145 受具戒，[三]2149 從舅
學，[三]2149 後開顯，[三]2154 於，
[聖]221 轉法輪，[聖]157 能作是，
[聖]190 至無常，[聖]210 時可歎，
[聖]271 孝順供，[聖]1425 大會供，
[聖]1721 等賜大，[另]1509 菩薩以，
[石]1509 斷一，[石]1509 菩薩心，
[石]1668，[宋]220 意觸意，[宋][宮]
421 不分別，[宋][宮]2043 十，[宋]
[元][宮]2104 邊境亡，[宋][元]309，
[宋][元]1563 至親中，[宋][元]2154
學士等，[宋]157 發阿耨，[乙]2215
一切智，[乙]1723 所，[乙]1816 指鬘
等，[乙]1832 有德者，[乙]2157 杖錫
東，[乙]2396 三摩地，[乙]2434，[元]
[明]374 其產時，[元][明]397 知三
道，[元][明]1462，[元][明]1517 色自
性，[元][明]1523 以次法，[元][明]
2121 至優波，[元]397 能調伏，[原]、

以下三字叵解 2216 圓相頭，[原]
1212 僕從怜，[原]1212 至，[原]1818
取鷲山，[原]1819 龍樹菩，[原]1863
釋法華，[原]1863 在説四，[原]2196
四十心，[原]2196 至人中，[原]2208
名觀者，[原]2271 至法差，[知]555。

惱：[三][宮]1592 盡諸佛。

能：[明][乙][丙]870 破一切。

女：[聖][另]790 國人。

皮：[三][宮]1442 服，[三]1006
藥也及。

起：[聖]397 一切。

欠：[乙]950 多聞。

求：[三]2122 人短九。

取：[甲]1847 識等皆。

人：[元]670 世論者。

如：[甲][乙]1822 默然入，[明]
220 法如幻，[三][宮]1509 日亦如，
[聖]1488 一相功。

入：[三][宮][聖]1549 滅盡三，
[三][宮]671 虛空，[三][宮]1601 無
攝，[聖][另]1431 外道食，[原]、變
[甲]2261 中陰此。

若：[宮]635 諸法本，[明]276 滅
度後，[明]1457，[明]1595 未有義，
[三][宮][聖]1544 住非，[三][宮]276
滅度後，[三][宮]1425 誘去若，[三]
[宮]1435 餘事恐，[三][宮]1442 看布
陣，[三][宮]1458 聾盲無，[三][宮]
1544 住非律，[宋]374 佛塔猶，[元]
[明]1509 天若揵。

捨：[三][宮]669 諸煩。

涉：[三][宮]2059 交廣並。

生：[三][宮]813 如是，[原]1851
起六識。

聲：[三]2060 而相似。

時：[乙]2390 誦時偈。

世：[宮]397 斷常。

是：[明]1552 生梵天。

受：[明]1545。

雙：[乙]1744 今凡有。

水：[元][明]431 火等。

隨：[聖]99 時奉養。

天：[三][宮]1581 畜生餓，[聖]
279 法而行。

外：[宋][元][宮]1435 淨。

萬：[甲]1816 義聞已，[三][宮]
1646 五阿浮。

王：[三]26 末利皇。

爲：[甲]2305 彼依境，[甲][乙]
1822 還滅故，[甲][乙]1822 火等壞，
[甲][乙]1822 據牽生，[甲][乙]2396
論，[三]1562 非理作，[三]1611 無漏
業，[元][明]1611 依，[原]、[甲]1744
佛因不。

無：[甲]2253 隨，[三]1551 無漏
彼，[元][明]1594 諸如來。

吸：[三][宮]397 其精氣。

心：[甲]2227 數法種。

行：[三]311 善賢諸，[原]1796。

性：[甲][乙]2261 以無相。

匃：[宮]497。

衣：[三][宮]、－[另]1428 糞掃
衣。

依：[明]1588 種種因。

夷：[乙]2157 三族親。

以：[三][宮][聖]1552 不淨果，[元][明]1579 無菩薩。

亦：[明]2123 毀戒，[三][宮]1506 裁衣但，[三][宮]1544 此無表，[三][宮]1544 語業謂，[三][宮]1552 世俗等，[三][宮]1552 有依，[三]375 無滅。

義：[聖]2157 唯識論，[乙]1736 引莊子。

應：[聖]649 爲衆生。

友：[宮]1597 隨信行，[甲]1724 諸獨覺，[甲]2266 教亦成，[三][宮]657 諸，[宋]385 汝音可。

有：[甲]1828 善，[原]1780 若無等。

又：[宮]310 以如來，[宮]716 不動行，[甲][乙]2261 中有生，[甲]2052 大毘婆，[甲]2195 智惠者，[甲]2270 有，[甲]2300 此部主，[明]189 以事火，[明]228 先方便，[明]316 餘一切，[明]262 見滅度，[明]676 毘鉢舍，[明]896 於有情，[明]1096 善哉聲，[明]1392 明呪術，[明]1530 無量時，[明]2121 黑沈水，[明]2154 法上錄，[三]1545 起後，[三][宮]1521 於餘時，[三][宮]1552 不壞緣，[三][宮]1579 起總謗，[三]264 見諸天，[三]1579 喜貪俱，[乙]2249 於中間，[乙]2390 權僧正，[元][明]1545 除煩惱，[元][明]1579 出家衆，[元]1525 無爲法。

於：[乙]1069 沙門婆。

輿：[三][宮]383 妻子。

與：[甲]1736 無愧。

緣：[甲]1828 相分熏。

造：[三]1579 隨一種。

者：[宮]2121 口中蘇，[明][和]293 咸能作，[三][宮][聖]383 賢聖之，[三]310 聽者皆。

支：[乙]2393 佛聲聞。

知：[三][宮][聖]376 如來爲，[三]125 假使汝，[元][明][聖]664 五濁惡。

至：[甲][乙]1822，[三][宮]2122 城中掃。

諸：[三][宮][甲]2053 僧各歸。

走：[宋][元]2122 來尋之。

足：[宮]1605 餘蘊界，[宋]1443 僧就舍。

伋

俊：[三][宮]2103 歆等讐。

吉

惡：[原]1311 吉八月。

告：[宮]384，[宮]325 勝智菩，[宮]1500 羅法是，[宮]1549 相應因，[宮]2122 談無得，[甲][乙]1821 何反唐，[甲]2087 達鄉國，[甲]2250 祥故從，[明]2016 大臣如，[三][宮]1521，[三][宮]2122，[三][聖]125，[聖]1509 菩薩觀，[聖]1509 五衆亦，[聖]125 護比丘，[另]1428 利或誦，[宋][宮]674 彌虫行，[宋][元]2058 迦夜共，[元][明]192 福，[元]375 隨，[元]1007 者入是。

古：[甲][乙]1141 底，[甲]1736
魯五姑，[甲]2157 録云幻，[三]190
事喜樂，[三]1331 龍王攬，[聖]99 瑞
必是，[宋]、言[明]2154 法驗一。

害：[明]1087。

浩：[甲]、告[乙]2261 羅罪雛。

咭：[甲]2173 迦夜。

髻：[甲][乙]2390 羅刹王。

結：[甲]1805 界不開，[乙]1171，
[元][明]658 實澄。

緊：[三][宮]402。

苦：[甲]974，[明]410 相常見，
[宋][明]410 相發。

去：[甲][乙]1098 蘇多耶，[甲]
909 反，[明][甲]1177，[三]、一[宮]
1435 若彼處，[三][宮]1505 食施名，
[聖]190 至住在，[聖]210 還親厚，
[聖]1464 雨水，[原]1212。

善：[三][宮]1435 角廣且。

失：[原]1768 今。

十：[元][明]2153 善十惡。

時：[三]1331 必好莫。

世：[宮]1435 羅。

書：[元][明]、去[宮]443 豉反，
[元][明]443 豉反。

王：[三]1348。

喜：[甲]1782，[三]186 皆奉行。

祥：[原]1782 利用超。

凶：[原]1311。

言：[甲]1782 是疾至，[明]1635
祥正使，[明]1217 善之人，[乙]2157
法驗一。

音：[乙]1909 佛南無。

云：[甲]908 反。

者：[甲]2255 當斷汝，[明][宮]
397，[三][宮]2122 利多。

枳：[三][甲]1033 帝濕嚩。

周：[甲]2176 藏載兩。

岌

屵：[甲]1772 然。

笈：[三][甲]901。

汲

波：[甲]2266 郡林慮，[三][宮]
282 水時心，[三]1 毗在波。

給：[明]261 水採薪，[三]2122
水。

及：[明]618 深井瓶。

伋：[三][宮]2102 無。

級：[甲]2053 引四生，[甲]2068，
[聖]1442 引遂令，[宋][元][宮]1537
水女人。

即

阿：[甲]1735 全。

印：[聖]613 文炳然。

便：[甲]2274，[甲][乙]2250 闕
也，[甲]1782 得勝定，[甲]2266 成大
過，[三][宮]1425 許便，[三][聖]172
持牛頭，[三]118 執劍趣，[三]203 命
終生，[聖]157 持利刀，[乙]2219 爛。

別：[甲]2354 所被之。

不：[甲]1736 得通者，[甲]2428
經十六，[宋][元]397 能具足。

初：[甲]2266 障即是，[三][宮]

2060 位凡二。

此：[甲]1909 世恩遍，[三][宮]2060 敷演度，[三][宮]2123，[聖]1818 是授。

次：[丙]1132 觀淨月。

從：[三]125 受其教。

大：[聖]227 歡喜作。

且：[甲]1961 如韋提。

但：[三]1564 是受。

當：[甲]1736 第一故，[三][宮]1451 說婆羅，[宋][元]228 得般若。

得：[甲]1828 修也由，[甲]2195 大教亦，[明]1515 一非是，[三][宮]2121 平復即，[元][明]374 至寶渚。

第：[乙]1736 四通他。

斷：[甲]1828 人執相，[原]1851 不異不。

多：[甲]1736 受苦報。

而：[宮]279 說頌言，[宮]681 說偈言，[甲]1841 無即解，[甲][乙]1822 此六法，[甲][乙]1822 無男相，[甲][乙]1822 狹正理，[甲][乙]1822 顯，[甲]1202 得安樂，[甲]1731 不見木，[甲]1731 一句一，[甲]1781 成佛也，[甲]1781 問言居，[甲]1813 驅使者，[甲]1828 說和合，[甲]1911 著，[甲]2266 爲自性，[甲]2317 彼論文，[甲]2317 立意，[甲]2317 爲八段，[甲]2317 依主釋，[甲]2339 不別說，[明]165 至，[明]1546 從座起，[三][宮][聖]397 發菩提，[三][宮]1425 說偈言，[三][宮]2122 說呪曰，[三]99 說偈，[宋][宮]2121 飛往爲，[乙]1821

不現行，[乙]2381 是道場，[乙]2396 是常羞，[元][明]310 作是念，[元][明]99 說偈言，[元][明]2122 不肯。

二：[甲]1705 先結所，[甲]1736 門爲，[乙]1724。

方：[宮][另]1458 令三遍。

弗：[三][宮]2066 林邑國。

佛：[三][宮][聖]1425 語大愛，[三][宮]2122 成道已。

復：[宮]1421 具以事，[明]1421 以偈答，[三][宮]1425 於狼前，[三][宮]1435 共同道，[三]211 說偈言，[三]375 白佛言，[聖]2157。

剛：[甲]、剛[甲]1782 常見外。

各：[甲]1733 爲，[三]1 自念言。

艮：[甲]2217，[甲]2400 那羅延。

更：[乙]1822 有多種。

功：[甲]2266 德靜慮。

古：[甲]2218 業也△。

故：[甲]1736 有八地。

歸：[乙]1736 以香顯。

鬼：[三]100 言我欲。

果：[甲]2195 遠行地。

還：[三][宮]671 下人間。

好：[元][明]1421 便。

合：[甲]1841 相符極。

何：[甲]1141 障生也，[甲]1512 釋言彼。

許：[甲]2271 此因即。

互：[原]2271 舉一義。

獲：[聖]375 得阿羅。

唧：[丁]2244 怛羅細，[甲]1913 鳥空而。

積：[宋][元]1006 當與八。

及：[甲]1751 本性及。

即：[甲]1733 是心有，[明]2076 大眾久。

疾：[明]1435 馳往白。

既：[丙]1832 各三品，[宮][甲][乙][丙][丁][戊][己]1958 命終已，[宮]866 現說密，[宮]1421 詣王，[宮]2034 表後佛，[宮]2040 率，[甲]、原本傍註曰疏異本 2281 云既，[甲]1789 有無生，[甲]2262 與此論，[甲]2271 他意許，[甲]2337 熏眞如，[甲][乙]856 施供養，[甲][乙]1866 具四義，[甲]1110 說眞，[甲]1717 空假，[甲]1717 人天此，[甲]1724 趣大非，[甲]1733 盡更無，[甲]1763 謂失之，[甲]1795 有八萬，[甲]1801 是全法，[甲]1811 別，[甲]1816 說彼非，[甲]1830 以此理，[甲]1912 云憶憶，[甲]1924 能治所，[甲]1960 一一呼，[甲]1965 敷已開，[甲]2012 是引，[甲]2068，[甲]2196 在因位，[甲]2263 依，[甲]2266 聞小教，[甲]2270 汝法中，[甲]2270 是兩喻，[甲]2270 是相分，[甲]2274，[甲]2274 有法上，[甲]2274 緣於，[甲]2296，[甲]2299 舉四論，[甲]2300 乖本旨，[甲]2337 至告曰，[甲]2339 非眞實，[甲]2339 異犢子，[甲]2339 約三界，[甲]2400 想入心，[明][宮]276 自受持，[明][和][內]1665 知，[明]156 失，[明]1562 沙門此，[三]203 到，[三]220 無生無，[三][宮]、－[聖]1563 於彼，[三][宮]1442，[三][宮]1562 說定有，[三][宮]1563 通有漏，[三][宮]1571 除自宗，[三][宮]2122 使鬼神，[三][宮][聖]425 夜然，[三][宮][另]1442 至門所，[三][宮]553 取食之，[三][宮]606 覺之是，[三][宮]627 耆宿素，[三][宮]657 出家已，[三][宮]689 作是念，[三][宮]1442 禮足已，[三][宮]1442 至彼已，[三][宮]1443 至其所，[三][宮]1451 見問言，[三][宮]1451 乞食已，[三][宮]1509 感結三，[三][宮]1563 作是言，[三][宮]1571 用味等，[三][宮]1571 有實起，[三][宮]1626 與如是，[三][宮]2040 嫌恨太，[三][宮]2042 到園所，[三][宮]2049 明思惟，[三][宮]2060 坐判事，[三][宮]2102 形神之，[三][宮]2102 云神與，[三][宮]2105 得勅，[三][宮]2121 往忽然，[三][宮]2122，[三][宮]2122 詣林中，[三][宮]2123 畢墮畜，[三][聖]643 調伏時，[三][聖]643 附近已，[三]153 於中路，[三]186 知行安，[三]397 到彼已，[三]418 見十方，[三]1340 入如是，[三]1424 無過隱，[聖][甲]1733，[聖]189，[聖]1788，[另]1442 便種種，[石]、已[高]1668 諸刺木，[石]1558 能燒如，[宋]23 無烟矣，[乙]1723 作是化，[乙]1736 云二月，[乙]1816 起煩惱，[元][明]153 得救拔，[元][明]664 命終已，[元][明]1442 從座起，[元][明]2060 有斯異，[原]2347，[原][甲]1825 得以空，[原]2208 言專依。

跡：[三]2088 猶存焉。

間：[中][乙]1821 唯有彼，[乙]1821 不。

見：[三][宮][聖]1428 問言何。

將：[甲]1828 如。

皆：[甲]1912 除譬聞，[甲]2196 取故下，[明]1336 從如願，[明]2122 變爲人，[宋][元][甲][丙]1076 得滿足。

節：[宮]1703 文意由，[宮]2034 合七八，[甲]2035 隨現沙，[甲][乙]1250 以，[甲]1103 並二大，[甲]1708 初之一，[甲]1782 猶如何，[三][宮]2059 留齊之，[乙]1723 麻，[元][明][宮]397 生或有。

解：[乙]1254 歡喜若。

界：[甲]2400 用，[甲]2400 瑜伽蓮。

借：[甲]1912 中論四。

今：[甲]2275 以前因，[三][宮]2121 彌勒是，[乙][丙]2397 第五義，[原]2271 助一釋，[原]2271 此能立。

進：[三]202 路城中。

就：[甲]2227 初也亦。

具：[甲]2274 故得爲。

卷：[甲]1828，[原]2271 云以除。

郡：[甲]1709 七文別。

可：[甲]1736 知疏然。

恐：[甲][乙]1822，[甲][乙]1822 煩不，[甲]1841 理。

叩：[宮]310 共相娛。

來：[宮]1435 便出來。

郎：[甲]2035 苦風，[甲]2128 得

反說，[甲]2129 霄反爾，[甲]2219，[明][宮]1610 見瓶王，[明]2154 賢愚之，[宋][元]2061 鬼神所。

立：[甲]1268 差若欲。

良：[甲]2219 證，[甲][乙]2296 由妄想，[甲]2296，[乙]2246 有以也，[原]1818 無四種。

兩：[甲]1731 彼二乘，[明]201 說偈言。

聊：[三][宮]2121 爾相試。

臨：[明]2123 以十斤。

令：[原]1818 明。

論：[甲]2261 是無記，[乙]2263。

馬：[三][宮]2122 是也但。

卯：[甲]2036 時焚燒。

名：[甲]1705 滅諦，[原][甲]2250 有法前。

明：[甲]1733 結，[原]、明[甲]2006 用忘機。

命：[甲][乙]1822 有與願。

磨：[元][明]152 滅。

目：[聖]、自[甲]1733 前般若。

那：[宋][元]、邪[明]671 能勝彼。

乃：[甲][乙][丁]2092，[甲]2230 是淨飯，[甲]2266 盡名一。

能：[甲][乙]1866 得發心，[元][明]2016 發業。

其：[甲]1841 法差別。

起：[三]2121 諸陋患。

卿：[明]1450 於河岸，[三]2121 諸大。

取：[甲][乙]2218 幻者彼，[甲]1805 者非也，[三][宮]1453 咬嚼爲，

[三][宮]1558 十二處，[三][甲]1228
井華水，[三]156 以天衣，[石]2125，
[原]2196 初也爲。

拳：[甲]2410 大智釼。

却：[宮]638 以至心，[明]2076
進前丹，[三]190 時守門，[三][宮]
760，[三][宮]1428 還其家，[三]184
七日，[宋][元][宮]1670 入王室，[宋]
[元][宮]1425，[乙][丙]2089 至下，
[乙]1736 如琉璃，[乙]1736 入世俗。

人：[三]375 答言我。

如：[甲]1736 論第九，[甲]1881
如名大，[明]2076 菩提自，[三]419
能問得，[三]2122 騎象安，[元][明]
721 以聞慧。

入：[原]2339 今此相。

若：[三]489 現神通。

三：[甲]1736 無訶相。

身：[宮]888 表示金，[甲]1158
呪，[甲]2266 是貪故，[甲]2394 爾時
不，[乙]1821 有法前。

甚：[三][宮]1425 大憂悔。

生：[明]2123 信敬心。

昇：[甲]2337 時。

師：[宮]1809 欲行者，[宮]2034
興，[甲]1736 瑜伽八，[甲]1821 結也
應，[甲]2036 與受具，[甲]2266 明諸
呪，[甲]2274 意許常，[明]717，[三]
[宮]2122 將，[聖]1428 嫌言沙，[另]
1451 欲辭出，[元][明]2045 事我身。

食：[三][聖]1441 便命終。

時：[甲][己]、則[丙]1958 前者
修，[三][宮]1458 應可心。

始：[甲]2214 五明。

世：[宮]310 不復墮。

是：[丙]2396，[甲][乙]2223 念不
退，[甲]1705 集，[甲]1731 舍那本，
[甲]1736 泥洹是，[甲]1922 三三昧，
[甲]2006 法身智，[甲]2219 煩惱魔，
[甲]2219 速疾神，[甲]2229 名蓮花，
[甲]2230，[甲]2250 制量過，[甲]2305
別，[明]2106 依言但，[三][宮]223 時
菩薩，[三][宮]461 印無所，[三][宮]
553 覓乳母，[三][宮]1425 名作淨，
[三][宮]1522 時所有，[三][宮]1546 彼
非學，[三][宮]1613 印持義，[三][宮]
2034 第，[三][宮]2122 名退道，[三]
1548 增上緣，[乙]1736 報化下，[乙]
1736 初門，[元][明]2122 依言但。

釋：[甲]1828 六度前，[甲]2371
此意也。

手：[聖]227 執利刀。

受：[聖]1435 從座起。

説：[甲][乙]1816，[甲]1731 居葉
上。

巳：[三][宮]2123。

四：[甲]1784 假觀成。

速：[甲][乙]1258，[甲]2399 獲
成就，[甲]2400 獲佛自，[甲]2428 證
大覺，[三]157 得解了，[原]2410 證
菩提。

遂：[甲]1750 裂其身，[三][宮]
1462 大。

所：[宮]2121 興四兵，[甲]2271，
[原]920 施能割。

體：[乙]1736。

退：[甲]1700，[三][宮]380 時授其。

外：[乙]1822 四界或。

往：[聖]1428 白。

望：[甲]2195 不同各。

唯：[聖]1579 彼定相。

爲：[甲]1735 無盡約，[甲]1736 菩提，[甲]1828 説有所，[乙]1724 所感略。

未：[宋][元]397 能破壞。

謂：[甲][乙]1866 如來藏，[甲][乙]2396 修因行。

問：[三][宮]2122 言昨夜，[聖]1788 障。

臥：[甲]2255 灰土木。

無：[甲]1708 彼能斷，[甲]1708 此經中，[甲]1708 難勝是，[甲]1708 總標十，[甲]1708 總結如，[甲]1839，[明]1616 相眞如。

悉：[宮]221 是滅法。

下：[甲]2274。

顯：[甲]2270 能所。

限：[宋]1545 意識。

邪：[另]1522 因。

性：[甲][乙]2219 同。

序：[甲]2335 分正宗。

尋：[三]、即語大臣念已即白大臣言[聖]200 語大臣，[三][宮]817 滅除男，[三][聖]1441 便令終，[三]193 許與體，[三]203 赴王命，[三]203 時，[三]638 時踊躍。

演：[和]293 説妙偈。

仰：[三]202 語樹神。

耶：[宮]901 發阿耨，[甲]1512 答佛説，[甲]1724 答有，[甲]1724 談昔意，[甲]1735 此能入，[甲]1736 天台意，[甲]1924 攝一切，[甲]1969 若謂小，[甲]2270 答意云，[明]2131 爲過麁，[三][宮]1435 反戒耶，[三]1228 以金剛，[聖]1428 問彼人，[宋]1442 遠去何，[元][明]155 受五戒，[原]920，[原]1731 然其所。

一：[甲]1736 如法，[乙]2092 解珠網。

以：[宮]448 發意，[乙]2397。

亦：[甲]1782 隨愈賛，[甲]1811 得爲緣，[甲]1929 是此經，[三]220 非自性，[原]1248 塗脚。

異：[三]1564 亦不，[聖]1763 三世所。

意：[甲]1842 由與和。

因：[甲]2266 緣非恒，[宋][元]125 白王言。

印：[宮][丙][丁]848 以大慧，[宮]2034 興三寶，[甲]1805 手經又，[甲]2039 祖師明，[甲]2128 章古名，[甲][丙]2397，[甲][乙][丙]2396 三重曼，[甲][乙]1204 金剛合，[甲][乙]2391 非法，[甲][乙]2391 爲中院，[甲][乙]2391 以表承，[甲][乙]2396 咒藏也，[甲]909 相交右，[甲]912 方座但，[甲]1030 是若著，[甲]1238 是，[甲]1709 結於中，[甲]1735 不同，[甲]1735 現萬機，[甲]1736 西，[甲]1805 本以前，[甲]2214 所謂五，[甲]2299 字有無，[甲]2323 順，[甲]2390

前無堪，[甲]2401 得南方，[明][甲]1177，[明]1299 畜生，[三][宮]888 相幖幟，[三][宮]244 證如，[三][宮]882 智一切，[三][宮]883 於一年，[三][宮]1428 可之從，[三][宮]2053 得菩提，[三][乙]1146 誦眞言，[三]1005 成，[三]1033 安，[三]1056 得於一，[三]1200 於此地，[宋]1092 證神通，[乙][丙]1141 如國王，[乙]1132 便降本，[乙]2391 八方天，[乙]2391 不空，[乙]2391 二手，[乙]2391 金剛焚，[乙]2408 是尊勝，[元][明]901 困若欲，[元][明]2016，[元][明][甲][乙]970 作佛心，[元][明]484 可是名，[元][明]882 得大士，[元][明]2016，[原]1067 著胸臆，[原]920，[原]957 以，[原]1064 王菩薩，[原]1112 以二羽，[原]1700 廣辨其。

有：[甲][乙]1822 正，[甲]1708 初也順，[甲]1708 此下文，[甲]1708 第一，[甲]1708 明慧謂，[甲]1708 三善根，[甲]1733，[甲]1733 是一切，[甲]1816 四因一，[甲]1854 四節明，[甲]2219 如幻三，[甲]2270 三學也，[甲]2270 之相其，[甲]2297 清淨佛，[甲]2313 智人遮，[甲]2814 此差殊，[三][宮]401，[元][明]1547 受如薩，[原]1863，[原]2271 實德業。

於：[宮]866 彼薄伽。

與：[甲]1225 齊畢，[明]220 色界眼。

元：[原]1842 非。

願：[三]99 自扶杖，[原]1829 種姓。

則：[丙]2211 諸有情，[丁]1831，[高]、以下混用 1668 是略説，[高]1668 有不見，[高]1668 出其聲，[高]1668 有四門，[高]混用 1668 此門中，[高]下同 1668 是根本，[高]下同 1668 有二門，[高]下同 1668 有三種，[高]下同 1668 有四過，[宮]310 爲世間，[宮][聖]397 滿尸羅，[宮]384，[宮]1912，[宮]1998 半瞎半，[宮]2112 辯矣疑，[甲]、－[乙]1929 得實故，[甲]、即[甲]1782 便攝受，[甲]952 污觸隨，[甲]1718 遺傍人，[甲]1782 此眞如，[甲]1782 爲八，[甲]1846 不現妄，[甲]1852，[甲]2186 我病生，[甲]2196，[甲][乙]2259 常樂我，[甲][乙][丙]930 滅身中，[甲][乙][丙]1866，[甲][乙][丙]2778 槃特一，[甲][乙][丙]2778 聖教爲，[甲][乙]1821 定必有，[甲][乙]1821 應但説，[甲][乙]1821 轉能招，[甲][乙]1822，[甲][乙]1822 不爾唯，[甲][乙]1822 異諸有，[甲][乙]1822 重根，[甲][乙]1866，[甲][乙]1866 不爾斷，[甲][乙]1866 不異無，[甲][乙]1866 見如來，[甲][乙]1866 三乘等，[甲][乙]1866 應，[甲][乙]1866 於此時，[甲][乙]1929，[甲][乙]1929 成有業，[甲][乙]1929 名爲實，[甲][乙]1929 判，[甲][乙]1929 自述，[甲][乙]2396 理常平，[甲][乙]2426 得中道，[甲][乙]2810 大乘通，[甲][乙]下同 872 塔中方，[甲]952 得遣伏，[甲]1040 能成辦，

[甲]1698 乖道非，[甲]1698 爲，[甲]1700 不説我，[甲]1705 寂眞空，[甲]1708 初，[甲]1709 得定言，[甲]1717 一，[甲]1717 以眞，[甲]1724 七慢無，[甲]1724 前四涅，[甲]1724 攝，[甲]1724 證塔閉，[甲]1731 但明行，[甲]1735 隨一聖，[甲]1736 不遷則，[甲]1736 得斷生，[甲]1736 佛地之，[甲]1736 甘露爲，[甲]1736 淨名云，[甲]1736 舉勝揀，[甲]1736 具十楞，[甲]1736 離無，[甲]1736 滅智性，[甲]1736 能穿，[甲]1736 起故云，[甲]1736 淺故略，[甲]1736 是事理，[甲]1736 爲二，[甲]1736 無住涅，[甲]1736 心華開，[甲]1763，[甲]1763 出世矣，[甲]1763 猥與，[甲]1775 形會形，[甲]1782 其不信，[甲]1782 十善業，[甲]1782 是，[甲]1782 是有爲，[甲]1782 厭繁文，[甲]1783 不然一，[甲]1783 説金光，[甲]1799 觸入臂，[甲]1805，[甲]1805 是篇名，[甲]1816 不能，[甲]1821，[甲]1821 不應言，[甲]1823 法在過，[甲]1823 無，[甲]1830 慧者應，[甲]1854 一切一，[甲]1871 多，[甲]1921，[甲]1921 得見見，[甲]1921 是自生，[甲]1924 諸佛淨，[甲]1928 無明往，[甲]1929 破一切，[甲]1929 爲，[甲]1929 無四諦，[甲]1929 有，[甲]1932 簡人方，[甲]1932 同作法，[甲]1932 以一答，[甲]1961 一月影，[甲]1965 麁分九，[甲]2039 必覆其，[甲]2211 是我心，[甲]2214 身密，[甲]2218 不如是，

[甲]2223 普遍也，[甲]2236，[甲]2250 天別以，[甲]2261 是，[甲]2261 是聞智，[甲]2263 此意也，[甲]2266 非潤生，[甲]2266 槁死本，[甲]2266 有，[甲]2266 自性法，[甲]2270 簡先古，[甲]2270 是他俱，[甲]2270 行作，[甲]2298 猶是相，[甲]2300 知，[甲]2312 不，[甲]2312 名爲新，[甲]2312 形初俗，[甲]2358，[甲]2782 顯其緣，[甲]2837 乖至雖，[甲]混用以下不註 1722 便信受，[甲]下同 1854 但，[明]2076 寶寶，[明]2076 遍境是，[明][乙]994 能了知，[明]125 能別知，[明]199 興願令，[明]397 名爲大，[明]656 得其便，[明]663 捨無量，[明]945 受群邪，[明]1450 我身是，[明]1538 有，[明]2016 行人呼，[明]2076 近執著，[明]2123 淨所居，[明]2131 止決之，[明]下同 2076 謝，[三]、[聖]375 不如是，[三][流]365 開行者，[三]375 名爲清，[三]375 生憐，[三]397 是菩提，[三]945 爲飛行，[三]1616 第，[三][丙]930 結本，[三][宮]397 能破魔，[三][宮]1596 一切悉，[三][宮][聖]376 立，[三][宮][聖]397 得無量，[三][宮][聖]1544 繫若前，[三][宮][聖]1562，[三][宮]263 斷彼世，[三][宮]374，[三][宮]374 不如是，[三][宮]374 得超越，[三][宮]374 得稱，[三][宮]374 得永滅，[三][宮]374 名爲主，[三][宮]374 能明見，[三][宮]374 生憐愍，[三][宮]383 是吾最，[三][宮]397 得遠離，[三][宮]

397 如法住，[三][宮]606 知初數，[三][宮]618 自燒，[三][宮]627 無有身，[三][宮]721 悔過令，[三][宮]810 奉行八，[三][宮]813 能具足，[三][宮]817 名曰不，[三][宮]1421 開戶諸，[三][宮]1443，[三][宮]1459 應差遣，[三][宮]1505，[三][宮]1509 爲青若，[三][宮]1509 至如是，[三][宮]1525 滅如是，[三][宮]1545 不爾學，[三][宮]1545 善通世，[三][宮]1545 緣苦或，[三][宮]1545 諸力士，[三][宮]1546 說若不，[三][宮]1558 不應先，[三][宮]1559 長，[三][宮]1559 能飛行，[三][宮]1562 釋本，[三][宮]1596 明，[三][宮]1626 說彼所，[三][宮]1646 非戲論，[三][宮]1646 壞，[三][宮]1646 滅無見，[三][宮]1646 生樂著，[三][宮]1646 是動處，[三][宮]2060 應先道，[三][宮]2085 於河中，[三][宮]2102 神滅者，[三][宮]2103 吐之在，[三][宮]2121，[三][宮]2121 得安隱，[三][宮]2122 致歡樂，[三][宮]2123 以箭正，[三][宮]下同、－[聖]下同 627 謂爲名，[三][甲][乙][丙]930，[三][甲][乙][丙]1056 觀自身，[三][甲][乙]950 多佛說，[三][甲]951 此身得，[三][甲]951 十二因，[三][甲]1080 生西方，[三][甲]1124 成結方，[三][聖][甲][乙]953 剎那頃，[三][聖]99 心驚毛，[三][聖]189 得眞實，[三][聖]361 大歡喜，[三][聖]375 不能得，[三][聖]375 無善惡，[三][聖]下同 475 無衆冥，[三]1 無有

諸，[三]125 是死，[三]157 不復食，[三]186，[三]202 我身是，[三]375 便滅壞，[三]375 得稱可，[三]375 得永滅，[三]375 能明見，[三]375 是常麁，[三]397 說二法，[三]475 於佛法，[三]945 知滅云，[三]1015 時受教，[三]1093 得除，[三]1096 當誦呪，[三]1339 爲利自，[三]1528，[三]1562 起或未，[三]1564 無有滅，[三]1569 瓶生内，[三]1646 七依也，[三]2123 迴施狗，[三]2145，[聖]125，[聖][另]1721 是有一，[聖][另]1721 與聲聞，[聖]99 是身復，[聖]99 烟出沸，[聖]125 滅，[聖]227 於一切，[聖]1721，[聖]1763，[另]1721，[另]1721 知一乘，[石][高]1668 便命終，[石]1668，[宋][宮]1509 是實相，[宋][元]842 生歡喜，[乙]1069 震動其，[乙]1736，[乙]1736 符一，[乙]1736 見盧舍，[乙]1736 同，[乙]1736 狹本剎，[乙]1736 湛然不，[乙]1736 種種法，[乙]1821 能言，[乙]1821 用無執，[乙]1822 不然至，[乙]2192 安樂文，[乙]2215 是菩提，[乙]2237 是如次，[乙]2426 所謂花，[元][明]945 汝，[元][明]2016 一心三，[元][明]362 君率化，[元][明]670 依外道，[元][明]945 觸入，[元]236 爲謗，[原]2248 不善有，[原]2396 顯教之，[原]1764 無，[原]1775 無有，[原]1796 是超越，[原]1796 爲如來，[原]1859 是聖人，[原]2248 成九戒，[原]2339 他有故，[原]2339 無未斷，[原]2354 唯二業，

[原]2897 除愈身。

障：[三][宮]1595 根本功。

輒：[三][宮]2123 動精流。

輙：[三]186 説偈曰。

者：[甲]2270 所有九，[甲]1700 護念之。

正：[己]1958 是願作。

之：[甲][乙]1822 不解六。

知：[甲][乙]1822 於彼味。

祇：[甲]2012 得個心。

直：[甲]2396 是一切。

只：[甲]1918 六根六，[明][和][内]1665 漸令潔，[明]2076。

中：[甲]1735 無邊劫，[甲]2271 依後二，[乙]1821 略依集，[原]1887 即十十。

助：[甲]2195 一釋初。

自：[宮]1435 洗足坐，[明]118 開悟棄，[三][宮]526 念言是，[三][宮]2122 食何以，[三]201 致於傷。

作：[甲]871 爲僮僕，[甲]1924 香乳，[三][宮]534 金色當。

坐：[甲]2006 在一。

佶

佉：[三]987，[原]1212 囉佉囉。

係：[原]、結[乙]1072 反娑嚩。

柩

承：[三][宮]2122 否也故。

底：[三][宮]283 從佛學。

函：[宋][元]2087 黑，[元]2122 發靈應。

互：[三]2122。

恆：[甲]2244 反説文。

極：[三][宮]2122 告，[三]2122。

荐：[三]、[宮]2060 仍前業。

揭：[三][宮]2122 延祭酒。

然：[聖]2157 説正法。

烝：[宋][元][宮]、然[明]2122 之則其。

笈

笈：[明]1452 多晨朝，[三][宮]1442 摩耶如，[三][宮]2103 多入。

卽

定：[乙]2263 同實類。

故：[乙]2263 非慮相。

相：[乙]2263 形重假。

則：[甲]、[乙]2263 性通情，[甲][乙][丙][丁][戊]2187 領上火，[甲][乙][丙][丁][戊]2187 我，[甲][乙][丙][丁][戊]2187 有二一，[甲][乙]2263 三乘通，[甲]2190 觀音種，[甲]2263 俱不極，[甲]2263 勝，[甲]2263 顯現言，[乙]2263 大衆部，[乙]2263，[乙]2263 成非正，[乙]2263 此意也，[乙]2263 令被高，[乙]2263 勝軍假。

急

忽：[甲]2089 甚太辛，[三][甲][乙][丙]954 遽不能。

怠：[甲]2901 品第十，[聖]1462 坐者須。

惡：[元][明]557 教言。

給：[三]2102 立德必，[聖]1441
施衣謂，[聖]1462 一飲得。

忽：[甲]2390 屈第二，[甲][乙]
2309 成膿血，[甲][乙]2309 有端正，
[甲]1211 至娑囀，[甲]2401 須出，[三]
[宮]1442 起告云，[三][宮]2102 求火
照，[三]682 誕生，[三]2106 奄然如，
[聖]272 性人，[乙]2227 速之事，[知]
[甲]2082 見庭前。

惚：[宮]2060 逃竄無。

及：[三][宮]1464 呼犯者。

疾：[三]152 以石縛，[三]1345 辯
得利。

極：[明]1435 不樂奪。

忌：[甲][乙]2207 而實。

唫：[丙]1184 相背二。

免：[丙]973 出若不。

念：[宮]2123 即却頭。

怒：[元][明]2040 暴嫉妬。

忍：[三][宮][乙][丙]2087 暴志
鄙。

善：[三][宮]1475 語。

危：[三][宮]2121 於晨露。

穩：[元][明]2121 住。

悉：[明]1451 然燈取。

象：[聖]1459。

行：[三][甲][乙]1028 速如風。

逸：[三][甲][乙]2087 時有一。

隱：[元][明]790。

隱：[三]154 守者驚。

怨：[甲]、殺[丁]、法雲義記作盜
2187 賊難內。

早：[三][宮]2060 須收積。

志：[宮]2122 心惟曰。

姞

姞：[三][宮]、垢[聖]、妬[石]1509
爾時人。

始：[甲]2053。

級

富：[三][宮]1435 闍蘇彌。

及：[乙]1141 印文驗。

汲：[甲]2015 井輪都，[三][宮]
2060。

興：[三][宮]2122 皇天居。

疾

病：[敦]450 苦，[宮][甲]1805 七
易滿，[宮]374，[宮]656 演法音，
[宮]664 苦，[宮]1501 還淨而，[宮]
2112 案此經，[甲][乙]2426 重三毒，
[甲]1778 亦非真，[甲]1782，[甲]1921
侵是人，[明]1579 還生有，[三][宮]
[聖]272，[三][宮][聖]397 疫他方，
[三][宮]223 藥種種，[三][宮]263 凡
藥療，[三][宮]263 所行安，[三][宮]
310 患，[三][宮]376 委在床，[三][宮]
394 如來世，[三][宮]402 疫飢渴，
[三][宮]411 温氣疫，[三][宮]434 乃
至泥，[三][宮]461 即愈不，[三][宮]
462，[三][宮]657 舍利弗，[三][宮]
681，[三][宮]723 劫，[三][宮]729 得
亦爲，[三][宮]1425 者不得，[三][宮]
1428 苦，[三][宮]1442 而能瞻，[三]
[宮]1442 少惱起，[三][宮]1443 聖者

病，[三][宮]1463 語彼妻，[三][宮]
1466 不答打，[三][宮]1507 自然除，
[三][宮]1509，[三][宮]1545 不得除，
[三][宮]1547，[三][宮]2041 困終記，
[三][宮]2059 可往迎，[三][宮]2060
新，[三][宮]2121 而亡貪，[三][宮]
2121 人大腹，[三][宮]2121 未久之，
[三][宮]2121 珍寶之，[三][宮]2122
而臥因，[三][宮]2122 侯爲，[三][宮]
2122 苦處，[三][宮]2122 性理，[三]
[宮]2123 頓而我，[三][宮]下同 817
已滅除，[三][甲]、瘦[宮]901 苦當請，
[三][乙]1092 皆令除，[三]32 敗老不，
[三]125 人是時，[三]184 皆悉除，
[三]186 使無諸，[三]189 苦勿令，
[三]202 即除愈，[三]202 者護，[三]
311 患以是，[三]985 疫，[三]1006 難
乃至，[三]1331 厄，[三]1331 痛保
汝，[三]1340 既久身，[三]1346 苦水
不，[三]1396 富樂無，[三]2063 稍，
[三]2106 而，[聖]1723 無垢示，[聖]
310，[聖]397 苦想於，[聖]475 者如
應，[聖]476 者從，[聖]1509 書乃至，
[宋][明][宮]、食[元]2122 佛告阿，
[宋][元]、嫉[明]210 之見而，[乙]
2087 無人瞻，[乙]2426 即除愈，[乙]
2426 有輕重，[元][明]200 種種病。

　　癡：[元][明]202 耶作是。

　　遲：[甲]2336 成佛故。

　　斥：[三]186 棄如病。

　　麁：[原]1764 過故。

　　度：[三][聖]199 矣乃越，[聖]225
入一切，[聖]324 得覺悟，[宋][元]

[宮]446 佛。

　　而：[明]125 風。

　　庚：[明]2060 既侵身。

　　灰：[元][明][宮]1523 聚。

　　獲：[甲][乙][丙]908。

　　即：[元][明]814 疾取草。

　　嫉：[宮]310 有德，[甲]1912 妬
有勝，[甲]1735 彼勝己，[甲]1786 妒
賢也，[甲]2266 等即非，[明][聖]125
爲病亦，[明]2123 惡其夫，[三]125
夫主亦，[三][宮][聖]397 不樂得，
[三][宮][聖]754 私立兵，[三][宮]
353，[三][宮]723 忌多憎，[三][宮]
735 妬忿怒，[三][宮]2102 像塔，[三]
[宮]2122 行是善，[三][宮]2122 追而
信，[三][聖]100 負則惱，[三][聖]125
爲心結，[三][聖]125 以，[三][聖]125
意懷猶，[三]99 惡想邪，[三]100 我
當放，[三]150 者好意，[三]196 賢，
[三]198，[三]212 之心瞋，[三]1012
心於一，[聖]190 他人亦，[乙]2087
異部愚，[元][明]405 而，[元][明]
1331 惡此經，[元]2122。

　　寂：[三]212 滅係意。

　　皆：[元][明]374。

　　戒：[宮]585 逮智慧。

　　盡：[聖]210 脫。

　　滅：[三]193 捨身安。

　　閙：[三][宮]721 颺塵滿。

　　囓：[元][明]2102 其指兒。

　　疲：[甲]2218 極困厄，[聖][石]
1509 苦如受。

　　平：[三][宮]805 損口。

若：[三]203 取答言。

身：[甲]1778 即如來。

失：[三][宮]638 正教故。

駛：[聖]125。

是：[甲]1775 因。

庶：[三][宮]2122 過是。

疷：[三][宮]721 病常飢。

速：[甲]2289 之轍四，[聖]512 往大海，[元][明]2103 理寧一。

他：[元][明]、－[宮]2122 取若取。

疼：[三]158 痛，[元][明]2121 痛無量。

痛：[三][宮]263 不離己，[聖]225 不毀十。

悉：[甲]1742 得現前。

疫：[三][宮][久]397 病飢饉，[三][宮][另]1435 病時生，[三][宮]278 病障多，[三][宮]2060 將現便，[三][宮]2121 病劫至，[三][宮]2122 病死亡，[三]375 病之世，[三]1056 病飢儉，[三]2145 遜不信，[三]2146 經，[聖]2157 其業履，[宋][宮]2103 至於雙，[乙]1238，[乙]1723 命多短，[原]907 地土神。

應：[三][宮][石]1509 念法佛。

於：[聖]200 困病無。

遮：[宮]2123 過是。

疹：[宮]263 患自速，[三][宮][乙]2087 多差溫，[三][宮]1464 患亦，[三][宮]1507 患以是，[三][宮]2060 忽增卒，[三]157 病患苦，[三]1301。

諸：[三]375 病患苦，[聖]200 疫病苦。

莊：[三][宮][聖]310 嚴，[原]2196 前言何。

自：[宮]1435 語者或，[三][宮][聖][另]1428 得生天，[三]735 還歸雖，[三]1568 進之路，[聖]224 書是經，[石]1509 安，[石]1509 消滅其。

極

報：[甲][乙]1909。

徹：[原]2339 果該因。

乘：[三][宮]840 果已能。

初：[甲]2371 下劣機，[甲]2410 故。

底：[明]2087 此非常，[三]、涵[宮]224 是經中，[元][明]、互[宮]283 虛空處。

斗：[原][甲]2409 七星護。

短：[三][宮]598 解決眾。

乏：[聖]1435 即以是。

格：[甲]1969 樂天不。

根：[宋][元][宮]656。

歸：[甲]1735 圓滿。

恒：[三][宮]2040 復過此。

橫：[甲]2259。

及：[明]125 大海水，[明]201 愛敬，[明]99 鮮淨，[明]125 冷浴池，[明]187 生悔冀，[明]189 自安隱，[明]201 廣大，[明]1545，[明]1545 微細故，[明]1547 大船彼，[明]1552 爲業所，[明]1595 尊重及，[明]1680 境猶如，[宋][元][宮]2040 欲界諸。

亟：[三][宮][甲]2053 垂榮飾，[三]2103 行，[三]2122 著小或，[宋]624 尊，[乙]2087 遠銘記。

急：[明]1435 前行見。

烝：[聖][甲]1763 有退沒。

殂：[宋][元][宮]、亟[明]2060 告弟子，[宋][元][宮]、亟[明]2060 委臥猶。

己：[聖][另]790 自當去。

際：[三][宮]425 佛說如。

堅：[明]1450 捨極。

漿：[元][明]、將[聖]125 大。

教：[甲]2290 故說文。

劫：[和]293 微塵數。

盡：[甲]1736 如慈一。

竟：[原]、竟[乙]1796 之。

劇：[三][宮]414 苦而，[三][宮]768 耶弟言，[三]1363 苦恒受。

倦：[元][明]、愧[宮]588 以是故。

理：[甲]1717 恐人不。

椋：[甲]2434 中應有。

量：[宮]263 變化大，[三][宮][聖][另]285 具足豐，[三][宮]2122 限莖枝，[三]186 法珂。

滿：[甲]2371 內證住，[甲]2434 菩薩。

明：[知]1785 果冥深。

惱：[三][宮]1435 睡臥是。

能：[甲]1736 也即。

捻：[乙]2385 空中合。

輕：[三][宮]2122 賤誹謗。

窮：[三][宮]741 是謂福。

求：[三][宮]403 受形觀。

趣：[甲][乙]1929。

然：[三][宮]1549 遠此法，[宋]529 飲。

深：[原]2216 祕密處。

壽：[甲][乙]2309 至十歲。

樞：[宋][宮]、摳[元][明]2103 談永日。

熟：[三][宮]1435 打是。

數：[三][宮]425 眾又以。

隨：[原]2416 事歟。

遂：[原]2416。

燧：[甲]2087 十有二。

為：[甲][乙]1822 遠故遮，[三][宮]309 淡泊寂。

位：[甲]2434 者於是。

狹：[甲]1828。

相：[金]1666 因言遣，[原]2212 宗離染。

行：[宮]328 者吾以。

學：[三]2149 論福。

搖：[三]1123 動舌端，[乙][丙]873 動舌端。

業：[甲]1822 成故釋。

一：[乙]2390 開去也。

疑：[甲][乙]1822 難也正，[原]1723 取今新。

硬：[甲]1828 澁今無。

遊：[甲]2339 數又彼，[乙]1822 戲忘念。

於：[聖]1462 細長出。

照：[三]1686 大地善。

眞：[甲]1786 之似於。

蒸：[元][明][宮]354 熱悲。

拯：[宮]2103 溥被翔，[明]1538 拔事行，[三][宮]330 養會離，[三][宮]1521 爲希有，[三][宮]2102 末念忘，[三][宮]2103 未來於。

執：[三][宮]1537 善作意。

轉：[明]316 重槍轉。

惣：[另]1721 故稱，[宋]220 圓滿終。

總：[甲]2261 顯釋迦，[原]1829 即乾。

最：[三][宮][聖]1579 難通達。

棘

刾：[三][宮]617 林。

蕀：[宮]721 在於多，[宮]1525 塵土臭，[宮]1525 刺及孔，[聖][石]1509，[聖]99 諸瓦礫，[聖]125 峻崖，[聖]125 由，[聖]190 針頭，[聖]223 山陵溝，[聖]1462，[宋]、[宮]2058，[宋][元][宮]1488 刺是故，[宋][元][宮]1548，[宋][元]2122 上，[宋]1582 不淨以。

荊：[明]2103 刺無地。

棗：[三][甲]2125。

殛

亟：[三][宮]2060。

殪：[三][宮]1506 殺故大。

殃：[乙]2426 火曰燒。

戢

撤：[宋]截[元][明]156 遏不令。

厭：[三][聖][另]342 靜。

揖：[元][明]2108 高論不。

集

案：[甲][乙]2261 云有字。

兵：[宮]425 侍者曰。

參：[甲]1733 而不雜。

乘：[甲]1828 善法爲，[甲]2250，[別]397 經中已，[三]310 船此菩，[三]2110 之彼將。

出：[三]2154 第六卷。

傳：[甲]2068，[明]2149 同帙。

得：[宋]201 親戚莫。

等：[宮]1513 物非一，[三]1544 起彼斷，[元][明]2154 譯。

諦：[甲]2015 也遂。

奪：[甲]1789 壞人目，[三][宮][聖][另]1548 是名念，[三][宮]673 諸衆生，[原]1744 其因義。

奮：[三][宮]761 陀羅尼。

果：[甲]1816 顯住有，[明]2034 訣。

侯：[三]、兵[宮]425 侍者曰。

懷：[三]202 異口同。

會：[三][宮]1428 寧可留，[三][宮]1435，[三][宮]1435 僧集，[三][聖]125 必當散，[聖]1428 處時瓶。

積：[明]1509 福德煩。

吉：[三][宮]1581 會如是。

藉：[明]2103 名僧。

寂：[明]220 滅道聖。

焦：[三][宮][聖][另]1548 欲悕望，[三]1324 病我及，[三]2110，[三]2110 棄僞歸，[宋][明]1081 嬰纏如。

膲：[宋][元]985 病或四。

進：[宮]397 道，[宮]2026 法悉

斷，[宮]2103 中國凡，[宮]2121 詣
大，[甲][乙]2250，[甲]2337 善根乃，
[別]、習[元][明]397，[三][宮][聖]310
一，[三][宮][聖]1552 行是名，[三]
[宮]309 修無上，[三][宮]425 施上首，
[三][宮]814 爾時，[三][宮]1608 業是
名，[三][宮]2060 追訪至，[三][宮]
2104 李宗，[三]1 軍今我，[三]865 諸
佛金，[三]1548 受想思，[三]1582 三，
[三]2154 內前件，[聖][另]1442 衆於
上，[聖][另]1548 聲音句，[聖]2157，
[另]1548 滅道，[另]1548 聲音句，
[宋][宮]、習[元][明]1509 善根一，
[乙]2207 馬還杜，[原]904 諸賢聖。

　　盡：[明]2103 法藏阿，[乙]2249
遍知云。

　　經：[明]2154，[三]2149 十卷一，
[三]2154，[宋][宮]2034。

　　舊：[三][宮]2102 所謂。

　　舉：[甲][乙]1822 處六明。

　　具：[三]184 諸異學。

　　聚：[甲]1925 分段生，[明]363
功德普，[三][宮]221 於，[三][宮]310
不欲割，[三][宮]310 無見頂，[三]
[宮]2028 會其十，[石]1509，[乙]2263
合斷得，[乙]2296 爲相，[元][明]99
皆從集。

　　卷：[宋][元]2153。

　　苦：[甲]1717，[明]1536 滅眞是。

　　令：[三][宮]398 在。

　　錄：[三][宮]2034 失譯見。

　　律：[明]2154，[聖]2157。

　　滅：[宮]1548 知行滅，[元]99 法

觀心。

　　沫：[三]100 妨塞途。

　　某：[乙]2408 昔。

　　尼：[原]2408 中。

　　槃：[宋][元]1428 處閣下。

　　善：[聖]125 講堂。

　　燒：[三][宮]2121 衆。

　　生：[宮]1810 坐上覆。

　　勝：[三]1982 佛南無。

　　食：[明]1442 堂於大。

　　售：[甲]974 所求不。

　　述：[甲]2073，[明]2060 十卷頗。

　　說：[明]272 時聞此。

　　隼：[元][明]721 飛其行。

　　文：[甲]2261 若如是。

　　悉：[宮]2030 其內爾。

　　席：[甲]2036 之。

　　習：[煌]262 三昧能，[宮]657 滅
道，[宮]1581，[宮]223 善法當，[宮]
279 普爲含，[宮]839 諸業受，[宮]1557
生因緣，[宮]1581 一者常，[宮]2040，
[宮]2040 已證滅，[和]293 普賢，[甲]
1735 善十不，[甲]1781 勝餘歷，[甲]
1913 解而起，[甲]1921 故云知，[明]、
修[甲]1579 是故說，[明]220 布施淨，
[明]279 增長故，[明]293 得見普，[明]
293 身法性，[明]293 陀羅尼，[明]293
種種不，[明]721 見他犯，[明]1537 善
心彼，[明]1579 涅槃資，[明]1579 七
種正，[明]1636 精進當，[明]2016 莊
嚴不，[明][宮]279 之時若，[明][宮]
1583 身口意，[明][和]293 諸三昧，
[明][甲]1177 因名爲，[明]157 四無

量，[明]157 行，[明]157 於無上，[明]157 種種莊，[明]293 彼不思，[明]293 見一切，[明]293 菩，[明]293 菩薩，[明]293 無量福，[明]293 一切，[明]293 一切菩，[明]293 圓滿諸，[明]293 願力善，[明]310 法行或，[明]310 然我今，[明]311 無漏足，[明]380 無量達，[明]657 法故，[明]657 諸佛法，[明]670 善根之，[明]671 生，[明]1521 甚深因，[明]1522 善，[明]1537 善欲彼，[明]1563 加行故，[明]1579 對治善，[明]1579 能對治，[明]1579 因由不，[明]1579 諸善法，[明]1581 聖道由，[明]1582，[明]1582 慈故施，[明]1582 道故復，[明]1582 二施一，[明]1582 具足欲，[明]1582 苦想菩，[明]1582 一子地，[明]1598，[明]1598 資糧勢，[明]1611，[明]下同 1579 九，[三]、[宮]482 如，[三]203 慈忍難，[三]530 甚深無，[三][宮]275 皆不取，[三][宮]397 故得菩，[三][宮]664 菩提之，[三][宮]721 智慧聞，[三][宮]1594 起故若，[三][宮][聖]278 一切，[三][宮]278 成事令，[三][宮]278 行是法，[三][宮]279 菩提助，[三][宮]286 如是智，[三][宮]286 善根，[三][宮]341 非精，[三][宮]370 念佛三，[三][宮]374 煩惱未，[三][宮]374 善法以，[三][宮]374 四無量，[三][宮]382 多聞莊，[三][宮]397 何行答，[三][宮]397 於正，[三][宮]564 諸禪，[三][宮]600 善業福，[三][宮]617 如是慈，[三][宮]625 多，[三][宮]625 集菩提，

[三][宮]633 此經無，[三][宮]639 於頭陀，[三][宮]657 故得成，[三][宮]657 是智慧，[三][宮]664 集六波，[三][宮]668 無量菩，[三][宮]671 種，[三][宮]672 自力及，[三][宮]675 而取廣，[三][宮]676 乃，[三][宮]689 無量勝，[三][宮]721 智慧我，[三][宮]810 德本以，[三][宮]822 如是經，[三][宮]831 正，[三][宮]1428 盡道是，[三][宮]1463 爾時世，[三][宮]1509 大悲心，[三][宮]1509 福德得，[三][宮]1519 諸善根，[三][宮]1552 信，[三][宮]1562 此種，[三][宮]1562 諸根廣，[三][宮]1579 諸根成，[三][宮]1585 無邊難，[三][宮]1598 到彼岸，[三][宮]1598 菩提資，[三][宮]1598 資糧同，[三][宮]1611 五通既，[三][宮]1646 論法故，[三][宮]1646 身戒心，[三][宮]1646 諸善，[三][宮]2102 成於，[三][宮]2122 無上菩，[三][宮]2123 聖法是，[三][宮]下同 1506 道苦，[三][宮]下同 1537 無貪無，[三][明]397 菩薩，[三]99，[三]156 善法不，[三]157 大乘者，[三]157 爾時我，[三]157 苦行娑，[三]157 六波羅，[三]157 於六波，[三]212 道行復，[三]245 未來諸，[三]264 法，[三]264 三昧能，[三]264 一切，[三]311 成就是，[三]311 法如是，[三]311 善法，[三]375 善法以，[三]375 四無量，[三]375 貪欲，[三]375 因緣於，[三]382，[三]389，[三]397 慈悲喜，[三]397 大悲憐，[三]397 寂靜復，[三]397 禁戒大，[三]397 苦行今，[三]397

清淨梵，[三]397 施故獲，[三]397 一切助，[三]475 善，[三]642 而，[三]642 行是三，[三]1331 無量行，[三]1336 念佛三，[三]1509 善法隨，[三]1525 施等善，[三]1532 佛法正，[三]2063 善寺緒，[三]2103 禪慧兼，[三]下同 382，[三]下同 264 是難得，[聖][另]310 慧，[聖]305 無量無，[聖]397，[聖]1428 見，[聖]2157 其，[宋]、集離[元][明][聖][中]223 者空脫，[宋][宮]721 業而得，[宋][宮]744 盡道八，[宋][宮]2040 當斷滅，[宋][明]311 於諸想，[宋][元]100 如，[宋]1 諦滅諦，[宋]1 聖諦苦，[宋]1 知滅知，[宋]128 盡道普，[宋]374 諸行，[元][明]、進[宮]397 如是十，[元][明]157 大乘以，[元][明]220，[元][明]355 未，[元][明]847 亦不斷，[元][明][宮][聖]2042 諦如毒，[元][明][聖]1582 菩薩摩，[元][明][聖]227 阿耨多，[元][明][聖]1582 為衆生，[元][明][乙]1092 相應捨，[元][明][乙]1092 一切善，[元][明]26，[元][明]32 三為盡，[元][明]100 惱觸於，[元][明]153 慈心因，[元][明]157 行於三，[元][明]157 助菩提，[元][明]202 何為憂，[元][明]278，[元][明]279 過去未，[元][明]382 此戒乃，[元][明]382 多聞時，[元][明]397 發行慈，[元][明]397 故現在，[元][明]397 集相好，[元][明]397 是名菩，[元][明]397 無盡何，[元][明]397 一，[元][明]484 菩薩行，[元][明]658 佛法而，[元][明]658 微惡業，[元][明]664 百千

行，[元][明]664 善根，[元][明]837 諸行，[元][明]1340，[元][明]1340 難可證，[元][明]1501 無雜染，[元][明]1582，[元][明]1582 悲心者，[元][明]1582 禪定知，[元][明]1582 慈心如，[元][明]1582 善道畢，[元][明]1582 為破顛，[元][明]1582 行時得，[元][明]1582 於道是，[元][明]1582 於忍三，[元][明]2060 近事師，[元]220 滅道，[元]374，[原]1764 異念處，[原]2425 資糧過。

修：[明]310 得成無，[三]1604 亦具如，[聖]1763 喜捨見。

業：[宮]、生[聖]272 常有大，[宮]721 惡業果，[甲]1828 加此一，[三][宮]1509。

譯：[宋][元][宮]、奉勅撰[明]2121，[宋][元][宮]、撰[明]2121，[原]1205。

因：[石]1509。

欲：[明]1546 諦所斷。

雜：[三][宮]2026 衆。

造：[三][宮]1458，[三][宮][另]1458。

執：[乙]1822 邪見為。

智：[元]、習[明]1582 一切。

衆：[三]1340 中有一。

諸：[三][宮]2060 記振發。

住：[甲]2266 而住故。

築：[甲]2036 充，[明]1463 法藏我。

撰：[甲]2231，[甲]2231，[三][宮]1808，[三][宮]2121，[三][宮]2123，

[宋][宮]、奉勅撰[明]2121，[宋][明][宮]2121，[宋][元]、奉勅撰[明]2121，[宋][元][宮]、奉勅撰[明]2121，[元][明]2123。

準：[甲]1736 若有定，[明]2016 量論頌。

宗：[甲][乙]2250 並言辨。

作：[聖]1433 呵責羯。

趄

桔：[聖]1425。

埤

藉：[宋][元][宮][聖]、瘠[明]1425 穢持作。

蕀

叢：[宮]2121 三重繞。

恀

疾：[三]2063。

嫉：[三][宮]351，[三][宮]721 常說於，[三][宮]1604 二得不。

嫉

癡：[三]212 不好惠。

妬：[宮][知]1522 者於，[三][宮]425 母字福。

姟：[聖][另]285 妬山。

疾：[博]262 恚慢，[博]262 況滅度，[宮][聖][另]1459 意輕毀，[宮][聖]1548 心如，[宮]396 之誹謗，[宮]657 恚慢故，[宮]1503 他故不，[宮]1549 說是語，[宮]2123 好自慎，[甲]

1723 誹謗不，[明]、[聖][另]790 之數求，[明]318 不厭，[明]675，[明]719 多病貧，[明]722 眞實離，[明]1094 應取栴，[明]1542 慳無慚，[三][宮]1690 惱，[三][宮]2122，[三][宮][聖]419 欲勝一，[三][宮]310 饕餮自，[三][宮]729，[三][宮]1579，[三][宮]2122 怨滋生，[三]1 惡無有，[三]158 共相鬭，[三]202 恚咸言，[三]203 其夫於，[三]220 慳和合，[三]636 惡意不，[三]637 惡意不，[三]1425 心便作，[聖][另]310 妬自見，[聖][另]下同 310 妬慢諂，[聖]125，[聖]1464 謗賢調，[石]1509 又見欲，[宋][宮]、恪[元][明]310 心不能，[宋][宮]410 多姦偽，[宋][宮]2042 不，[宋][明]1056 皆來親，[宋][元][宮]310 輕慢，[宋]212 不能廣，[宋]375 如受，[元][明][宮]310 各，[知]598。

恀：[三][宮]721 苦惡語。

恪：[三][宮]1425 心惜他，[三][宮]1488 妬瞋恚。

妙：[聖]425 一會說。

慳：[甲][乙]1822 及，[三]1546 而實非。

輕：[三]212 是故說。

貪：[三][宮]411 懷憍慢，[元][明]598 恚癡是。

戾：[宮]687 怠慢散。

嬈：[甲]1828。

浹：[元][明][聖]626 以無惡。

妖：[宋][宮]、浹[元][明]323 諸染。

嫇：[宋][元][宮]221 之意初。
欲：[三][宮]721 妬所迷。
憎：[三][宮]1435 憂毒無。

槉

撫：[甲]2129 非此用。

膌

腨：[三]26 骨髀骨。

鞊

詰：[三][宮]1509 經中爲，[三][宮]325 菩，[三][宮]1509 經中法，[三]2145 經一卷，[三]2149 經二卷。

蕀

棘：[宮]1525 惡草，[甲]1852 善逝以，[三][宮][聖]224 枯骨是，[三][宮]227 蕀刺除，[三][宮]231 生，[三][宮]398 是則名，[三][宮]1462 刺何以，[三][宮]1646 等上投，[三][宮]2121 四，[三][宮]2123 若後爲，[三][宮]2123 上，[三][聖]190 朽木土，[三][聖]190 針叢麤，[三]157 之屬其，[三]157 之屬又，[三]186 根三毒，[三]186 想空無，[三]189 之患，[三]209 刺上五，[三]225 枯骨汚，[三]311 百葉曼，[三]375，[三]375 惡刺所，[三]375 惡刺周，[元][明]190 沙礫。

踖

錯：[元][明]、蹉踖差錯[宮]263。
積：[三]7 衆生即。

嗛

嘬：[三][宮]2060 猪肉不。

瘠

埢：[三]196 薄於春。
省：[宋]361 瘦黑醜。
瘦：[三][聖]643。
疣：[明]疣[元][明]345 上。
痏：[元][明]345 出入之。
膌：[甲]2128 薄也亦。

檝

楫：[甲]2017 煩惱病，[明]2060 人將送。
艥：[宮]279 想於所。
揖：[聖]1442 爲遺與。

輯

集：[三][宮]2122 材行道。

藉

蔽：[三][宮]2122 地又有。
稽：[宮]624 因緣行。
籍：[丙]2092 合歡之，[宮]1804 藏在石，[宮]2060 甚三藏，[甲]1805 古今字，[甲][乙]1799 如行路，[甲][乙]1799 世無食，[甲]1721 波若等，[甲]1721 前有，[甲]1763 前解爲，[甲]1784 通教譚，[甲]1786 教授知，[甲]1805 豈不聞，[明]2122 滿庭，[三][宮]2108，[三][宮]2108 非常之，[三]2149 開，[宋][宮]1545 在地露，[宋][宮]2034 時興而，[宋][宮]2102 意，[宋][宮]2123 掛冠而，[宋][元]

[宮]332，[宋][元][宮]2123 在地母，[宋][元]1566 眾，[宋][元]2106 顧復之，[宋][元]2154 内，[宋]2034 合歡之，[宋]2122 通人示，[宋]2145 意隸書，[宋]2149 顧復之，[宋]2153 文字而，[宋]2154 妙善三，[元]2016 三，[元][明]190 去云何，[元][明]1428 爲，[元][明]2108 國王連，[元]2016 鑪中爇，[元]2016 前二，[元]2016 他成故，[元]2016 緣故無。

教：[原][甲]2266 義皆麁。

借：[甲]1928 無明緣，[甲]2263 其。

藕：[甲][乙]2317 答雖有。

蘇：[聖]2157 其秦。

因：[甲]1961 船力故。

諸：[宮]659 大神通。

坐：[原]1796 之障不。

踖

蹈：[宋]2110 地。

籍

持：[三][宮]2040 卿作評。

典：[甲]1717 即三墳。

藉：[宮]330 或詩頌，[宮]1425 家財，[宮]1912 增進善，[宮]2060，[宮]2102 二將豈，[甲]1795 本因故，[甲]2035 其物業，[甲]2196 善業得，[明]2016 智起修，[三][宮]487 五輪之，[三][宮]2034 甚既著，[三][宮]2103 般若而，[三][宮]2103 隆暑兮，[三][宮]2103 文開中，[三][宮]2103

幽，[三][宮]2122 苦相攝，[三][宮]2122 尸羅莊，[三]869 結護加，[三]2122 智慧開，[三]2125 禮敬之，[三]2145 銓品名，[三]2149 甚既著，[宋][宮]1451 問言聖，[宋][宮]2060 地上告，[宋][宮]2103 墾田而，[宋][宮]2108 者目焦，[宋][明][宮]2122 記録僧，[宋][元][宮]2102 炳於通，[宋][元][宮]2102 我智，[宋][元][宮]2103 年五十，[宋]1331 之記若，[宋]2145 不練故，[宋]2145 書，[宋]2145 藥方各，[宋]2145 之，[乙]1909，[元][明]2016 各不能，[元][明]2016 緣了爲，[元][明]2103 蘭教之。

籍：[宋]1582 菩薩善。

精：[甲][乙][丁]2244 智反又。

籙：[三][宮]2060 者凡四。

箱：[甲]2207 所。

猶：[甲]1929 行顯理。

覿

覿：[甲][乙]1866 斯異，[三][宮]2122，[乙]2777 況凡夫。

觀：[原]1796 四方見。

几

凡：[宮]2025 案者然，[宮]2041 上，[甲]2035 之外以，[甲]2128 反下宅，[甲]2128 例反漢，[甲]2128 几然，[甲]2128 聲佩必，[三]2102 岱幽陵，[聖]2157 燒，[宋][宮]397 反二十，[宋][元][宮]2060，[宋][元][宮]2103 席斯，[宋]2103 仙童玉，[宋]

2154，[元][宮]2104 談寫叙，[元]2103 高殿肅。

机：[宮]2053 側口授，[宮]2123，[三][宮]1451 案箱篋，[宋][元][宮]2122 忽於空。

巳：[甲]2128 聲下費。

兀：[甲]2128 堯時四。

向：[甲]1986 前一箇。

己

巴：[明]2151 至煬帝。

此：[三][宮]2122 身可重。

兒：[三][宮]2121 息隨時。

犯：[宮]1421。

故：[三][宮]765 便自了。

既：[三][宮]721 辨與諸。

子：[宋][元]、子[明]203 苦厄無。

九：[甲][丁]、良[乙][丙]2092 辰皇帝。

民：[三]2110 蓋人倫。

能：[甲]2039 自安乃。

其：[三][宮]2058 名造般。

人：[聖]1460 在後不。

三：[乙]2408 悅我。

色：[宮]1537 或復爲，[宮]1547 界一切，[三][宮]425 身能捨，[三]99 所愛最，[三]1550 地在上。

身：[三]20 況彼不。

尸：[宮]310 身并安。

時：[宮]721 即自思。

士：[明]2016 失之友。

是：[甲]1735 中云無，[明]414 耶於是。

巳：[宮]500 之衰輕，[宮]2053 名菓覺，[宮]2058 無縁唯，[宮]2123 口無二，[宮]2123 五，[三][宮][石]1509 世間有，[三]244 身亦復，[聖]279 作如，[聖][石]1509 樂但爲，[石]1509 身妻子。

所：[甲]1089 名。

他：[甲][乙]2250 爲，[甲]1828 下舉他，[乙]1736 刹。

亡：[甲]1782 故是世，[甲]2084 叔，[甲]2196 身爲法，[三][宮]2122 妻存日。

爲：[三]643 銅車滿。

心：[三][宮]1467。

也：[宮]1509 他。

已：[宮]1421，[甲]1736 者其唯，[久]761 利而生，[明][聖]410 結業盡，[明]2076 禪師，[明]2076 知竟，[三][宮][知]380 舍宅到，[三][宮]380 命根速，[宋]、巳[明]258 舍宅受，[乙]1909 佛南無，[元]、巳[明]244 身，[元]、巳[明]244 身堅固，[元][明]225 休止爲，[元][明]244 身，[元][明]380 物應當。

以：[明]813 了此義，[三][宮][甲][乙]866，[三][宮]425 見彼已，[三][宮]721 破彼三，[三][宮]768 持戒不，[三][宮]769 道寶之，[三][宮]810，[三][宮]810 離號字，[三][宮]下同 813，[三][聖]200 身五體，[三]810 滅當來，[聖][另]790 許，[聖]663 身骨髓。

亦：[宮]810 空當來。

有：[三][宮]2060 舊聞傾。

曰：[甲]1973。

正：[宋][元]1545 義故謂。

之：[明]1097 一遍一，[宋][元]721 從窟而。

主：[宋]220 心而有。

自：[甲]1733 身奉給，[聖]1509 身無吾，[乙]2263 行相心，[原]2377 利他慈。

脊

背：[三][宮]、胸[聖][另]1543 車弓地。

脊：[元]613 骨大節。

臍：[三][宮]607 根二種。

脊：[聖]1462。

脊：[宮]732 骨。

搞

剞：[三][宮]2103 削豪芒。

敲：[宮]2059 摭力尋。

岐：[三][宮]1425。

攝：[甲]2400 真實經。

戟

戴：[三]192 樹捉金。

戰：[甲]1065 觀自在，[乙]2408。

幾

斷：[三][宮]1546 地所攝。

或：[甲]2271 遣或存，[三][宮]1542 所造色。

畿：[甲]2207 內者。

機：[宮]2122，[甲]1775 不失居，

[甲]1805 問制行，[明]1585 闡，[三][宮]2060 法主既，[三][宮]2102 毫之補，[三][宮]2102 前豈能，[三][宮]2102 外之妙，[三][宮]2103，[三][宮]2103 已及熙，[三][宮]2111 而仰聖，[三]2103 矣且許，[三]2145 敏一聞。

譏：[丁]2092 刺竟皆，[宮]1478 於道法，[甲]1805 因制文，[聖]1428 玄，[另]1428 許應剃。

蟻：[甲]2135 里乞史，[三]、蟻[宮]671 羊毛麥。

既：[三][宮]1562 許多百。

紀：[三]100。

簡：[乙]2309 彼違。

僅：[三]202 致危沒。

祇：[聖][另]1435 相傷害。

敲：[宋]26 了。

少：[甲]2250 法。

識：[三]385 眾生等。

數：[甲]2255 及身口。

巳：[三][宮]560。

已：[明]1539 隨眠是，[三][宮]2122 所謂難，[聖]200 許時諸。

以：[三][宮][聖][另]1543。

又：[明]2076 抽枝。

緣：[元][明][宮]1542 非有因。

蟻

蟻：[甲][乙][丙]2381 經無量，[明]2122 子之類，[三][宮]606 轉如胡，[三][宮]1648 子，[三][宮]2123 子之類。

旡

天：[明][宮]813 丄世間。

伎

彼：[另]1428 若吹，[宋]421 樂弦歌。

伏：[聖]1509。

技：[宮][聖]476 藝，[宮]286 術，[甲]1709 藝文字，[明]220 能作種，[明]220 術無不，[明]310 藝善男，[明]1545 書畫染，[明][甲]901 藝願速，[明]190 兒所作，[明]190 馬伎，[明]192 藝勝，[明]220 術學至，[明]220 已至究，[明]220 藝雖得，[明]220 藝呪術，[明]321 藝工巧，[明]321 藝無不，[明]1299 藝求女，[明]1431 術以自，[明]1440 三作四，[明]1450 能皆悉，[明]1450 藝工巧，[明]1450 藝後生，[明]1451 術令我，[明]1537 能苦行，[明]1543 藝名何，[明]1545 術能，[明]1545 藝，[明]1545 藝彼體，[明]1545 藝以自，[明]1549 術諸藝，[明]1563 藝漸，[明]1579，[明]1579 能活命，[明]1611 藝嬰兒，[明]1690 兼，[明]2102 所，[明]2105 樂比至，[明]2122 藝畫師，[明]下同 220 藝雖得，[三]26，[三]220 能言信，[三]375 藝大王，[三][宮]410 藝而成，[三][宮]272 藝不從，[三][宮]292 術示現，[三][宮]309，[三][宮]309 術不輕，[三][宮]310 彼是九，[三][宮]410 能多，[三][宮]411 藝柔和，[三][宮]411 藝智得，[三][宮]639 能，[三][宮]1549

術第二，[三][宮]1579 藝智慧，[三][宮]1579 則絢發，[三][宮]2034，[三][宮]2105 術是以，[三][宮]下同 411 術為自，[三]1 戲入我，[三]22 藝或為，[三]26 術咒說，[三]99，[三]100 藝，[三]125 術所行，[三]186 術時白，[三]212 必，[三]220 術學至，[三]220 藝雖得，[三]220 藝謂解，[三]375 術我知，[三]375 藝僕使，[三]375 藝日月，[三]375 藝書籍，[三]665 術五明，[三]1340 藝或行，[三]1534 兒使卒，[三]2121 術無能，[聖]397 樂供養，[聖]397 樂以供，[聖]476 樂於諸，[聖]1451 遂得當，[另]下同 1463 也，[宋][明]1425 兒支節，[宋][明]1425 中以佛，[宋][元][宮]、拔[元]285，[乙][丙]2092 術之，[元]、彼[明]314 等道德，[元]、枝[明]227 術無不，[元][明]26 藝乘象，[元][明]294 術善知，[元][明]375 藝書數，[元][明]408 術欲證，[元][明]671 術漸次，[元][明]721 兒以戲，[元][明]1340 藝耶對，[元][明]1357，[元][明]2122 術乾沓，[元][明]1，[元][明]1 術以自，[元][明]1 術讚歎，[元][明]1 戲無不，[元][明]1 藝然後，[元][明]20，[元][明]24 能工巧，[元][明]53 以自存，[元][明]99 師肩上，[元][明]99 術處此，[元][明]100 兒旃陀，[元][明]100 善，[元][明]120 兒於大，[元][明]125 術而自，[元][明]125 術故所，[元][明]125 術或習，[元][明]125 術乃能，[元][明]152 乎對曰，[元][明]157 術為，[元][明]158 術隨類，[元][明]158

藝苦行，[元][明]186，[元][明]187，[元][明]187 術工巧，[元][明]187 藝於無，[元][明]189 藝，[元][明]190 報答呪，[元][明]190 六十四，[元][明]190 作諸音，[元][明]202 家有一，[元][明]212，[元][明]212 術，[元][明]212 術皆由，[元][明]223 術端正，[元][明]227 術無不，[元][明]228 術善能，[元][明]271 卒惡不，[元][明]272 次第修，[元][明]272 藝，[元][明]314 者我爲，[元][明]324 所作巧，[元][明]333 藝，[元][明]374 藝日月，[元][明]374 藝書籍，[元][明]375 藝所能，[元][明]387 藝書疏，[元][明]420，[元][明]423 術何不，[元][明]425 術從其，[元][明]485 能畫如，[元][明]487 術藝能，[元][明]639 能，[元][明]642 藝醫方，[元][明]656，[元][明]656 勇，[元][明]657 藝及世，[元][明]660 能種種，[元][明]660 術文字，[元][明]664 能，[元][明]664 術能出，[元][明]664 藝書疏，[元][明]665 術能出，[元][明]670 兒變現，[元][明]671 術，[元][明]671 術誰能，[元][明]680 傲慢衆，[元][明]694 巧不淨，[元][明]721，[元][明]721 兒歌舞，[元][明]721 人遊戲，[元][明]721 樂刀稍，[元][明]1331 不具足，[元][明]1425 兒歌舞，[元][明]1425 兒聚落，[元][明]1488 藝欲令，[元][明]1509 術端，[元][明]1530 傲慢衆，[元][明]1579 能引致，[元][明]1579 能展轉，[元][明]1579 藝彼，[元][明]1579 藝工巧，[元][明]2040 術律云，[元]

[明]2059 絕倫專，[元][明]2059 雜能罕，[元][明]2087 能淺薄，[元][明]2087 術究極，[元][明]2121 術后聞，[元][明]2121 術所作，[元][明]2121 術無不，[元][明]2121 術賢者，[元][明]2121 賢者入，[元][明]2122 騰虛繩，[元][明]2123，[元][明]2123 兒變易，[元][明]2123 諸惡，[元][明]2145 術可以，[元][明]下同 721 兒，[元][明]下同 671 兒出種，[元]314 不應如，[元]721 術刀稍，[元]2122 兒雜戲，[元]2122 藝，[元]2122 雜諸幻，[元]2122 左道亂。

妓：[宮]2122 樂以自，[宮]263 樂，[宮]263 樂之娛，[宮]376 樂其數，[宮]482 女歌頌，[宮]815 樂自然，[宮]2040 樂，[宮]2059，[宮]2122 樂盈，[宮]下同 624 樂之音，[甲][乙]957 樂，[甲]853，[甲]1579 笑戲歡，[甲]1579 樂而爲，[甲]1579 樂塗，[甲]1579 樂以染，[甲]2339，[明]194，[明]220 樂燈明，[明]1563 染心悅，[明]2058，[明][聖]291 樂，[明]153 樂以爲，[明]157 樂，[明]184 侍從凡，[明]187 樂，[明]187 樂以申，[明]187 樂種種，[明]193 樂小罷，[明]198 女樂從，[明]220 樂燈明，[明]291 其巨雲，[明]321 樂於茶，[明]613，[明]616 樂處中，[明]616 樂盛自，[明]703 樂供養，[明]703 樂皆悉，[明]1128 樂供養，[明]1428 或他，[明]1450 女等圍，[明]1450 悉皆疲，[明]1450 樂人來，[明]1450 珠珍婇，[明]

1509 樂及諸，[元][明]1509 樂皆是，[元][明]1509 樂如是，[元][明]2040 樂不鼓，[元][明]2040 樂禮事，[元][明]2040 樂受持，[元][明]2121 樂不御，[元][明]2121 樂以娛，[元][明]2121 樂眾生，[元][明]2123 樂來迎，[元][明]2123 樂以自，[元][明]下同 1435 兒聞是，[元][明]下同 1509 樂供養，[元]1425 人立爲，[原]2721 音得道，[知]414 廣設香，[知]414 以，[知]414 樂圍，[知]598 樂被服，[知]598 樂而供。

俊：[甲]2183 僧都。

妙：[三][宮]1509 樂於虛。

俳：[三]732 後世墮。

岐：[甲]2362 之何其。

騎：[聖]1670 共行到。

使：[甲]1828 行稠，[明]2131 人帝王。

修：[宋][宮]、技[明]2123 業。

妖：[元][明]192 姿態供。

㮡：[聖]515 以。

娛：[三]、妓[宮]2121 女娛樂。

樂：[甲]1775 神也小。

仗：[明]2131 勅。

扚：[元][明]847 藝無缺。

支：[聖]310 緣亦復。

枝：[三]671 術，[聖]397 樂寶幢，[聖][知]1441 樂香花，[聖]397 樂如是。

姿：[聖]613 甚可愛。

作：[聖]231 樂不鼓。

技

拔：[原]1780 見舊義。

報：[甲]1512 那得聞。

伎：[宮][聖]278 能法，[宮][聖]278 術，[宮][聖]278 術明淨，[宮][聖]278 術雖未，[宮][聖]278 術以，[宮][聖]278 藝文章，[宮][聖]278 藝欲，[宮][聖]1428 藝書，[宮][知]579，[宮]279 術身往，[宮]279 術之法，[宮]279 藝令得，[宮]279 藝莫不，[宮]657，[宮]761 術五明，[和]261 藝懶惰，[甲]1709 藝，[甲]1733 藝則文，[甲]1786，[明][宮][甲][丙]2087 凡諸造，[明]156 藝一切，[明]293，[三]、[宮]1425 術以自，[三]209 能舊人，[三][宮]1442 術悉皆，[三][宮]1463 兒諸根，[三][宮]1615 樂，[三][宮]1646 能隨修，[三][宮][聖][另]1428 術書算，[三][宮][聖][知]1579 能三，[三][宮][聖][知]1579 能云何，[三][宮][聖]1428 藝，[三][宮][聖]1536 能知彼，[三][宮][聖]1544 藝及田，[三][宮]1425 術猶未，[三][宮]1428 不得空，[三][宮]1428 術莫，[三][宮]1428 術我等，[三][宮]1428 術下賤，[三][宮]1442 藝算數，[三][宮]1443 術謂婆，[三][宮]1451，[三][宮]1458，[三][宮]1462 巧須臾，[三][宮]1462 若有，[三][宮]1462 術答曰，[三][宮]1471 巫醫蠱，[三][宮]1521 術是名，[三][宮]1521 樂同時，[三][宮]1540 藝淨命，[三][宮]1562 能而不，[三][宮]1581 能，[三][宮]1610 能七童，[三]

[宮]1646 術不能，[三][宮]2041 藝典籍，[三][宮]2059 雖於道，[三][宮]2060 一能日，[三][宮]2087，[三][宮]2104 觸事無，[三][宮]2112 道士竊，[三][宮]2122 能智慧，[三][宮]2122 俗儒恥，[三][宮]2122 一能日，[三][宮]2122 藝令我，[三][宮]下同 1507 能使我，[三][甲][乙]950 藝，[三][甲]2087 特，[三]125，[三]1545 用然對，[三]2103 合爲五，[聖]278 藝文頌，[聖][宮]278 術悉備，[聖]125 術姦，[聖]190，[聖]190 善巧軍，[聖]190 藝諸書，[聖]278 術譬如，[聖]278 藝事，[聖]278 藝諸論，[聖]279 藝然其，[聖]1421 術，[聖]1428 藝，[宋]、妓[聖]125 術好喜，[宋]、妓[元][明]157 樂供養，[宋]100 能，[宋]212 術稱言，[宋]721 術爲第，[宋][宮]、快[元][明]1421 弓箭應，[宋][宮]2059 及，[宋][宮]2122 能遍皆，[宋][宮][甲][丙]2087 術，[宋][宮][聖]376，[宋][宮][聖]1425，[宋][宮][知]1581 術工巧，[宋][宮][知]1581 術義饒，[宋][宮]295 藝莫不，[宋][宮]314，[宋][宮]425 術巧便，[宋][宮]468 術若車，[宋][宮]480 藝，[宋][宮]657，[宋][宮]657 術常於，[宋][宮]657 藝悉，[宋][宮]721 術既出，[宋][宮]1509 術智巧，[宋][宮]1509 自，[宋][宮]1523 藝等，[宋][宮]2040 皆以名，[宋][宮]2045 術，[宋][宮]2059 多閑而，[宋][宮]2103 觸事無，[宋][宮]2122 能皆悉，[宋][宮]2122 藝勝妙，

[宋][宮]2122 藝諸書，[宋][宮]2122 諸惡，[宋][甲][乙]866 藝工巧，[宋][明][甲][乙]2087 藝門外，[宋][聖]、枝[元]1582 術諸論，[宋][聖]1 術，[宋][聖]26 術二者，[宋][聖]100 悉備知，[宋][聖]125 術或習，[宋][聖]183 藝六十，[宋][聖]189 皆以名，[宋][聖]190，[宋][聖]190 處王法，[宋][聖]190 能悉皆，[宋][聖]190 能種種，[宋][聖]190 人以戲，[宋][聖]190 藝，[宋][聖]190 藝多聞，[宋][聖]190 藝醫方，[宋][聖]190 最遠已，[宋][聖]200 術時城，[宋][聖]妓[元]190 藝彼願，[宋][元]、假[宮]1521 人雖以，[宋][元]166 術知，[宋][元]1545 術能留，[宋][元][宮]1462 巧，[宋][元][宮]、[另]1442 於一針，[宋][元][宮]、妓[明]613 術數億，[宋][元][宮]1521，[宋][元][宮][聖]376 藝白彼，[宋][元][宮]376 藝王大，[宋][元][宮]1451 藝博，[宋][元][宮]1462 藝於陶，[宋][元][宮]1521 藝算數，[宋][元][宮]1566 因之所，[宋][元][宮]2040 術若得，[宋][元][宮]2111 若飛鳥，[宋][元][宮]2122 教我太，[宋][元][聖]190 藝及餘，[宋][元]190，[宋][元]190 能勝，[宋][元]190 能誰最，[宋][元]190 悉皆明，[宋][元]190 藝，[宋][元]192 術不能，[宋][元]2061 忽經，[宋][元]下同 220 術無所，[宋]1 術叉手，[宋]1 術取財，[宋]1 藝以自，[宋]125 術無事，[宋]154 術，[宋]154 術多所，[宋]154 術皆以，

[宋]184，[宋]190 能遍皆，[宋]190 藝，[宋]190 藝等而，[宋]190 藝所謂，[宋]192 術色力，[宋]211 術要當，[宋]212 術無，[宋]613 藝無不，[宋]1092 藝神通，[宋]1356 藝通達，[宋]2040 術無能，[宋]2122 訖，[宋]2149 藝多所，[宋]2151 藝善諸，[宋]妓[明]157。

技：[宋][宮]2103 遂有孌。

妓：[宮]279 術譬如，[甲][乙]1709 藝者謂，[三][宮]1428 藝皆悉，[三]154 術即以，[三]1428 教他作，[三]下同、伎[宮]下同 1439 樂故往，[石]1509 術經書，[元][明]157 樂善男。

教：[三]、枝[宮][聖]278 皆悉清。

術：[三][宮][聖][知]1581 藝爲人。

校：[甲]1775 飾之所，[宋][宮]、授[元][明]425 他行巧。

毅：[三]1300 長壽懃。

仗：[三][聖]190 之中誰。

支：[甲]2792 頭左手，[另]1442 藝算數。

枝：[宮]292 術女人，[甲]2035 一部，[甲]2039 請試之，[三][宮]721 名歡喜，[三]190 最爲上，[宋][宮]、支[元][明]325，[宋][宮]1509 能功勳。

楷：[甲]2255 持瓶安。

芰

蓮：[甲][乙]2394 荷青。

岐：[三][宮][甲][乙]901 出又。

支：[甲]853 荷青蓮。

忌

避：[三]143 亂頭墜。

惡：[甲]1839 立異法。

跪：[三]、跽[宮]1471 端坐三。

諰：[三][聖]210 見微知。

恐：[元][明]658 辭無與。

思：[宮]2102 悟飾智，[明]2131 言多方。

忘：[宮]263 難不自，[宮]1562 憚，[甲]1963 十日十，[甲]2290 俗爲雙，[甲][乙][丙]2134 願，[甲]893，[甲]1778 天樂況，[三]、妄[聖]210 可謂奉，[三][宮]1461 失正念，[三][宮]2103 兢業又，[三]125 修行苦，[宋][宮]2103 九洄之，[元][明]513 聞之大，[原]、忘[甲]1744 失第三，[原]920，[原]2196 二有二，[原]2416 各體各。

則：[乙]2376 起信中。

妓

彼：[宮]1644 女天有，[三][宮]1547 女形手，[聖]643 樂中偈。

婦：[三]196 女。

伎：[宮]、技[聖]279 樂百千，[宮]721 樂自娛，[宮][聖][石]1509 樂於虛，[宮][聖]225 樂樂，[宮][聖]278 或施，[宮][聖]278 樂，[宮][聖]278 樂乘，[宮][聖]278 樂雲雨，[宮][聖]279 樂，[宮][聖]279 樂歌詠，[宮][聖]279

樂音靡，[宮][另]1428 樂，[宮]279，[宮]279 樂百千，[宮]279 樂身或，[宮]383 樂歌唄，[宮]754 女好酒，[宮]810 樂暢若，[宮]1435 自娛時，[宮]1462 樂，[宮]1462 樂來觀，[宮]1509，[宮]1644 女歌舞，[宮]2040，[宮]2040 女妻妾，[宮]2040 樂充塞，[宮]2040 樂供養，[宮]2121 樂前後，[宮]下同 310 樂，[甲]1912 高廣床，[甲]871 樂歌讚，[甲]1184 樂，[甲]1718 今，[甲]1736 樂者義，[甲]1775 女皆如，[甲]1965 樂如轉，[甲]2193 樂娛樂，[明][甲][乙]1225，[明][聖]663 樂爾時，[明]293 樂歌詠，[三]、俺[宮]2122 女之似，[三][宮]1507 女娛樂，[三][宮]2123 樂莊飾，[三][宮][聖]1421 女法著，[三][宮][聖]1423 女，[三][宮]1421 直更相，[三][宮]1428 女所住，[三][宮]1462 兒是故，[三][宮]1545 樂縱意，[三][聖]278 樂諸微，[三]152 凡千五，[三]205 衣食自，[聖][宮]278 樂共相，[聖][另]342，[聖][石]1509 樂諸龍，[聖]26 樂求財，[聖]189 女而娛，[聖]189 女相娛，[聖]278 人色像，[聖]278 樂音天，[聖]278 樂自然，[聖]279 樂詣菩，[聖]643 樂佛放，[聖]643 樂曼，[聖]下同 643 樂雲妓，[另]790 白王夫，[另]1509 樂不答，[宋]、技[元][明]125 術，[宋]、技[元][明]185，[宋]、快[宮]383 樂，[宋][宮]2040 樂散華，[宋][宮]2040 樂異口，[宋][宮][聖][石]1509 樂應，[宋][宮][聖]376

舍現爲，[宋][宮][聖]1509，[宋][宮][聖]1509 樂何以，[宋][宮]225 香，[宋][宮]263 樂善蓋，[宋][宮]279 樂歌詠，[宋][宮]310，[宋][宮]310 女有數，[宋][宮]310 樂讚歎，[宋][宮]701 女常在，[宋][宮]810，[宋][宮]817 樂而，[宋][宮]1435 樂，[宋][宮]2040 女形容，[宋][宮]2040 樂供養，[宋][宮]2040 樂燒衆，[宋][宮]2042 女圍繞，[宋][宮]2121 樂供養，[宋][宮]2121 樂王聞，[宋][宮]下同 358 樂亦來，[宋][宮]下同 810 樂，[宋][宮]以下混用 2040，[宋][聖]157 樂而以，[宋][元][宮][久]1486 樂，[宋][元][宮]1428 人所執，[宋][元][宮]1462，[宋][元][宮]2060 樂合堂，[宋][元][宮]2122 女彈琴，[宋][元][宮]2122 女一一，[宋][元]291，[宋][元]873 樂具皆，[宋]22 樂歌舞，[宋]144 樂持到，[宋]203 女充滿，[宋]291 樂之音，[宋]991 樂，[宋]1331 樂歌詠，[宋]1339 女優婆，[宋]1340 樂無復。

技：[明]293 樂，[三][宮]、枝[聖]310 術猶如，[聖]279 樂出妙，[聖]211 樂鳳，[聖]279 樂幢幡，[宋]、伎[宮]279 樂戲笑，[宋]、伎[明][宮]279 樂其音，[宋][聖]279 樂音或，[元][明]310 人命無。

教：[甲]2130 行第二。

妙：[宮]866 樂之具，[三]26。

奴：[宮]、伎[甲]876 雲普供，[三]1288 六嗢怛。

娠：[宮]2040 聲即勅。

妖：[宮]、伎[乙]866 也密供，
[甲]1813 術戒五。

仗：[聖]278 樂出妙。

支：[宮]310 樂以恭。

李

李：[三][宮]2060，[三][宮]2103
康之著，[原]1309 便得祭，[原]1898，
[原]1899 者隨見，[知]2082 仙。

年：[甲]1781 不短大，[甲]2214
受學云，[三][宮]2103 將隆虜，[三]
2103 至春鮪，[乙]2207 之畜曰。

委：[甲]1896 歷用曉。

秀：[宮]2059 末爰次，[聖]2060
等領軍。

計

部：[甲]2263 暗以難。

此：[甲][乙]1822 別有喜，[甲]
[乙]1822 破也，[乙]1822。

忖：[三]493 念人初，[元][明]744
知除滅。

道：[甲]2266 雖俱明。

得：[甲][乙][丙]1866 故即失。

諦：[甲]1816 故説爲，[明]481。

斗：[甲]2217 至於三，[三]、升
[聖]125 量言一，[三]4 量亦不，[聖]
1443。

斷：[甲]2266。

對：[宮]1567 執譬，[甲]1736 無
故四。

法：[甲][乙]1822 過也過，[乙]
1736 我見者，[乙]1822 至餘異。

訪：[甲]2217 尋五戒。

赴：[三][宮]2103，[三]2060 法
會遷。

訃：[宮][甲]1804 字此乃，[宮]
1804 請設則，[甲]1804 請設則，[甲]
1805 請，[甲]2128 反小介。

訶：[丁]2244 羅多多，[乙]2223
希有五，[元][明]1644。

許：[丙]2003 道佛是，[宮]263，
[宮]2103 進可以，[已]1830 聖道及，
[已]1830 異時心，[甲]868 計娑摩，
[甲]1830 計故其，[甲]1965 造惡之，
[甲]2266 大乘不，[甲]2266 爲，[甲]
2271 爲佛説，[甲][丙]2397 咤此云，
[甲][宮]1799 皆有又，[甲][乙]1821
爲樂因，[甲][乙]1832 亦無過，[甲]
[乙][丙]1210 被解縛，[甲][乙]1822
略，[甲][乙]1822 隨轉應，[甲][乙]
1822 於我以，[甲][乙]1822 擇滅無，
[甲][乙]2219 心垢時，[甲][乙]2254
也下正，[甲][乙]2259 小乘唯，[甲]
[乙]2263，[甲][乙]2263 二識，[甲]
[乙]2263 七識體，[甲][乙]2263 虛空
是，[甲]1287 方，[甲]1512 有神，[甲]
1805 明矣秉，[甲]1830 執因果，[甲]
1832 佛無，[甲]1969 風貌清，[甲]2196
定有者，[甲]2196 度量同，[甲]2202，
[甲]2249，[甲]2263 唯有心，[甲]2263
也即，[甲]2266，[甲]2266 度執爲，
[甲]2266 我雖不，[甲]2266 要集云，
[甲]2266 也若爾，[甲]2270 此義意，
[甲]2271 之我悉，[甲]2273 聲論師，
[甲]2273 我，[甲]2274 似同初，[甲]

2281 也，[甲]2300 小乘顯，[甲]2399，[甲]2399 足，[丁]1831 是蘊等，[明]1562 一一非，[三][宮]1562 此我常，[三][宮]263 設何方，[三][宮]1562 解脫是，[三][宮]1571 爲假或，[三][宮]1579 少分勝，[三][宮]1595 不須自，[三][宮]1609 身語二，[三]2060 乃一心，[宋]2061 思叛渙，[乙]913 塗香點，[乙]1821 身輕安，[乙]1821 依道所，[乙]2261，[乙]2263 遮，[乙]2408 百八牧，[元]125 斷，[元]1582 爲我是，[原]1308 石蜜徐，[原]920 成若善，[知]2082 從國人。

稽：[三][宮]2060 統御法。

雞：[明][甲]893 左邊置。

既：[明]1571 離色等。

記：[甲]1735，[明]1459 價當酬。

繼：[甲]2015 十年云，[三]1982。

家：[乙]2249 分同經。

假：[原]2339 我外道。

見：[甲][乙][丙]1866 有鬼然，[甲]1775 因。

結：[甲][乙]1822。

解：[甲]1799。

了：[宮]1602 義自性。

立：[乙]1736 自然此。

量：[三][聖]125，[三][聖]125 復，[三]125。

料：[三][宮][聖][另]1442 妻食之。

論：[三][宮]1579 今應。

難：[乙]2261 又彼三。

儞：[甲]974 里枳隸。

評：[甲]2249 之釋。

訖：[三]2154 成十三。

請：[甲]2082 將安出。

升：[宮]402 迦婆婆，[三][宮][聖]425 量。

師：[甲]2273 因不有。

識：[甲]2266 我等三，[元][明]1548 我。

授：[甲][乙]1822 也正見。

述：[三][宮]2122 第三。

數：[甲]2300 數故以，[知]598 多所恐。

説：[三][宮]1442 未久之，[三][宮]1546 二根者。

思：[三]278 議佛解。

訴：[元][明]2121 今蒙仁。

算：[三][宮]2112。

討：[甲]2266 有我人，[三][宮]2104 古道，[三][宮]2123 撮樞要，[宋][元]1582 道，[宋][元]2103 伏聽徵，[宋]607 如是病，[元][明]570 樹菩，[元]1484 我著相。

謂：[宮]1602 於，[甲]1579 實，[三][宮]1584 淨依於，[三][宮]2103 詩書所，[聖]1763 爲空自。

繫：[丙]2777 之以順，[甲][乙]2391 屬即備，[甲]1735 於日況，[明]293 念此與，[三][宮]1507 意以除，[三][宮]2112 執有貴，[三][聖]125 意在明，[三]125 念在前，[乙]1736，[元][明]1314 念即於，[元][明]2122 念在前，[原]1700。

下：[甲]2266 心故。

詳：[甲]1960 此應言，[三]2146
且附疑。

行：[聖][甲]1763，[乙]2261 所
執以。

懸：[甲]1959 念想於。

訊：[元]221 校五陰。

義：[乙]2263 案能破。

議：[元][明]658 除蓋障。

語：[三][宮]721 言一切，[宋]
[宮]2123 欲請佛。

針：[甲]2882 人。

汁：[甲]2227 香乾陀，[甲]2792
能差衆。

諸：[甲]2266，[明][甲]1177 屬
故猶，[元]266 人令聞。

迹

道：[甲][乙]1822 者爲得。

邇：[宮]2102 況適外，[三][宮]
2102 可以探。

返：[甲]2299 爲權此。

跡：[宮]279 三昧知，[宮]1435，
[甲]1722 非此淨，[甲]2395 力士經，
[明]下同 1536 者一無，[三][宮]701
皆共稽，[三]152 追逐求，[聖]211，
[聖]211 莫不歡，[聖]790 皆受五，
[原]2036 由以動。

蹟：[明]2087。

教：[原]2410 門一段。

流：[宋]、疏[聖]26 於其。

述：[宮]2060 謗滅老，[甲]2261
凡相未，[甲]2266 嘗不於。

途：[原]1775 十方國。

屯：[甲]1731 斯。

巳：[三][宮]656 恒自思。

亦：[宮]2122，[宮]603 福彼何，
[甲]2087，[甲]2299 無常也，[三][宮]
2122 同盜相，[三][聖]120 無有邊，
[三]1440 多爲説，[聖][另]1543 三，
[宋][宮]1546 漏盡阿，[乙]1724 不可
言。

遊：[甲]2261 履佛法。

有：[宋][元]1545 是諸邪。

遠：[甲][乙]1821 明苦，[甲]2239
明從本，[甲]2298。

遮：[宮]1804 煩惱熱，[甲]2299，
[甲]2299 義云問，[三]1 婆。

之：[聖]1859 於履者。

洎

幾：[甲]1986。

洎：[甲][乙][丙]2003 合打破，
[聖]2157，[聖]2157 乎汎舶，[聖]2157
乎五月，[宋][元]2061 乎金華，[元]
2122 于梁代。

須：[元][明]2060。

治：[甲]1735 此二通。

既

必：[原]、[甲]1744 授記則。

纔：[明]310 出家已，[原]1796
離。

常：[甲]1795 乖故須。

橡：[乙]1866 並成故。

此：[甲]1786 金光明。

次：[甲]2266 是通迷。

耽：[三][宮][石]1558 著貪煩。

都：[甲]、都[原]1700 盡故得。

而：[甲]2087 已，[三]2103 就詎

勞。

復：[三]156 不得咽，[聖][另]

790 不。

改：[原]2339 爲廣狹。

漑：[甲]2087 無令德，[三][宮]

281 淨當願。

各：[甲]2263 有多法。

更：[甲][乙]1821，[甲][乙]1822

成過，[甲][乙]1822 廢親立，[甲][乙]

1822 離麁惡，[甲][乙]1822 是佛出，

[甲][乙]1822 説唯一，[甲][乙]1822

唯除性，[甲][乙]1822 無根愛，[甲]

[乙]1822 無是非，[甲][乙]1822 言，

[甲][乙]1822 已發戒，[甲][乙]1822

齋等八，[甲][乙]1822 轉根位，[甲]

2068，[甲]2068 勘其文，[甲]2068 有

普門，[甲]2068 增至，[甲]2087 深其

味，[甲]2195 非廣大，[甲]2400 成，

[乙]1822 言，[乙]2263 無立破，[原]

2271 於喻中，[原]2271 云差別。

故：[乙]1723 第二。

和：[三]1462 合是名。

乎：[乙]2261 我。

化：[三][宮]2121 入其國。

惠：[甲]2400 想如上。

即：[丙]2812 非常有，[宮]310 受

持已，[宮]2111 至寂不，[宮]414 知

如來，[宮]423 聞法已，[宮]572 爲尊

豪，[宮]1610 無六根，[宮]2040 已捨

我，[宮]2123 不得出，[甲]1727 出纏

驗，[甲]1766 並非故，[甲]2001 如是

事，[甲]2337 説云由，[甲][乙]1822

不説多，[甲][乙]1866，[甲][乙]2263，

[甲]1007 嚴，[甲]1719 云比於，[甲]

1724除世，[甲]1727 緣十界，[甲]1728

無分別，[甲]1736 唯有四，[甲]1736

云得大，[甲]1783 如此觀，[甲]1816

無大身，[甲]1841 以八爲，[甲]1924

是無明，[甲]1969 滅能想，[甲]2008

如是吾，[甲]2036 號無遮，[甲]2087

隱兩日，[甲]2192 云妙果，[甲]2217

此意矣，[甲]2223 出已同，[甲]2249

非自宗，[甲]2261 有唯言，[甲]2262

云説，[甲]2263 有上界，[甲]2263 有

四十，[甲]2266 喚苦諦，[甲]2266 有

三失，[甲]2271 是有義，[甲]2274 是

異品，[甲]2275 不順因，[甲]2313 唯

緣事，[甲]2339 言非色，[甲]2434 其

不盡，[別]397 施所安，[明][宮]657 印

可，[明]1428 知已應，[明]1450 聞此

語，[三]190 先度彼，[三][宮]2121 出

迎逆，[三][宮][另]1428 得處宮，[三]

[宮]402 歸依佛，[三][宮]414，[三]

[宮]1421 入浴室，[三][宮]1443 歇徘

徊，[三][宮]1443 坐定，[三][宮]1507

往忽然，[三][宮]1507 爲畜生，[三]

[宮]1562，[三][宮]1579 生已亦，[三]

[宮]1579 終已隨，[三][宮]2043 不自

決，[三][宮]2060 至告曰，[三][宮]

2060 至山塔，[三][宮]2085 成道與，

[三][宮]2104 是制法，[三][宮]2104 於

外有，[三][宮]2121 調伏時，[三][宮]

2122 掩凡經，[三][宮]2122 造臺塔，

[三][宮]2122 至地獄，[三][聖]375，[三]1 止息周，[三]23 知之便，[三]24 於彼處，[三]25 入天口，[三]201 至其舍，[三]721 墮地獄，[三]1116 聞已即，[三]1452，[三]2122 得果已，[三]2149 播釋風，[聖]172 爲飢火，[聖]189 至，[聖]397 生信已，[聖]663 命終已，[聖]1421 竟諸佛，[聖]1440 久後設，[聖]1451 懷羞恥，[聖]1462 初下，[聖]1721 不堪授，[另]1442 承教，[另]1442 至王所，[宋]17 獲者消，[宋][宮]414 初分四，[宋][宮]1509 不能度，[宋][元][宮]2122 而客坐，[宋]99 離欲相，[宋]375 親，[乙]2218 許法身，[乙][丙]2812 許天上，[乙]2396 從遍一，[元][明]231 聞正教，[元][明]375，[元][明]2016 唯一心，[原]、即[甲]1782 周名供，[原]1744 信書報，[原]2270 是釋前，[原]1825 無身果。

記：[明]2034 入。

見：[甲][乙]1822 不知如，[甲]1929 有巧拙，[乙]2263 不。

暨：[三][宮]2104。

盡：[甲]1733，[甲]1733 集次正。

就：[聖][甲]1763 人，[原]、[甲]1744 滅諦，[原]、就[甲]2006 明初夜。

俱：[甲]1727 亡復何，[甲]1733 絕言，[三][宮]1571 不成更。

據：[乙]1736。

決：[甲][乙]2231，[甲]2266 不重云，[甲]2266 通任。

覺：[甲]2249。

懇：[元][明]2145。

況：[甲]2259 下三無，[甲]2266 眼識時。

愧：[三]2145 而問慧。

朗：[乙]1744 師云佛。

良：[原]1851 在於此。

彌：[甲]1775 厚則罪。

免：[甲][乙]1816 念退故。

乃：[三][宮]2034 是西。

能：[元][明]1566 不生云。

起：[宮][甲]1912 不由眞，[甲]1736 言説已。

豈：[三]2122 有劣於。

訖：[甲]2035 帝釋即，[三][宮]381 祿無窮，[三][宮]2122 已一一。

全：[乙]2263 非賢意。

若：[甲][丙][宮]2087 得瞻仰，[甲]2281 不明四。

生：[三]220 信解已。

師：[甲]2084 到。

時：[三][宮]2043 最小心。

條：[甲]1799 滅妙香。

疏：[甲]2266 不離識，[甲]2266 及義林，[甲]2266 依能生，[甲]2270，[甲]2271，[甲]2299 興宗致，[甲]2339 上句，[甲]2339 云眞諦，[甲]2434 遠離。

説：[甲]2255 無或時，[甲]1512 無一定，[甲]1828 總取境，[甲]1912 若是，[甲]2036 燼而靈，[甲]2217，[甲]2255 口密次，[甲]2263，[甲]2266 名無依，[甲]2266 至同時，[甲]2271，[甲]2271 不爾此，[明][宮]670 妄想建，[明]1453 許已問，[明]1558 一切

法，[明]1571 無二世，[乙]1821 一切法，[乙]1822 一切法，[乙]2254 言四無，[元][明]1442 得法已，[元][明]1545 有成就。

巳：[聖]1509 入涅槃，[乙]2396 有初際，[原]2208 異人法。

脱：[甲][乙]1909，[甲]1709 非有無，[甲]2299 是因縁，[三][宮]283，[三][宮]2060 冥，[聖]221 盡於不，[乙]1822 説相雜，[知]598 有。

望：[原][甲]1781 重多以。

無：[丙]2810 似順起，[甲]1816 別配屬，[三]2103，[乙]1821 畢竟。

璽：[甲]2193 如來印。

先：[三][宮]2049 遍通十。

顯：[原]2339 種子自。

現：[甲]2271 違他許，[甲][乙]1822 言皆縁，[甲]1816 住無想，[宋]1563 集如是，[原]、[甲]1744 承佛威。

也：[甲][乙]1822 言第。

已：[甲][乙][丙]2812 出家已，[甲][乙]1821 説色塵，[甲][乙]2263 不，[甲][乙]2263 有緣不，[甲][乙]2288 一心無，[甲][乙]2778 滅即能，[甲]1782，[甲]2339 斷人執，[明]2016，[三][宮]2053，[聖]200 勝名，[聖]1428 出家已。

以：[三]1339。

亦：[甲]1961 爾他身，[甲]2006 如是吾。

意：[元][明]1331 不專便。

應：[乙]2261 不生眞。

又：[甲]2053 多池沼。

餘：[甲]2339 無別相。

則：[三][宮]2103 先道而。

至：[甲]2391 至。

諸：[三]1558 無受者。

自：[宮]1530 在内行，[聖]1428 非沙門。

紀

傳：[三][宮]2060，[三]2060 十二人。

純：[宮]2102 不替且。

但：[原]1776 法是以。

道：[聖][另]790 孝順爲。

給：[聖]211 以女配，[宋]2060。

和：[原]2410 州天川，[原]2410 州嚴島。

化：[甲]1709。

幾：[明]2076 歸宗云，[三][宮]539 相貌。

記：[甲][乙]2207 私記云，[甲]1718 大小此，[甲]1786 曰檄以，[甲]1828 括義第，[甲]2367 又呼城，[甲]2367 云却後，[明]2122 所及略，[明]2151 卷第一，[明]2154 第十二，[明]2154 四卷大，[三][宮]2102 昇天葛，[三][宮]2103 録總其，[三][宮]2109 一部又，[三][宮]2112 洞紀，[三][宮]2122 曰風者，[三]2154 隋翻經，[三]2154 一卷同，[聖]210，[宋]20 常奉諸，[乙]1833 皆不説，[元][明]2122 稱祥龍，[元][明]2122 經再宿。

糺：[丁]2109 國慧淨，[乙]2286 其所引。

絕：[宮]263 別入出，[宮]2085
自，[宮]2103，[宮]2103 月十八，[甲]
2068 而顯專，[甲]2778 弘，[三]2110
其纖芥，[三][宮]2103 義，[宋][元]
2111，[元][明]2034。

錄：[三][宮]2034 卷第一，[宋]
[元][宮][聖]2034 卷第十，[宋][元]
[宮]2034 卷第二，[宋][元][宮]2034
卷第十。

命：[原]2897 不同唯。

年：[三]2034 下魏晋。

說：[宋][元][宮]318 遶城七。

已：[乙]2157 翩扇之，[元][明]
2154。

則：[宋]2110 號栗陸。

罴

側：[宋]、[元][明]187 塞填咽，
[宋]155 塞虛空。

記

寶：[甲]2266 並云。

差：[宮]1579 別諷誦。

抄：[甲]2181 一卷。

鈔：[原]2248。

地：[甲]2266 等者義。

犯：[甲]2217 心知此。

軌：[乙]2408 之，[乙]2408 羯磨
印，[原]2409 云十指。

許：[三][宮]1451 皆當領。

化：[甲]2195 謂高名。

集：[三][宮]2034，[三]210 佛言
所。

計：[宮][甲]1911 無量種，[明]
125 過去，[明]125 怨憎會，[三][宮]
309 復有四，[三]125 猶如一，[乙]
[丁]2244 花嚴，[元][明]1551 憶宿事，
[元]212 或在地。

既：[三]、說[宮]1536 為久作，
[宋]說[元][明][宮]1562 故然不。

紀：[宮]2060 人所不，[甲]2017
如是持，[甲]2036 古史所，[甲]2250
等引新，[甲]2837 師言行，[三][宮]
2034 卷第十，[三][宮]2053 軒，[三]
[宮]2103 終朝紛，[三]6 七事解，[三]
2103 本無老，[三]2154，[三]2154 位
為九，[聖]754 論醫方。

寄：[甲]1717 髀臍中。

見：[乙]1723 如是人。

詰：[乙]1822 後無容。

戒：[三][宮]2103 記之道。

就：[甲]1816 故知無。

局：[三]2145 文。

決：[甲][乙]2397 云金剛，[三]
185 言疑解。

了：[三][宮]2059 至鼻。

禮：[元][明]2103 稱弗。

麟：[甲]2250 上記文。

領：[甲]2195 及。

龍：[聖]2157 世經及。

漏：[甲][乙]1822 者。

錄：[三]2154。

亂：[甲]2266 自。

論：[甲][乙]1822 以答爲，[甲]
[乙]2259 文說云，[甲]2250 上記文，
[甲]2275 云談此，[宋]、場[明][宮]

2034。

靡：[三]361 取諸神。

銘：[聖]2034 但是一。

能：[甲]1512 故受持。

配：[甲]1828 之謂身。

破：[原]1764 之其第。

起：[宮]310 瞋恚遞，[甲]、義[乙]2263 後緣義，[甲]2266 經云至，[甲]2270 塔而供，[甲]1828 依我慢，[甲]1851，[甲]2266 不善眼，[甲]2266 故其前，[甲]2266 因故説，[甲]2296 者不通，[甲]2299 但以，[甲]2339 法執第，[三]2154 世經同，[乙]1861 言説記，[乙]2263 故如，[元][明]1421 之而去，[原]1818 彼事故，[原]1851 一向是。

訖：[甲][乙][丙][丁]866 如，[甲]2434，[三][宮]2122 而景來，[三]2154 沙門僧，[聖]2157 了，[宋]2061，[宋]2122，[乙]2157，[原]2271 二云。

取：[甲]2367 後分也。

如：[元]2103 論二千。

三：[明]2110 俱能鼇。

色：[三][宮]1562 染心退。

設：[聖]1544 身表彼，[宋]212 彼壽。

師：[甲][乙]2250 亦。

時：[乙]2390 又。

識：[三][宮]1592 爾隨順，[三][宮]1592 説。

史：[三]2103。

釋：[甲]2408 大體同。

授：[聖]157 能令無。

疏：[甲]1715 卷第六，[甲][乙]2250 上記文，[甲]1715 卷第二，[甲]1715 卷第三，[甲]1715 卷第一，[甲]2183 一卷，[甲]2207 云，[甲]2253 也此有，[甲]2339 即始覺。

述：[甲]2196 之端。

説：[宮][甲][乙]866 又於其，[宮][聖]1547 一向分，[宮]374 當墮地，[宮]672 意具，[宮]1507 曰汝勇，[宮]1547 性及果，[宮]1558 龜毛，[宮]1605 事由彼，[宮]2034 此年佛，[宮]2042 總持第，[宮]2102 曰夫自，[甲]2249 故説有，[甲]2269 至唯量，[甲]2290 一云三，[甲]2387，[甲]2409 云供養，[甲][乙]2254 者論云，[甲][乙][丙]2392 云右三，[甲][乙]1822 別故明，[甲][乙]2259 三十七，[甲][乙]2259 文，[甲][乙]2259 文具云，[甲][乙]2259 文云由，[甲][乙]2259 曰四大，[甲][乙]2296 言如來，[甲][乙]2390 此印高，[甲][乙]2390 亦同，[甲][乙]2390 云各説，[甲][乙]2391，[甲]1512 末得證，[甲]1512 有其因，[甲]1709 別此有，[甲]1718 一切聲，[甲]1735 善巧爲，[甲]1816 云當來，[甲]1822 引後文，[甲]1828 彼言入，[甲]1828 十者於，[甲]1828 唯有此，[甲]2128 天子玉，[甲]2214 之，[甲]2250 釋寶破，[甲]2259 文云謗，[甲]2266 十四下，[甲]2274，[甲]2274 文，[甲]2274 邑云有，[甲]2290，[甲]2299 遠近亦，[甲]2299 之作者，[甲]2301 而就，[甲]2339 此，[甲]2339 三信

解，[甲]2339 說三細，[甲]2339 者大文，[甲]2387 不同也，[甲]2390 文第一，[甲]2390 文意大，[甲]2390 亦同慧，[甲]2392 云次作，[明][宮]397 神通隨，[明]236 我無，[明]1450 昔時花，[明]1451 王即，[明]1457 四黑白，[明]1530 故色心，[明]2076 僧，[明]2122 慈氏興，[三]、訖[宮]313，[三]1，[三]1562，[三]1563 彼所作，[三]1602 無礙智，[三]2110 不差推，[三][宮]310 汝智慧，[三][宮]402 當作人，[三][宮]1461 如律毘，[三][宮]2043 我入涅，[三][宮][聖][另]1435 闍那比，[三][宮][聖]1579 神通究，[三][宮]223 名字復，[三][宮]341，[三][宮]384 亦如衆，[三][宮]397，[三][宮]397 事，[三][宮]647 智輪童，[三][宮]653 是人必，[三][宮]660 已，[三][宮]671 法一往，[三][宮]761 汝當成，[三][宮]1461 如律毘，[三][宮]1462 摩哂陀，[三][宮]1523 具多聞，[三][宮]1546 無，[三][宮]1551 起言說，[三][宮]1552 六，[三][宮]1558 唯反詰，[三][宮]1562 未來事，[三][宮]1562 旋繞制，[三][宮]2033，[三][宮]2034 九流百，[三][宮]2043 於彼山，[三][宮]2111，[三][宮]2121 能於後，[三][宮]2122，[三][宮]2122 若有衆，[三][聖]190 恐畏聖，[三]99 不謗如，[三]158，[三]291 是方俗，[三]362，[三]1339 無有形，[三]1442 云，[三]1532 以依如，[三]1545 事不謬，[三]1549 或作是，[三]1559 王言大，[三]1582 菩薩摩，[三]1585 故不見，[三]2110 事往往，[三]2145 鮮而妙，[三]2145 正似亂，[聖][另]1435 不恭敬，[聖]1，[聖]310 法謂能，[聖]1441 又復二，[聖]1442 驗迴還，[聖]1579 乃至問，[聖]1602 別謂諸，[聖]1602 法一，[聖]1788 涅槃此，[聖]2042 耶答言，[另]1548 欲發起，[宋][宮]677 自所，[宋][宮]2043 耶長老，[宋][明][宮]463 我今略，[宋][明][宮]278 宮殿十，[宋][元][宮]1563 別故或，[宋][元]1603，[宋]1 之沙門，[乙]1723 一種謂，[乙]1816 能廣法，[乙]1816 三世事，[乙]1816 我當來，[乙]1822 亦記彼，[乙]2174 二十二，[乙]2194 問華嚴，[乙]2215 竟疏第，[乙]2227 也，[乙]2261 心不，[乙]2370 言彼常，[乙]2376 爲未來，[乙]2390 如此正，[乙]2390 同海本，[乙]2391 先想心，[乙]2391 云羯磨，[乙]2392 云三部，[乙]2404 云惠和，[乙]2408 文，[乙]2408 文但，[乙]2408 已上寬，[元]、計[明]384 有是非，[元][明][宮]402，[元][明][宮]1680，[元][明]2122，[元][明]2149 晚入吳，[元]220 時天帝，[元]2154 爲正，[原]、說[甲][乙]1796 故名無，[原]1829 已者謂，[原][乙]2259 文云思，[原]1818 令，[原]2208 損益，[原]2248，[原]2339 故云大。

祀：[三][宮]1546 祠神欲，[三][宮]2102 謬師，[宋]1092 滿一千。

訴：[宋]、託[元][明][宮]2122。

他：[甲]2313 唯離。

托：[甲]1969 生爲人，[三][宮]2041 釋種名。

託：[宮]2034 紹輪王，[甲][乙]2254 境界力，[甲]1828 緣不得，[甲]2219 口於如，[三][甲]1007 面別各，[宋][宮][聖]1585 本質方，[乙]2157 逮陳武。

訑：[甲]2266 衆緣生。

爲：[聖]222 無著無。

謂：[宮]1428，[甲]、甲本傍註曰、記三本、－[乙]2396 有所表，[甲]1828 八界八，[甲]2297，[宋]2032 法如道，[原]2339 有。

無：[宮][聖]234 閑居亦，[甲]1782 故是法。

寫：[甲]2414 之。

心：[甲]2266 者此牒。

信：[宋][元][宮][聖]310 已供養。

序：[三]2145 第十二。

穴：[原]2196 山精。

也：[三]、記也[宮]2122。

已：[博]262，[三]2088。

意：[甲][乙]2277 同之不。

義：[甲]2271 私記云。

譯：[甲]2130 曰摩訶，[明][宮]2034。

隱：[宮]1543 不隱沒。

語：[甲]2183 一卷古，[三][宮][聖]1451 已，[三][宮][聖]2034，[三]125 已即起，[聖][另]1435 我當生，[聖]1552 心究竟，[元][明]1544 非理所。

正：[三][宮]228 念思惟。

證：[原][甲]2271 而以言。

治：[聖][甲]1723 第。

智：[甲]1822。

誌：[三][宮][聖]1421 處若捉。

呪：[三]2059 而尤長。

諸：[元]220 法無記。

住：[甲]2299 所引非。

注：[甲][乙]2263 之。

註：[原]2271 上來問。

撰：[甲]2183 東妻，[甲]2305。

偈

倡：[三][宮]1545 書染雖。

唱：[三][宮]1478 禮佛訖，[三]1549 導。

嘅：[三][聖]211 已五百。

此：[三][宮]2043 言。

得：[甲]1512 上，[甲]1512 作問答，[三][宮]1521 名義趣，[元]238 受已爲。

獨：[甲]2395 云平旦。

法：[聖]99。

佛：[三][宮]1548 説。

傅：[三]2034。

伽：[原]、偈[甲]923 陀去南。

隔：[甲]2255 礙常住。

見：[元]374 若復有。

揭：[甲]2219 河即是，[三][宮]1464，[三]1058 二合底。

碣：[三]2060 頌中書。

竭：[元][明]2153 一卷。

經：[甲]2157 字一紙，[甲]2898 七佛世，[三]2149。

句：[甲]1920 通達無。

俱：[甲]1839 有以攝，[聖]1733 分二初。

渴：[甲]1781 見陽炎。

兩：[甲]1733 次第頌。

論：[甲]2300 及長行。

明：[甲]1733 行稱真。

偶：[甲]2299 餘依文。

品：[甲]1717 中本四。

染：[宋]1566 意如是。

頌：[甲]1733 一行偈，[甲]1742 曰佛身，[甲]2219 文海雲，[明][和]261 言，[三]26，[三]187 答曰，[三][宮]263 勸助，[三][宮]384 已於大，[三][宮]636 答曰，[三][宮]638 讚曰，[三][宮]672 言，[三][宮]721 曰，[三][宮]1425 答父言，[三][宮]1579 隨白馬，[三]184 言，[三]187 曰，[三]196 答曰，[三]212，[乙]1723 長行有，[乙]2263 也，[原]2263 耶。

往：[三][宮]2121 告摩耶。

問：[三][宮]635 曰。

行：[聖]1721 中前偈。

須：[聖]2157 未可輕。

言：[三]2106 三十餘。

謁：[甲][乙]2390 讚岐守。

語：[三]212 已即以。

約：[甲]1736 此偈明。

呪：[甲]1268 已告世。

既

更：[乙]2263 非，[乙]2263 非別體。

郆：[甲]2261 圓果德。

徛

伎：[明]2076 死禪和。

綺：[甲]、倚[乙]2317 互相望。

祭

察：[聖]1537 名同活，[元]1 祀儀禮。

祠：[明]982 者食膿。

登：[三][宮]2034 嵩山起。

登：[乙]2215 祈禱三。

際：[甲]1805 謂地極，[三][宮]2103 侍師私。

示：[甲]1805 二位續。

済

齋：[乙]2362 轉滅不。

悰

悴：[三][宮]397 戰慄悚。

寄

部：[另]1721 索三以。

付：[三][宮]1470 主人。

記：[三][宮]2122 取重物。

寂：[原]1776 佛道。

冀：[三]2103 棄芻，[三][宮]2122 禮殷誠。

奇：[宮]2102 自謂當，[甲]2075 唯吾生，[甲]2266 麁顯勝，[明]2122 宿自，[三][宮]2060 調思扣，[三][宮]2060 寄則思，[三][宮]2102 安得妄，[三][宮]2122，[三][宮]2122 是波婆，

[三]2060 也所以，[三]2145 蓮於十，[三]2145 聞其年，[聖]1509 付阿難，[原]1889。

　　騎：[原]2196 牛以化。

　　擎：[三][宮]1421 佛言聽。

　　是：[甲][乙]1866 菩薩位。

　　宿：[原]2339 食旅亭。

　　索：[三][宮][聖]1454 衣無根。

　　虛：[三][宮]1425 極者當。

　　宰：[原]1851 用名人。

　　者：[甲]、寄者[乙]2207 同歸也。

　　織：[明]2076 錦於西。

寂

　　寶：[宮]681 靜慧菩，[原]2196 法境說。

　　察：[明]671 靜得大。

　　長：[原]2720 勝房招。

　　稱：[三][宮]2060 滅之後。

　　處：[甲]1851 故自性。

　　定：[三][宮]769 意行穢。

　　梵：[三][宮]583 志天龍，[三]2154 志成就。

　　故：[甲]2266 滅處俱。

　　積：[甲]2898。

　　疾：[明]2076 壽六。

　　迹：[甲]2299 之妙實。

　　家：[宮]425 常謂淨，[宮]425 衆所，[宮]598 除於苦，[宮]738 少欲不，[甲]1723 漸爲理，[甲][乙]2261 門中品，[甲]1512，[甲]1512 故，[甲]1724 滅淨依，[甲]2290 無礙境，[三][宮]1599 相，[三][宮]下同 777 無爲好，[三]199，[三]397 安隱住，[聖]99 盡此身，[聖]585 品第八，[聖]2157 每至月，[聖]2157 寺録，[石]1509 靜人見，[宋][明][宮][聖]292 業，[宋][元][宮]、最[明]318 上聖，[宋]108 然以，[宋]624 而知諸。

　　界：[聖]1509 者。

　　盡：[甲][乙]1736 方曰不。

　　淨：[宋][宮]721 滅涅槃。

　　靜：[三][宮]2122 定含笑，[三]100 處寂定，[三]192 默。

　　空：[三]643 不見犯，[三]1096 靜而住，[森]286 十二緣，[元][明]658 而不捨。

　　羅：[丁]2244 世賢或。

　　滅：[甲][乙]1909 佛南無，[乙]1736 今見變。

　　清：[明]293 靜無諸。

　　取：[元][明]649 靜勤教。

　　然：[三][宮]269 安空空。

　　身：[甲][乙]2390。

　　勝：[甲]2339 淨普覺。

　　實：[中]1911 相心源，[三][宮]2123 法住家。

　　事：[原]、[甲]1744 滅無爲。

　　室：[甲]1782 及無侍，[乙]1723 定次二。

　　推：[甲]1921 撿空見。

　　無：[三][宮]481 虛空本。

　　閑：[聖]375 靜受五。

　　杳：[三][宮]2102 翳一理。

　　著：[聖]、一[甲]1733 故住二。

　　自：[聖]318 然諸色。

宗：[甲]2036 者屢懇，[甲]2261 爲，[甲]2300 心上人，[明]721 靜益利，[明]2076 寺澹權，[三][宮]2104。

最：[甲]2261 靜度於，[甲]2289 靜無爲，[明][甲]1177 靜心性，[三][宮]782 滅涅槃，[原]1813 後而不。

葪

葪：[明]2110 奉命專，[乙]2296 地咸亨。

蒯：[宋]、葪[明]2106。

勣

積：[宋]、績[元][明][甲]951 遂成大。

績：[三][甲]951 力故若。

跡

果：[聖]200 爾時世，[聖]200 即於，[聖]200 心懷歡。

積：[宮]440 佛，[三][宮]2122 遂盈師。

迹：[宮]374 中象跡，[宮]374 無知無，[甲]1709 義翻爲，[甲]1735 一切品，[甲]2089 出始豐，[三][宮][聖][另]1428，[三][聖]26 成就八，[聖][另]342 往來不，[聖]26 以因齋，[聖]211 於是世，[聖]639 不可得，[聖]1859 也夫跡，[宋][元][聖]1595 學徒稟。

蹟：[明]400 水中而，[明]2087 入石寸。

路：[三][聖]99 比丘比，[三]206

旁悲思。

疏：[甲]2266 者此，[甲]2339 亦。

跣：[石]1509。

蹄：[甲]1728 跡也今，[明]1450 之水不。

言：[三]159。

研：[三][宮]2053 窮智境。

亦：[聖][另]1543 無有上。

遮：[宮]2034 應託善。

蹠：[元][明][宮]2121。

址：[三]、趾[甲][乙]2087，[三]、趾[甲][乙]2087 其傍有，[三]、趾[甲]2087 相隣數。

趾：[甲][乙]2087 赴集論，[三][宮]2059 張掖西，[三]2145。

智：[三]、－[聖]99 謂八聖。

衆：[甲]1736 生疑五。

蹤：[甲][乙]1929 皆無滯，[甲]2119 據域中，[三]212 求覓夜，[原]905 恣二化。

際

邊：[三][宮]1435 益一。

璨：[三]17 然。

察：[明]1451 亦不見。

陳：[原]2271 先陳寬。

除：[宮][知]384 佛除，[宮]1635 中，[宮]1684 引曩呬，[宮]2103 天居地，[甲]1706 顯出佛，[甲][乙]1821 定力所，[甲]1782 至今修，[甲]1851 言修捨，[甲]2015 斷斷障，[甲]2261 無有斷，[甲]2266，[甲]2266 展轉爲，[甲]2266 者顯揚，[三]26 佛說，[三]

[宮][聖][另]1543，[三][宮]221 寧有差，[三][宮]630 習勝意，[三][宮]1509 三昧入，[三][宮]1562 等或戒，[三][聖]291 所有承，[三]26 佛説如，[三]210 在愛欲，[三]291 諸見，[三]2103 前，[聖]231 隨順因，[聖]291 又本際，[聖]425 曜，[聖]1509 作證得，[宋]291 行是爲，[元][明]443 鎧如來，[元]1545 而説地，[原]1776 遣心過，[原]1778，[知]266 故度至。

德：[宋][宮]443 現在説。

底：[三][宮]378 世界諸。

牒：[甲][丙]1833 有徴思。

非：[明][宮]479 非際此。

隔：[宋][元][宮]1817 寄命死。

果：[聖][甲]1733 愛等三。

祭：[甲]2837 放曠清。

濟：[明]220 虛空界。

見：[三]1 謂無因。

降：[甲][乙]2194，[聖][另]1442，[原]2722 若有信。

節：[三][宮]397 是名非，[聖]397 羅尼四。

界：[明]220 耳鼻舌。

聚：[三][宮]397。

量：[乙]1736 不可稱。

隆：[甲]2230 名窟滿。

陸：[三][乙]1092 深量穿。

刹：[三][聖]125 欲。

深：[宮]2121。

生：[甲][丙]2231 劫數長。

始：[聖]292 劫意所。

世：[宮]1531 寂，[三][宮]1509

名空故。

性：[原]、[甲]1744 不可知。

陰：[宮]1609 常，[宮]221 者欲過，[知]266 亦無念。

嵋：[甲]1775 者彌。

餘：[三][宮]398，[三]267 説法若，[元][明][宮]415。

與：[聖]1859 般若等。

齋：[三][宮][久]1486 至于今。

障：[明]476 實際非。

陣：[三][宮]445 如來東。

智：[宮]310 自性於。

衆：[宋][元][宮]2121。

貲：[三][宮]1464 限田業。

踞

跪：[三][宮]2102 馨折侯，[三][宮]2122 斯並天，[三]212。

恐：[三]212 向夫人。

跪：[石]1509 奉天食。

襃

稷：[三][宮]1581 稻，[三]2060。

稷

襃：[宮]2104 契翼其，[宮]2102 之靈不，[宮]2122 荊州造，[宋][元]2110 識眞通。

祇：[元][明][宮]2102 之形民。

搜：[宮]2103 正置。

髻

店：[三][宮]1425 上頃又。

髮：[甲]850 賀野吃，[甲]938 迦羅引，[甲]950 大印能，[甲]1075 中即孕，[甲]1733 第三十，[甲]1821 子身體，[甲]1959 觀之頭，[甲]2401 子也彼，[明]1455 莊具者，[原]1818 中明珠。

髮：[丙]2087 重置頂，[宮]593 珠白蓋，[甲]1201 印第三，[甲]2337 中明珠，[甲]2412 表七代，[三][宮]1425 梵志聞，[三][聖]190 令諸螺，[三]26 牽令下，[聖]190 之處其，[聖]446 佛南無，[宋]2125 執作，[乙]1202，[乙]1202 下垂至，[乙]2087 中明珠，[乙]2408 甲，[乙]2408 印前，[乙]2408 中明，[元][明]1442 牽使出。

害：[元]193 驢駝而。

髻：[甲]2128 文殊五。

計：[原]2229 都阿㘈。

髻：[宮]1805 大臣之。

結：[宮][聖]425 如來本，[宮][聖][另]790 傾，[宮][聖]425 施如來，[宮][聖]425 相度無，[三][宮]425，[三][宮]745 挽之以，[三][宮]1509 爲好如，[三][甲]1039 向，[三][甲]1227 所至之，[三]125 告曰童，[聖]324 相之，[聖]381 相光其，[聖]512 亂髮同，[聖]1509 中生子，[石]1509 仙人，[宋][宮][聖]425 如來所，[宋][宮][聖]425 施如來，[宋][宮]2034 經，[宋]1191 大印。

兩：[乙]2394 邊置眼。

鬘：[丙][丁]866 之復以，[甲]

[乙]867 垂天帶，[甲]1736 明珠喻，[甲]1816 佛至今，[三][宮]397 是時衆，[三]2145 經，[三]2153 經，[三]下同 721 處於，[原]1287 提也右。

毛：[三]1442 生至於。

鬚：[三][聖]190 髮著袈。

諸：[聖]953 以。

髦：[三][宮]1536 或作大。

薊

莿：[宋][元][宮]2060 相者從。

蒯：[宋][元]2061 不稔道。

蘇：[甲]2035 北。

冀

奧：[甲]1918 得超然。

糞：[乙]1796 獲名稱。

海：[宮]2060 就遠行。

兼：[丙]2163，[宮]2059 從。

凱：[甲]1736 佛教其。

異：[甲]1735 成行果，[甲]1816，[三][宮]486 由來之，[三]1，[三]152 乎王曰，[聖]425，[宋]、果[宮]2102 藥駐僞，[宋]1013，[宋]2122 法常存，[宋]2122 伏邪愚，[宋]2122 州故觀，[元]221 望之意，[元]2122 夢有徵。

勇：[三]1336 梨至梨。

穄

種：[聖]211 其田外。

劑

躋：[甲]2017 至等覺。

齊：[宮]553 數氣味，[甲]2401，[明]945 頭數今，[三][宮]848 於幾時，[三][宮]1546 量爲幾，[三][甲][乙][丙][丁]1145 結十方，[三]865 金剛持。

緩

緩：[甲]2128 也。

覬

見：[聖]703 有委付。

闍

雞：[三][甲][乙]970。

榴：[三]、寄[宮]1425 伽提漿。

羅：[甲]938 引爾娜，[三][宮]1425 畫像乃。

綺：[三]1340 金銀琉。

毯：[三]2103 缽錫爲。

濟

拔：[三]100 義利安。

辨：[原]2248 者。

度：[三]、流布別本亦同 360 生死流，[三][宮]2059 脫在好，[三][宮]2121 樂法。

渡：[宮]2123 欲超生，[甲]2217 彼岸，[三][宮]2053 河至那，[三][宮]2053 河至設。

餌：[三][宮]2123 聖人。

割：[乙]2157 舟檝。

護：[乙]1069 攝受息。

活：[三][宮]1443 尼作是。

躋：[三][宮]2102 伴超倫。

擠：[三][宮]1648。

際：[明]2016 又傳法，[三][宮][聖]292。

劑：[三][宮][丙][丁]848 諸衆生。

淨：[明]997。

看：[三]、者[聖]200 無人瞻。

灖：[甲]2426 萬。

滿：[三][宮]1545。

齊：[丙]2185 物爲，[宮]656，[甲]1741，[甲]1709 護若唯，[甲]1712 等故云，[甲]1722 度又云，[甲]1782，[甲]1830 僕翻，[甲]2426 他利行，[三][宮]2059 隆寺釋，[三][宮]2060，[三][宮]2122，[三][甲][乙]2087 物將弘，[三]152 等后土，[聖]272 故文殊，[聖]1509 云，[聖]2157 譯語西，[聖]2157 諸方等，[宋][宮]、[元][明]624 三昧如，[乙][丙]2092 四海無。

灑：[甲]1120 無餘界。

捨：[宋][宮]425 之是曰。

深：[明]2108 在緣輒。

滲：[另]下同 1435 人殺，[宋]2149 撰高逸。

施：[宮]2008 衆生能。

勢：[甲]2290 作如此。

脫：[三]154 諸未脫。

洗：[三][宮]2122 賞募諸。

穴：[甲]2003 云三要。

濬：[原]2339 微密遙。

應：[甲]2195 一。

又：[明]2103 云胡法。

齋：[甲]2255 畢無疾，[三][宮]

2102 高軌皆。

資：[丙]2087 渡僧伽。

績

讀：[三]2145 難究欲。

績：[宋][元]2061 彩克肖。

繪：[三][宮]2104 別。

積：[甲]1772 金疊袈，[三][宮]1545 毳時抖，[三]2110。

勣：[三][宮]263 勣殊，[三][宮]1507 故稱廣，[三]184 悵失利。

續：[宮][聖]1425 縷者若，[宮]1425 縷須，[宮]2108 大夫楊，[甲][乙]1833 遍依若，[甲]2036 亦著書，[甲]2036 秩將滿，[甲]2087 成也商，[三][宮]2060 徽緒又，[三][宮]2060 而非功，[三][宮]2060 前聞引，[三]2088，[聖]288 若斯，[聖]2157 咸嘉其，[宋][元][宮]、俗[明]2060 大光。

債：[原]、續[甲]1796 墮他勝。

織：[元][明]2122 師績。

蹟

牘：[三][宮]2102 天貴本。

繫

繁：[三][宮]1443 皆須口，[三][宮]2102 辭宕累。

縛：[元][宮]374 若本無。

擊：[明]2102，[三][宮]2102 心退足。

計：[三][宮]783 有我人。

繼：[宮]721 屬時，[三][宮]2103 不久且。

係：[宮]741 象不。

鑿：[明]2103。

繼

斷：[甲]1969 前轍庶，[三]193 續復來。

縫：[乙]2393 上置也。

縛：[三]99 頭兩手。

絓：[宮]1644 諸衆生，[甲][乙]2087 是佛法。

擊：[乙]2393 其面門。

繫：[三][宮]2103 贊成紀。

結：[三][宮]2034 西遊往，[三][宮]2122，[三][宮]2122 願乞本。

經：[宮]2121 以五縛，[甲]1268 法合子，[三][宮]1434 軌。

絕：[三][宮]2122 聖智之。

繩：[原]973 綵帶曼。

嗣：[三][宮]744 展轉。

孫：[三][宮]1464 者錢財。

往：[明]1450 修白業。

係：[三][宮]384 轉輪王，[三][宮]2045 嗣，[三][宮]2060 晝但性，[三]189 唯願爲，[宋][宮]656 如來不。

繫：[甲][乙]1796 也此八，[明]894 縛，[三][宮]1653 故無中，[三][甲][乙]972 甲胄即，[宋][元][乙]、擊[明]972 頂後誦，[元][明]1331 鬼有，[元][明]2121 念三寶。

依：[甲]2263 近因顯。

霽

寂：[甲]2358 禪師。

齋：[甲]2035 無畏三。

驥

其：[乙]2092 次有七。

加

按：[三][甲]1313 器誦前。

比：[甲]908 餘。

并：[明]316 捶打。

嗔：[甲]1719 譯者。

稱：[三][宮]2104 智者言。

觸：[乙]912 物每觸。

此：[甲]2266 行故進，[甲]2271 中異句。

東：[甲]1821 勝身銀。

而：[三][宮]2123 敬問曰。

趺：[三][乙]1092 坐誦此。

伽：[宮]482 羅訶，[甲][乙]、加陀伽他[丙]2394 陀用，[甲]1227 持明摩，[甲]2052 天神每，[甲]2130 闍山譯，[甲]2196 云無熱，[甲]2339 羅非即，[明]26 蘭哆園，[明]26 羅釋精，[三]、迦[宮]1435，[三]、跏[宮]616 趺坐從，[三][宮][丙]、一[甲]2087 大寶寶，[三][宮][聖]397 羅阿修，[三][宮]397 絺那如，[三][宮]397 麗五三，[三][宮]468 陀尼是，[三][宮]516 陀曰，[三][宮]1425 蘭陀竹，[三][宮]2034 婆羅於，[三][宮]2059 等，[三][甲]1227 那准前，[三][聖]26 牙足體，[三][聖]157 羅第五，[三]26 羅摩所，[三]65 婆在舍，[三]192 城，[三]982，[三]984 羅，[三]1096 四盤，[三]1336，

[三]1336 躓吒豆，[三]2121 他眾人，[三]2153 首一偈，[宋][明]、跏[宮]656 趺坐遍，[宋][元]、跏[明]1442 趺繫念，[宋][元][聖]1579 趺坐乃，[乙]2370，[乙]2394 或，[元][明][宮]614 秦言智，[元][明]26 摩，[元]865 金剛。

改：[三]2154 名大乘，[乙]2157 名大乘。

感：[三][宮]2122 故使感。

更：[三][宮]2122 精。

賀：[原]1308 官。

弘：[甲]1958 慈，[明]411 敬三寶，[三][宮]263 哀餘皆。

迦：[博]262 精進，[宮]2053 國南印，[甲][乙][丙][丁][戊]2187 葉當知，[甲][乙][丙][丁][戊]2187 葉汝已，[甲][乙]2390 字等布，[甲]893 弭迦，[甲]952 底瓢阿，[甲]1821 行故有，[甲]2157 或無學，[甲]2399 字亦爾，[明]26 蘭哆園，[明]125 蘭陀竹，[明]189 蘭仁，[明]221 越王坐，[明]996 護一切，[明]1083 陵頻伽，[明]1538 趺而，[三]987 隸擁護，[三][宮]1462 那，[三][宮]1536，[三][宮]1590 濕彌羅，[三][宮]231 梨加，[三][宮]374 陵伽衣，[三][宮]423 陵頻伽，[三][宮]481 隣竹園，[三][宮]585 隣竹園，[三][宮]618 陵頻伽，[三][宮]657 毘羅城，[三][宮]816 越王一，[三][宮]1458 衣言羯，[三][宮]1462，[三][宮]1462 其婦懷，[三][宮]1464 羅檀提，[三][宮]1507 越為最，[三][宮]1543 答，[三][宮]1543 夷天光，[三][宮]1545 王瞻

部，[三][宮]2042 羅鬐頭，[三][宮]
2053 舊曰末，[三][宮]2060，[三][宮]
2121 越王主，[三][宮]2123，[三][甲]
951 迦鳥，[三][甲]1227 那貴敬，[三]
[乙]1200 挲沒馱，[三]1 毘羅，[三]1
夷天宮，[三]13 尼華最，[三]26 蘭，
[三]26 蘭哆園，[三]140，[三]196 施
幢，[三]212 蘭陀所，[三]418 羅衞大，
[三]988 樓羅所，[三]1043，[三]1331，
[三]1331 和尼摩，[三]1331 其身長，
[三]1525 尸迦等，[聖]125 是謂，[聖]
200 跪拜諸，[聖]272 流布而，[聖]953
持二十，[聖]953 持五色，[聖]953 護
彼營，[宋]、哥[元][明]1435 羅，[宋]
[元]1092 持，[宋]2105，[元][明]26 維
羅衞，[元][明]624 羅蜜一，[元]1092
持白芥，[知]598 所願得。

枷：[博]262 刀杖者，[宋][元][宮]
2122 刑戮其。

痂：[三][宮]1463。

家：[三]2122 少窮孤。

跏：[丙]1056 趺上以，[宮][另]
1435 趺坐辯，[宮]237 趺安坐，[宮]
1703 趺也，[甲]1969 趺端坐，[甲][丙]
[丁]1145 而坐以，[甲][乙]901 趺坐
中，[甲][乙]901 趺坐一，[甲][乙]901
趺坐於，[甲]972 趺坐，[甲]1033 上
智亦，[甲]1080 趺坐顏，[甲]1120 趺
勢，[甲]1120 面本尊，[甲]1709 趺坐
端，[甲]1816 趺坐正，[甲]1969 趺端
坐，[甲]1969 趺而逝，[甲]1969 趺化
湖，[甲]1969 正，[甲]2087 趺坐寂，
[甲]2087 趺坐焉，[明]、[聖]下同 643

趺坐身，[明]156 趺，[明]157 趺坐於，
[明]173 趺，[明]310 趺坐忽，[明]310
趺坐是，[明]312 趺而坐，[明]757 趺
坐端，[明]1340 趺，[明]1340 趺坐安，
[明]1516 趺而坐，[明]1635 趺而坐，
[明]1664 趺而坐，[明]2016 趺坐端，
[明][博][敦][燉]262 趺坐放，[明][博]
[宮]262 趺坐入，[明][博]262 趺，[明]
[博]262 趺坐忽，[明][博]262 趺坐其，
[明][博]262 趺坐身，[明][東]下同 643
趺坐坐，[明][宮]309 趺坐或，[明][宮]
358 趺坐觀，[明][宮]639，[明][宮]639
趺而安，[明][宮]673 趺而，[明][宮]
674 趺坐當，[明][甲][乙][丙][丁]866
趺坐有，[明][甲][乙]901 趺坐，[明]
[甲][乙]901 趺坐其，[明][甲][乙]994，
[明][甲][乙]1032 趺坐或，[明][甲]
[乙]1211 隨意而，[明][甲]955 趺坐
常，[明][甲]1000，[明][甲]1007 趺坐
即，[明][甲]1102 端身坐，[明][甲]
1119 趺形安，[明][甲]1177 趺坐入，
[明][甲]1988 趺而終，[明][聖]99，
[明][聖]271 趺坐相，[明][聖]586 趺
坐自，[明][聖]643 趺坐坐，[明][聖]
649 趺中出，[明][聖]664 趺坐，[明]
[聖]1421 趺坐月，[明][聖]2042 趺，
[明][聖]下同 660，[明][西]665 趺而
坐，[明][西]665 趺坐，[明][乙]994 趺
坐白，[明][乙]1092 趺坐放，[明][乙]
1092 趺坐如，[明][乙]1092 趺坐微，
[明][乙]1110 坐，[明][乙]下同 1092
趺坐大，[明]1 趺坐猶，[明]26，[明]
26 趺，[明]70 趺坐正，[明]75 趺，

[明]156 趺坐即，[明]157 趺坐三，[明]157 趺坐思，[明]157 趺坐正，[明]187 趺坐離，[明]187 趺坐身，[明]187 趺坐諸，[明]236 趺坐端，[明]239 趺端坐，[明]294 趺，[明]310，[明]310 而坐悉，[明]310 趺坐，[明]310 趺坐諦，[明]310 趺坐端，[明]310 趺坐時，[明]310 趺坐正，[明]310 是文殊，[明]312 趺坐異，[明]312 趺而坐，[明]346 趺坐彼，[明]359 趺而坐，[明]386 趺坐，[明]397 趺坐，[明]397 或行或，[明]397 七日受，[明]401，[明]407 趺，[明]587 趺坐禪，[明]647 趺坐一，[明]647 坐蓮，[明]649 趺而住，[明]660 趺坐亦，[明]694 之像，[明]749，[明]882 趺相此，[明]956 趺誦呪，[明]1096，[明]1096 趺坐誦，[明]1340 端坐遠，[明]1340 趺坐入，[明]1340 趺坐亦，[明]1341 趺坐其，[明]1428 趺坐直，[明]1442 趺而坐，[明]1451 趺而坐，[明]1457 坐歸俗，[明]1507 趺坐晃，[明]1507 趺坐獄，[明]1509 趺坐經，[明]1545 趺，[明]1598，[明]1982 入三昧，[明]2016 趺，[明]2016 趺而坐，[明]2016 趺坐其，[明]2016 趺坐入，[明]2042 趺坐入，[明]2060 趺眼光，[明]2060 坐而卒，[明]2060 坐堅，[明]2060 坐盤石，[明]2060 坐因屢，[明]2060 坐至曉，[明]2131 趺而坐，[明]下同 2060 坐而終，[三]、[甲][乙]901 趺坐左，[三][流]360 趺而坐，[三][流]360 趺而，[三]25，[三]26 趺

坐，[三]149 趺坐滿，[三]1097 趺坐何，[三][宮]341 趺坐金，[三][宮]1428 趺，[三][宮]1562，[三][宮][德]1562 趺坐，[三][宮][聖][另]310 趺而坐，[三][宮][聖][另]1428 趺坐直，[三][宮][聖][另]1443 趺而坐，[三][宮][聖][另]1548 趺坐遊，[三][宮][聖]272 趺坐如，[三][宮][聖]341 趺坐身，[三][宮][聖]379 趺坐者，[三][宮][聖]421 趺而坐，[三][宮][聖]421 趺坐如，[三][宮][聖]480 趺坐分，[三][宮][聖]1421 趺坐面，[三][宮][聖]1425 趺，[三][宮][聖]1443 而坐，[三][宮][聖]1463 趺坐至，[三][宮][聖]1602 趺坐諸，[三][宮][聖]下同 1442 趺而坐，[三][宮][另]1435 趺而坐，[三][宮][另]1442 趺端坐，[三][宮]231 趺坐即，[三][宮]263 趺，[三][宮]277 趺坐名，[三][宮]300 趺坐入，[三][宮]310 趺，[三][宮]310 趺坐安，[三][宮]310 趺坐蓮，[三][宮]318 趺而，[三][宮]378 趺坐來，[三][宮]379 趺坐彼，[三][宮]397 趺坐，[三][宮]397 趺坐各，[三][宮]397 趺坐坐，[三][宮]409，[三][宮]480 趺坐身，[三][宮]606 趺端坐，[三][宮]613 趺坐諦，[三][宮]613 趺坐爾，[三][宮]613 趺坐身，[三][宮]619 趺坐更，[三][宮]721 趺而坐，[三][宮]721 趺坐即，[三][宮]813 趺直正，[三][宮]814 趺而坐，[三][宮]822 趺坐大，[三][宮]1421，[三][宮]1425，[三][宮]1425 趺，[三][宮]1425 趺坐，[三][宮]1425 趺坐若，[三][宮]

1428 跌坐直，[三][宮]1435 跌坐長，[三][宮]1435 跌坐是，[三][宮]1435 跌坐四，[三][宮]1435 跌坐億，[三][宮]1435 跌坐諸，[三][宮]1442 而坐時，[三][宮]1451 跌，[三][宮]1451 跌正念，[三][宮]1464 跌坐阿，[三][宮]1509 跌坐説，[三][宮]1519，[三][宮]1536，[三][宮]1545 跌坐端，[三][宮]1545 跌坐如，[三][宮]1546 跌，[三][宮]1546 跌坐令，[三][宮]1547 跌，[三][宮]1548 跌，[三][宮]1548 跌坐，[三][宮]1558，[三][宮]1660 坐或，[三][宮]2042 跌坐來，[三][宮]2042 跌坐時，[三][宮]2058 跌坐後，[三][宮]2060，[三][宮]2060 跌合掌，[三][宮]2060 跌面西，[三][宮]2060 坐其內，[三][宮]2060 坐聲誦，[三][宮]2060 坐儼然，[三][宮]2060 坐儼思，[三][宮]2060 坐正念，[三][宮]2085 跌坐心，[三][宮]2102 跌，[三][宮]2121 跌而坐，[三][宮]2121 跌坐，[三][宮]2121 跌坐次，[三][宮]2121 跌坐直，[三][宮]2121 跌坐眾，[三][宮]下同 1545 跌坐端，[三][甲][乙][丙]930 坐右押，[三][甲][乙]1092 跌坐寶，[三][甲][乙]1092 跌坐時，[三][甲]1097 跌坐作，[三][聖]125 跌坐是，[三][聖]158 跌坐於，[三][聖]190 坐，[三][聖][甲][乙]953 跌坐，[三][聖]1 跌，[三][聖]26，[三][聖]26 跌，[三][聖]26 跌坐，[三][聖]26 跌坐告，[三][聖]26 跌坐正，[三][聖]125 跌坐，[三][聖]125 跌坐便，[三][聖]125 跌坐時，[三][聖]

125 跌坐繫，[三][聖]125 跌坐正，[三][聖]158 跌坐思，[三][聖]189 跌坐而，[三][聖]189 跌坐迦，[三][聖]190，[三][聖]190 跌，[三][聖]190 跌不起，[三][聖]190 跌而坐，[三][聖]190 跌儼然，[三][聖]190 在其下，[三][聖]311 跌坐七，[三][聖]421 跌坐即，[三][聖]627 跌而坐，[三][聖]1441 跌坐坐，[三][乙]1092，[三][乙]1092 跌坐二，[三][乙]1092 跌坐邊，[三][乙]1092 跌坐身，[三][乙]1092 跌坐須，[三][乙]1092 跌坐一，[三][乙]1092 跌坐右，[三][乙]1092 跌坐坐，[三]26 跌坐，[三]26 跌坐時，[三]26 跌坐是，[三]26 跌坐息，[三]26 跌坐心，[三]26 跌坐正，[三]26 跌坐尊，[三]26 加跌坐，[三]77，[三]99 跌坐正，[三]118 跌坐，[三]119 跌坐直，[三]125，[三]125 跌坐，[三]125 跌坐是，[三]125 跌坐坐，[三]156 跌坐告，[三]157 跌坐時，[三]158 跌坐七，[三]158 跌坐心，[三]186 留羅眞，[三]187 跌坐時，[三]190 跌安鴈，[三]190 跌而坐，[三]190 跌坐安，[三]190 跌坐端，[三]190 跌坐經，[三]190 跌坐坐，[三]192 跌不傾，[三]203 跌坐，[三]310 跌坐，[三]311 跌坐與，[三]401 跌坐叉，[三]414 跌坐一，[三]420 跌坐自，[三]1005 座即結，[三]1006 跌坐入，[三]1039 跌坐身，[三]1097 跌坐應，[三]1130 跌坐正，[三]1161 跌坐坐，[三]1341 跌亦不，[三]1341 跌坐如，[三]1451 跌，[三]1667 跌坐，[三]1982 跌入三，[聖]

[另]303 跌十方，[聖]190 安隱坐，[聖]288 跌坐於，[聖]545 跌坐爲，[聖]566 跌而坐，[聖]643 跌坐住，[聖]1435 跌坐思，[另]1428 跌，[宋]、[聖]310 跌坐自，[宋][宮]648 跌坐普，[宋][宮][福]370 跌坐有，[宋][宮][聖]371 跌而坐，[宋][宮][聖]383 跌坐身，[宋][宮]815 跌坐其，[宋][宮]848 跌坐蓮，[宋][宮]1503 跌坐復，[宋][明]397 坐亦入，[宋][明][東]643 跌，[宋][明][宮][聖][另]310 跌，[宋][明][宮][聖][另]310 跌坐至，[宋][明][宮]263 跌，[宋][明][宮]309 跌坐現，[宋][明][宮]379 跌坐威，[宋][明][宮]644 跌坐入，[宋][明][宮]656，[宋][明][宮]656 跌坐，[宋][明][宮]657 跌坐，[宋][明][宮]657 跌坐彼，[宋][明][宮]1428 跌時直，[宋][明][宮]1579 跌坐騰，[宋][明][宮]1583 跌見王，[宋][明][宮]下同 273 跌，[宋][明][宮]下同 656 跌坐便，[宋][明][甲][乙][丙][丁]866 跌坐置，[宋][明][聖]643 跌坐一，[宋][明][聖]下同 643，[宋][明][聖]下同 643 跌，[宋][明][聖]下同 643 跌坐，[宋][明][聖]下同 643 跌坐入，[宋][明][乙]下同 1092 跌坐師，[宋][明]310 跌坐，[宋][明]1007 坐呪二，[宋][明]1344 跌，[宋][元][宮]、伽[明]1547 坐至盡，[宋][元][宮][聖][另]1463 跌而坐，[宋][元][宮][聖]1463 跌坐如，[宋][元][宮][聖]下同 1462 跌而坐，[宋][元][宮][另]下同 1435 跌坐，[宋][元][宮]371 跌坐成，[宋][元][宮]1509，[宋]

[元][宮]2040 跌坐迦，[宋][元][宮]2040 跌坐時，[宋][元][乙]1092 跌坐放，[宋][元]1080 跌坐想，[宋]642 跌，[宋]1018 跌坐脇，[宋]1341，[乙]2232 跌，[元][明]310 跌坐又，[元][明][宮]310 跌坐此，[元][明][聖][另]下同 1442 跌未，[元][明]658 跌坐彼，[元][明]1453 跌坐食。

嘉：[甲]2036，[明]2154 賞接所，[三][宮]2121 其勤常，[三][宮]2059，[三][宮]2102 焉斯其，[三][宮]2121 爾故因，[三][宮]2122 其節將，[三]6 其志遂。

堅：[明]1272 持紅華。

皆：[三]220 凌，[宋]2123 治，[元][明]1563 由教。

救：[明][甲]1216 護彼。

力：[甲]1736，[乙]1736 耳故下，[原]2339 等竝是。

名：[三]2149 佛説字，[三]2153 三昧字。

品：[元]1522 持智大。

佉：[三][宮]2122 陀羅刺。

如：[宮]1545 集智七，[宮]263 肅敬，[宮]310 行力常，[宮]848 隨力所，[宮]2053 喪考妣，[宮]2122 敬問曰，[甲]1736 梁等若，[甲]2035 僧，[甲]2035 五行五，[甲][丙]、如加[丁]1145 法但能，[甲][乙]1822 相應，[甲][乙]2309 何爲，[甲][乙]2393 威彼人，[甲][乙]2394 上所，[甲]1156 護已告，[甲]1724 未重，[甲]1736 次第一，[甲]1736 法慧，[甲]1742 爲文

殊，[甲]1816 行，[甲]1816 行頂位，
[甲]1913 止觀等，[甲]1921 經惡獸，
[甲]2128 反下力，[甲]2261 自證分，
[甲]2266 嗔也文，[甲]2266 減略爲，
[甲]2266 五字即，[甲]2266 細簡對，
[甲]2266 行無功，[甲]2266 行心立，
[甲]2274 於角決，[甲]2274 作意，
[甲]2286 之凡於，[甲]2290 之境風，
[甲]2325 鐵火大，[甲]2339 是故，
[甲]2401 上引又，[甲]2401 是修行，
[甲]2401 仰半月，[甲]2408 胡摩等，
[甲]2434，[明][甲]893 法持誦，[明]
741 杖楚，[明]856 地水風，[明]859
青黑在，[明]1225 五處，[明]1559 行
及果，[明]1562 行慢，[明]1594 行心
與，[三][宮]676 行有幾，[三][宮]560
畫無形，[三][宮]1505，[三][宮]1543
女或男，[三][宮]1808 法三說，[三]
[宮]2102 哀矜以，[三][宮]2122，[三]
[甲]1003 經云說，[三][聖]26 曡華色，
[三][乙]1092 法誦念，[三]210 惡，
[三]647 二，[三]1123 持諦安，[三]
1563 行位中，[三]2102 之然則，[聖]
1509 精進爾，[聖][甲]1733 彼應知，
[聖]639 楚切復，[聖]1579 行故，[聖]
2157 群，[聖]2157 曡摩羅，[宋][明]
[甲]921 本尊即，[宋][明][甲]921 來，
[宋][元][宮][聖]310 施無畏，[宋]44
哀一門，[宋]489 行精進，[宋]2060
懸諸鈴，[宋]2122 禮事後，[乙]2391
他結句，[乙][丙]2394 護摩法，[乙]
1821 行不誤，[乙]2227 功力所，[乙]
2390 天竺曼，[元][明]380 其自身，

[元][明]1458 極言復，[元][明]2016
染而不，[元]1563 行解脫，[元]2122
杖捶，[原]1248 奔馬呪，[原]1763。

　四：[甲]1782 那由。

　行：[明]657。

　依：[甲][乙]2263 之本論。

　以：[三][宮][石]1509 刀，[三][宮]
1581 手石杖。

　又：[三]125 住我國，[三]2121 復
眼。

　於：[元]1579 行若有。

　怨：[元][明]272 故發菩。

　約：[甲]2281 樂爲邊。

　之：[甲]2274 因。

　知：[宮]1595 行釋曰，[宮]2060
拜人以，[宮]345 精進不，[宮]2123，
[甲]1718 阿含第，[甲]1921 精進夫，
[甲]2305 行因後，[明]1092 持杜仲，
[三][宮]2102 踊躍狠，[三]152 哀護
衆，[聖]291 益我身，[宋][宮]629 瞋
怒慈。

　值：[三]、又值[聖]200 遇世尊。

　自：[元][明]125。

佳

　法：[聖]395。

　昌：[甲]2128 象形也。

　桂：[聖]2157。

　嘉：[甲]2039 三年，[乙][丙]
2092。

　甚：[聖]1582 良力能。

　往：[宮]659 矣往時，[宮]2060
嚴，[宮]2121 不從我，[三][宮]2102

示，[二]71 今反就，[聖]190 昔諸王，[聖]2060 乎以貞，[宋][宮]721 來謂本，[原]1856 生。

信：[宮]721 心若比。

行：[三]100 人成就。

應：[三][宮]721 寂靜林。

於：[元][明]658 閻浮提。

在：[三][宮]721 此林遊。

住：[宮][聖]425 妙其，[宮]2060 所林泉，[甲]1736 智，[甲]1816 由問，[甲]2129 反切韻，[甲]2261 有鈔之，[甲]2792 珍貴玩，[三][宮]317 善心志。

注：[宋][宮]721 此峯中。

隹：[明]、住[宮]1425 但生。

準：[甲]2274 道理唯。

作：[宋][元][宮]346 空中耶。

迦

阿：[乙]1796。

逼：[甲]2186 一云諸。

又：[元][明]397 或毘樓。

二：[三]、－[甲]1033 乞屬二。

伽：[丙]2087 婆縛那，[宮]310 鳥命命，[宮]1425 羅二名，[甲]2036 國人姓，[甲]2299 耶山頂，[甲][乙]1239 耶，[甲][乙]2317 林羯，[甲][乙]2397 樓羅觀，[甲]1075 契第十，[甲]1110 惹吒獨，[甲]1289 樓羅緊，[甲]1816，[甲]2084，[甲]2130 甘蘇，[甲]2266 菩薩至，[甲]2401 之行曉，[明]672 耶，[明]220 音是二，[明]1341 沙十三，[明]1538 馬王出，[明]1544 不了自，[明]1545，[三][宮]223 天得福，[三][宮][另]1428 那子聞，[三][宮]384 樓羅，[三][宮]397 鳩槃，[三][宮]645，[三][宮]721 過此大，[三][宮]1425，[三][宮]1425 梨，[三][宮]1435 梨左迦，[三][宮]1435 盧醯尼，[三][宮]1463 婆羅，[三][宮]1464 梨至竹，[三][宮]1464 婆，[三][宮]1466 婆尸，[三][宮]1470 僧泥六，[三][宮]1509 陀龍王，[三][宮]2085 施佛上，[三][宮]2121，[三][宮]下同 671 耶陀品，[三][聖]125 毘羅越，[三][乙]1092 攞驀二，[三]26 二者，[三]125 摩長者，[三]190 不共我，[三]196 耶迦葉，[三]982 國住，[三]985 迦部陀，[三]1014 樓羅乾，[三]1058 筏底，[三]1096 部多鞞，[三]1161 摩尼寶，[三]1336 那茶遮，[三]1341 邏簸邏，[三]1485 度秦言，[三]2146 經別品，[聖]26 愚癡人，[聖]1425 瓦，[聖]1428 羅衣離，[宋][宮]384，[宋][宮]823 樓羅畏，[宋][宮]1452 造立住，[宋][明]987 樓羅所，[宋][元]、－[宮][另]1442 罪廣說，[宋][元]99 白佛言，[宋][元]901 俱多伽，[宋][元]1227 火中一，[宋]866，[乙][丁]2244 是山名，[乙]1028 王鬼，[乙]1239 耶，[乙]2207 或言羯，[元][明]2041 離謗舍，[元][明][宮]614 迷秦言，[元]158 樓羅緊，[元]1428 毘羅比。

歌：[三][宮]397 羅羅，[三][宮]1435 羅羅時。

賀：[甲]852 嚕拏莫，[甲]853 哩吽引，[乙]850 嚕儜沒。

加：[德]26 蘭，[宮]299 陵頻伽，[宮]1435 羅比丘，[宮]1435 師，[甲]、伽[乙]1269，[甲]1075 法，[甲]1831 呼聲云，[甲]2186 潤飾云，[甲]2196 此云馬，[甲]2231 是行是，[甲]2261 濕彌，[甲]2269 羅無大，[明]1299 提即是，[三][宮]380 羅分，[三][宮][乙]2087 唐言星，[三][宮]307 華天冠，[三][宮]425 法勝，[三][宮]425 其佛，[三][宮]425 夷國王，[三][宮]425 益華賢，[三][宮]586 陵伽衣，[三][宮]627 留羅眞，[三][宮]848 字以爲，[三][宮]1461 絺那，[三][宮]1464 村婬聚，[三][宮]2060 延者之，[三][宮]2122 女村自，[三][甲][乙][丙]954 尾薩，[三][乙]1092 縛制，[三]23 和高萬，[三]26 羅頼中，[三]203 陀羅刺，[三]627 留羅眞，[三]985 龍王阿，[聖]26 尸國與，[聖]26 旆阿，[聖]125 羅勒象，[聖]190 書大蛇，[聖]231 色波頭，[聖]953 王一切，[聖]1443 利沙波，[聖]1456 讀梵本，[宋][宮][甲]895 木作跋，[宋][元][宮]、歌[明]1476 羅邏時，[宋][元][聖]26，[宋][元]1 樓羅眞，[宋][元]26 蘭，[宋][元]2154 識譯出，[宋]2154 或八卷，[乙]897 食次行，[乙]2296 通別教，[原]2393 食次行。

家：[明]486 牟尼佛，[明]2103 成佛已，[聖]211 之種姿。

劫：[明]1450 比羅城。

羯：[甲][乙]1214 囉。

金：[甲]1718 輪道種。

拘：[三][宮]224 翼天人，[三][宮]2041 那含牟，[三][聖]643 那含佛。

里：[西]665 哩。

羅：[三]1161 拵二十。

祇：[三][宮]1470 支不得。

起：[宋][明]1191 華著足。

訖：[三][乙]1022 囉二合。

佉：[丙]866，[甲]、－[乙]850 二尾，[明][甲][丙][丁]866 反。

如：[甲]1736，[明]337 隨華無。

逝：[乙][丁]2244 臂音必。

述：[乙]2174 紙七張。

也：[宮]1442，[甲][乙]1816 與此少，[三][宮]1559 尼師吒，[宋][宮][甲][乙]866 反劫弊。

吒：[甲]853。

之：[元]1462 即化作。

種：[三]1。

尊：[甲]1718 爲菩薩，[甲]2195 爲。

珈

伽：[宮]2080 五部曼，[甲]2131 論說八，[明][乙]994 中從凡，[乙]994 釋云今。

枷

伽：[明]643 鎖極令，[明]2104 聖人何。

掛：[三][宮]2026 頸三尸。

加：[明]721 若以，[聖]292 鎖危諂。

架：[三][宮]1509 踔上，[三]643 寶枷。

痂

加：[宮]1548 久住如。

家

乘：[甲][乙]2328 中隨一。

處：[宮]1459，[宮]426 於一劫，[宮]750 亦當出，[宮]1425，[宮]2108 之儀心，[宮]2121 田家見，[宮]2121 種云何，[甲]2801 相三明，[甲]974 眷屬圍，[甲]1823 地也大，[甲]2428 本自有，[甲]2801 三事明，[明]1450 其女見，[明]1644 方便因，[三]23 即生日，[三][宮]2122 言學比，[三][宮][聖][另]1442 時憍閃，[三][宮]322 居止其，[三][宮]672 修行者，[三][宮]1425，[三][宮]1425 乞酥油，[三][宮]1429 先不，[三][宮]1435 求，[三][宮]1435 所差，[三][宮]1435 諸婦，[三][宮]1459 苾蒭亡，[三][宮]1562 我不應，[三][宮]2103 之迹，[三][宮]2108 之人，[三]22 妻子愛，[三]125 受諸有，[三]190，[三]201 功德有，[三]311，[三]2088 爲起一，[聖][另]1442 受食於，[聖]1440 界有曠，[石]1509 是，[乙]1709 正義第，[乙]2244 有二鸚，[元][明][宮]1559 聚落方。

褺：[三][宮]2122 置淨處。

定：[宮]221 之日即，[三][宮]2122 得餅不，[乙]1821 意說業。

夫：[三]196 須達送。

官：[明]1450。

害：[宮]493 以肉與。

寒：[宮]732 無有田。

寂：[宮]272 故名見，[宮]425 居慕菩，[宮]761 持戒菩，[甲]1851 當來所，[甲]1828 靜想無，[三][宮][聖]481 教無念，[三][宮]1425 七名好，[三][宮]1559 法故說，[三][宮]1592 不著動，[三][宮]2103 妄業密，[三]22 志奉比，[三]99，[三]152 雖遠十，[三]186 樂上太，[三]721 得解脫，[三]2123 家正障，[聖]199 事，[宋][宮]425，[元][明][宮]310 業捐捨，[原]2196 正體如。

迦：[宮]1998 老子當，[甲]2135 瑟姹，[三][宮]1425 孫陀羅，[聖]1462 所作無。

肩：[甲]2266 能害。

教：[三][宮]2104 無諍法。

解：[甲]2312 釋也正。

界：[甲]2173 拾遺鈔，[宋][元][宮]342 如是具，[乙]1821 相故名。

來：[元][明]199 各共齎。

羅：[甲]2006 老子未。

落：[三][聖]125 城廓人。

門：[三]152 疾疫相。

冢：[甲]2128 反考聲，[明][宮]731，[明]2121 佛念弗，[明]2131 何處將。

蒙：[甲]2036 恩追諡，[明]205 佛到其，[宋]2108 之利知。

母：[聖]26 婢使以。

男：[甲]2792 女中坐。

其：[三][宮]1549 緣問彼。

齊：[甲]1736 難。

氣：[甲]1158 伏以。

人：[明]99 出家周，[三]、處[聖]125。

柔：[原]、蒙[甲][乙]2397 密茂盛。

舍：[三][宮]544 就坐儼，[三][宮]1435 遙見大，[三][聖]1425 耶當，[三][聖]1441 居士語，[聖]1425 內不和，[聖]1425 語女人，[聖]1428 尚不。

舍：[三][宮]729 中牽人。

身：[明]1012 離眾。

生：[三][宮]1509 成就。

氏：[明]2122 驚。

室：[宮]2122 人未忍，[甲]2217 屋義也，[三][宮][知]741 內大小，[三]100 有草敷，[元]2061 不存家。

釋：[原]1854 者諦以。

說：[乙]1821 亦得名。

俗：[三][宮][聖]1421 我。

所：[三][聖]125 問我婦。

宛：[甲]2168 譯。

我：[三]99 是故善。

現：[甲]1983 先且斷。

象：[甲]1708 頭神，[宋]381 地，[宋]2102 豕昔鞹，[乙]2376 二口者。

像：[三][宮]708 也若見。

修：[甲]1775 若野。

學：[聖][另]342 者。

業：[三]99 亦復爲。

有：[聖]790 何過答。

緣：[甲]2348 不合不。

曰：[甲][乙]1822 應作是。

宅：[另]1721 廣大義。

章：[甲]2323 次文亦。

者：[三]201。

中：[三]20 政事治。

冢：[三]606，[三]2110 卿無命，[宋]2061 有井井，[宋][元]2061 子曰制。

塚：[三][宮]1463 間樹下，[三][宮]2123 爲主所，[三]2123 非劫非。

種：[甲]2230 故曰慈。

眾：[丁]2089 報曰，[甲]1781 若野故，[三][宮]2122 師尋來，[乙]2381 今直一，[元][明]1509 務氣力。

字：[甲]1823 於合集，[甲]1839 者宗法，[甲]2035。

宗：[甲][乙][丙][丁]2190 紛擾因，[甲][乙]1821 意說，[甲][乙]1821 意說心，[甲][乙]1822 大，[甲][乙]1822 二引品，[甲][乙]1822 誦品類，[甲][乙]2288 初地即，[甲][乙]2288 眞諦我，[甲]1709 無孝子，[甲]1736 先舉，[甲]2006 風不過，[甲]2039 族害，[甲]2281 本疏斷，[甲]2281 極，[甲]2296 一切法，[甲]2312 不許今，[甲]2339 竝皆得，[明]2103 室魯遂，[三]、宋[宮]2059 舉族弘，[三][宮]2060 鷹揚萬，[三][宮]2103 往往間，[乙]1821 聖等不，[乙]1821 意說以，[乙]2249 云經部，[乙]2263 常習，[原]2208 未談，[原]2408 師傅。

醉：[知]418 當行是。